O EVANGELHO DO NOVO MUNDO

Maryse Condé

O EVANGELHO DO NOVO MUNDO

Tradução
Natalia Borges Polesso

1ª edição

Rio de Janeiro
2022

Título original: *L'Évangile du nouveau monde*

Este livro foi revisado segundo o Acordo Ortográfico da Língua Portuguesa de 1990.

Direitos desta tradução adquiridos pela
EDITORA RECORD LTDA.
Rua Argentina, 171 – 3º andar – São Cristóvão
20921-380 – Rio de Janeiro, RJ
Tel.: (21) 2585-2000.

Seja um leitor preferencial Record.
Cadastre-se no site www.record.com.br
e receba informações sobre nossos
lançamentos e nossas promoções.

Atendimento e venda direta ao leitor:
sac@record.com.br

Impresso no Brasil
2022

CIP-BRASIL. CATALOGAÇÃO NA PUBLICAÇÃO
SINDICATO NACIONAL DOS EDITORES DE LIVROS, RJ

C679e Condé, Maryse, 1934-
O evangelho do novo mundo / Maryse Condé; tradução Natalia Borges Polesso. – 1. ed. – Rio de Janeiro: Rosa dos Tempos, 2022.

Tradução de: L'évangile du nouveau monde
ISBN 978-65-8982-812-9

1. Ficção Francesa. I. Polesso, Natalia Borges. II. Título.

CDD: 843
22-79660 CDU: 82-3(44)

Meri Gleice Rodrigues de Souza Bibliotecária – CRB-7/6439

Para Pascale, nenhuma amiga poderia ter sido
uma secretária tão perfeita.
Para Serina, Mahily, Fadel, Leina,
e em homenagem a José Saramago.

PRIMEIRA PARTE

I.

É uma terra rodeada de água por todos os lados, uma ilha como se costuma dizer, não tão grande quanto a Austrália, mas também não tão pequena. Ela é, em geral, plana, mas acidentada com densas florestas e dois vulcões, um que atende pelo nome de pico da Grande Caldeira, que aprontou das suas até mil oitocentos e vinte, quando destruiu a linda cidade instalada em sua encosta antes de voltar a uma total inatividade. Como goza de um "verão eterno", os turistas se aglomeram ali, apontando seus dispositivos mortíferos para tudo que é bonito. Alguns a chamam carinhosamente de "Meu País", mas não é um país, é uma terra de além-mar, um departamento ultramarino!

Na noite em que Ele nasceu, Zabulon e Zapata brigavam no meio do céu, raios de luz a cada um de seus gestos. Era um espetáculo incomum. Quem tem o costume de escrutinar a abóboda celeste vê com frequência a Ursa Menor, a Ursa Maior, Cassiopeia, a Estrela D'Alva, Órion, mas é inusitado distinguir duas constelações semelhantes surgindo das grandes profundezas. Aquilo significava que quem nascesse naquela noite teria um destino incomparável. Por enquanto, ninguém parecia duvidar.

O recém-nascido havia posto os punhos minúsculos na altura da boca e estava enrolado entre os cascos do burro que o aquecia. Maya, que acabara de dar à luz naquela cabana onde os Ballandra guardavam sacos de esterco, garrafas de herbicidas e instrumentos para cultivar plantas, se lavava como podia com a água de uma cabaça que ela tivera a presença de espírito de trazer consigo. Suas bochechas redondas estavam encharcadas de lágrimas.

Ela não tinha ideia que doeria tanto quando abandonasse seu filho. Não sabia que a dor rasgaria seu ventre com suas presas afiadas. No entanto, não havia outra solução. Ela conseguira esconder o estado em que se encontrava de seus pais, sobretudo de sua mãe, que não parava de divagar sobre o futuro radiante que abria os braços à filha. Maya não podia voltar para sua casa com um bastardo nos braços.

Quando deixou de ver seu sangue, ela ficou pasma. Um filho! Essa coisa pequena e viscosa que urinava e defecava sobre ela, foi nisso que suas noites tão ardentes e tão poéticas foram dar.

Ela acabou escrevendo ao seu amante, Corazón, palavra que em espanhol significa coração e que não combinava com aquele gigante talhado em uma só peça. Como a terceira carta havia permanecido sem resposta, ela foi ao escritório da empresa que administrava o *Empress of the Sea*, navio onde ela o conhecera, durante o cruzeiro inaugural pelas ilhas. Quando ela se apresentou ao escritório para obter informações, a *chabine* empoleirada em sapatos de salto agulha cortou sua fala de modo rude:

— Nós não damos nenhuma informação particular sobre os nossos passageiros.

Maya escreveu mais uma vez. Nenhuma resposta. Uma intuição lhe subiu ao coração. Não faria ela parte da horda de mulheres abandonadas, de mulheres sem marido, sem amante, que criavam seus filhos na penúria? Não era o que Corazón lhe prometera. Pelo contrário, ele havia prometido a ela mundos e fundos. Ele a cobria de beijos, a chamava de meu amor e jurava que nunca tinha amado uma mulher como ele a amava naquele momento.

Corazón e Maya não pertenciam à mesma classe social, ele era um membro da poderosa família Tejara, que desde os tempos da escravidão dava ao seu país comerciantes, proprietários de terras, advogados, médicos e professores. Corazón ensinava a história das religiões na universidade de Asunción, de onde vinha. Tinha toda a arrogância de um filhinho de papai, ainda que temperada pela doçura e pelo charme de seu sorriso. Como falava perfeitamente quatro línguas — inglês, espanhol, português e francês —, fora recrutado pela companhia marítima para dar conferências aos passageiros da primeira e da segunda classe.

O mais perturbador era aquele sonho que Maya tinha noite após noite. Ela via um anjo vestido com uma túnica azul e segurando um lírio de uma espécie chamada lírio-canna. Esse anjo anunciava que ela daria à luz um filho que teria a missão de mudar a face do mundo. Enfim, um anjo, modo de dizer, pois se tratava de um dos seres mais bizarros que ela jamais vira. Calçava botas de cano alto em couro envernizado e lustroso. Seus cabelos eram grisalhos e cacheados até os ombros; o mais estranho era uma protuberância que parecia escondida em suas costas. Uma corcunda? Uma noite, exasperada, ela o afugentou com um cabo de vassoura, mas ele voltou na noite seguinte como se nada tivesse acontecido.

O bebê dormia e gemia em intervalos regulares em seu sono. O burro sobre sua cabeça não parava de soprar. Outrora, os Ballandra colocavam para dormir naquela cabana sua vaca chamada Plácida. Um belo dia, porém, o pobre animal caíra no chão, enquanto uma baba espessa invadia seu focinho. Febre aftosa, diagnosticou o veterinário chamado às pressas.

Dando as costas ao bebê, Maya saiu e subiu a trilha que levava até a rua e serpenteava por trás da casa dos Ballandra. Não estava preocupada, pois sabia que àquela hora, apesar da luz que inundava os arredores, não havia risco de que o casal aparecesse inesperadamente e a surpreendesse. Eles assistiam à televisão, como todos os habitantes daquele país sem grandes distrações, uma tela plana de cinquenta polegadas que tinham acabado de comprar. O marido, Jean-Pierre, estava semiadormecido depois de tomar muitos goles de um rum velho, enquanto Eulalie, sua esposa, se ocupava em tricotar uma roupinha de bebê para uma de suas inúmeras obras de caridade.

Empurrando o portão de madeira que separava o jardim da rua, Maya teve a impressão de penetrar no perímetro da solidão e da dor que sem dúvida seria sua vida a partir daquele instante.

Ao pisar no asfalto, ela trombou com Déméter, conhecido em toda a vizinhança por suas bebedeiras e rixas frequentemente sangrentas. Ele estava acompanhado de dois camaradas tão embriagados quanto ele e que gritavam, alegando ter visto uma estrela de cinco pontas pairar sobre a casa. Num grande emaranhado de braços e pernas, os três beberrões estavam esparramados na fossa por onde escorria o esgoto da cidade. Eles não se importavam, e Déméter se pôs a urrar uma velha cantiga de Natal:

— Linda estrela que nasce no céu...

Maya não deu nenhuma atenção. Ela continuou seu trajeto com os olhos cheios de lágrimas.

O que teria acontecido sem Pompette, a cadela de Madame Ballandra, uma criaturinha arrogante e mimada que sempre aprontava algo? Naquela noite, ela passou dos limites. Assim que Maya desapareceu, ela agarrou a barra do vestido de sua dona e a arrastou até a cabana. A porta estava escancarada e Madame Ballandra foi testemunha de um espetáculo inesperado, um espetáculo bíblico.

Um recém-nascido jazia sobre a palha, entre os cascos do burro que o aquecia com sua respiração. Aquela cena acontecia na noite de um domingo de Páscoa! Madame Ballandra juntou as mãos e murmurou:

— Um milagre! Eis um presente de Deus que eu não esperava; vou chamá-lo de Pascal.

O recém-nascido era muito bonito, a tez marrom, os cabelos lisos e pretos como os de um chinês, a boca delicadamente desenhada. Ela o apertou contra o peito e ele abriu os olhos, olhos de um verde acinzentado da cor do mar que rodeava o país.

Madame Ballandra saiu do jardim e voltou em direção à casa. Jean-Pierre Ballandra viu sua mulher reaparecer com um recém-nascido nos braços e com Pompette, agitada em seus calcanhares.

— O que é isso que estou vendo? — indagou ele. — Uma criança, uma criança! Não consigo ver se é um menino ou uma menina.

Essa frase poderia surpreender quem não soubesse que Jean-Pierre Ballandra era míope e que já havia, naquelas horas, entornado uns bons golinhos de rum. Ele usava óculos desde os quinze anos, porque um galho de goiabeira perfurara sua córnea.

— É um menino — disse Eulalie, severamente.

Depois, ela o pegou pela mão e o obrigou a se ajoelhar ao lado dela. Eles deram início a uma oração, pois os dois eram crentes fervorosos.

2.

Jean-Pierre e Eulalie Ballandra formavam um casal raro, ele era descendente de africanos, e ela, de carne branca e rosada, pois fazia parte de uma população originária de uma ilha pedregosa que alegava descender dos vikings. O que se passava em seus corações era sempre de uma natureza muito diferente. Eles se amavam apesar dos anos de vida compartilhados. Por causa de Eulalie, Jean-Pierre nunca conhecera uma mulher-jardim,* prática comum, honrada por todos os homens deste país. Há anos ele fazia amor com sua única parceira. Eulalie, por sua vez, vivia para ele. O casal não tivera filhos mesmo com as incessantes visitas ao ginecologista. A juventude de Eulalie fora pontuada por abortos espontâneos até que finalmente a misericordiosa menopausa trouxe a esterilidade.

---

* Expressão usada pelo poeta e escritor haitiano René Depestre em seu livro *Aleluia para uma mulher-jardim* para se referir às diversas mulheres dos camponeses polígamos de seu país. [*N. da E.*]

Jean-Pierre e Eulalie não tinham preocupações financeiras. Eles viviam quase que totalmente da produção de seu viveiro de plantas, batizado sem grande originalidade de O Jardim do Éden. Jean-Pierre era um verdadeiro artista. Ele tinha, entre outras coisas, produzido uma variedade de rosa Cayenne. A rosa Cayenne é, em geral, uma flor de hibisco bem comum na região, mas aquela que Jean-Pierre criou surpreendia por suas pétalas aveludadas e sobretudo por seu perfume delicado e penetrante. Também era muito procurada por toda a administração: escritórios da previdência social, central de empregos, restaurantes populares. Essa rosa Cayenne foi chamada de Elizabeth Taylor, pois Jean-Pierre, na juventude, quando não tinha trabalho e matava o tempo como podia, adorava cinema, sobretudo o cinema estadunidense. Foi assim que, admirando sua atriz preferida em *Cleópatra*, deu seu nome à flor que criou.

A chegada de Pascal ao seio da família foi um evento importante. No dia seguinte, Eulalie passou em todas as lojas e comprou um carrinho de bebê tão espaçoso quanto um Rolls Royce. Ela o forrou com almofadas de veludo azul. Todos os dias, às quatro e meia da tarde, ela saía de casa e se dirigia à praça dos Martyrs. Localizada à beira-mar, a praça parecia uma janela recortada na arquitetura barroca da cidade.

Eulalie inspirava fundo o ar marinho, contemplava inebriada a água de um tom verde acinzentado igual ao dos olhos de Pascal, que babava sem parar. Eulalie sempre teve medo do mar, cadela esplêndida que fica de guarda em todos os cantos do país. Mas o fato de ser da mesma cor dos olhos de seu filho, de repente, criava uma aproximação, quase uma amizade. Ela ficava um bom tempo a olhar o mar, agradecendo sua presença. Em seguida, se dirigia à praça dos Martyrs.

A praça dos Martyrs era o coração pulsante de Fond-Zombi, ladeada de açacus que Victor Hugues havia plantado quando ele viera restabelecer a escravidão por ordem de Napoleão Bonaparte. Eulalie subia as calçadas lotadas e dava a volta várias vezes antes de assumir um lugar perto do coreto, onde, três vezes por semana, uma orquestra municipal interpretava as melodias da moda. Em todas as ocasiões, aqueles que se sentavam perto dela admiravam seu pequenino, enchendo seu coração de alegria e orgulho.

Uma algazarra acontecia na praça! Tão cheia de adolescentes, meninos e meninas misturados na saída da escola; desempregados, com ar de grande importância, ocupados em guardar seu lugar na praça; funcionárias de uniforme completo vigiando as crianças sob seus cuidados, de bebês babando e chupando os bicos das mamadeiras até pequenos aventureiros correndo por toda parte.

Todos se levantavam para olhar o carrinho empurrado por Eulalie. Havia numerosas razões para tal curiosidade. Para começar, Pascal era de uma beleza notável. Não se podia dizer a que raça pertencia. Mas admito que a palavra raça está obsoleta. Vamos substituí-la o mais rápido possível por outra. Origem, por exemplo. Não se podia dizer qual era sua origem. Era branco, era preto, era asiático? Seus ancestrais tinham construído as cidades industriais da Europa? Ele vinha da savana africana? Ou de um país dos mares gélidos, coberto de neve? Ele era tudo isso de uma vez só. Aquela beleza não era a única razão da curiosidade geral, um boato tenaz ganhava cada vez mais terreno. Aquela história não era natural. Para Eulalie, que passara anos gastando seus joelhos nas peregrinações à Lourdes ou à Lisieux, o Senhor tinha enviado um filho, e bem no domingo de Páscoa. Não se tratava de um acaso, mas de um presente bem especial. O Pai Criador talvez tivesse dois filhos e lhe enviara o caçula. Um filho mestiço, que bela ideia!

Esse boato aos poucos invadiu toda a Fond-Zombi e chegou aos confins do país. Falava-se do assunto nas cabanas bem como nas mansões elegantes e opulentas. Quando ele alcançou os ouvidos de Eulalie, ela o aceitou sem resistir. Somente Jean-Pierre permaneceu inflexível diante daquilo que lhe parecia ser uma blasfêmia.

3.

Quando Pascal tinha quatro semanas, sua mãe decidiu batizá-lo. Em um domingo bonito, o bispo Altmayer saiu de sua casa em Saint-Jean-Bosco e deixou todos os órfãos de quem ele cuidava, enquanto os sinos das igrejas badalavam a toda. Eulalie vestira o bebê com uma camisola fina de linho branco com um bordadinho geométrico na gola. Seus pezinhos balançavam nos sapatos tricotados com fios mesclados com ouro e prata. Na cabeça, usava uma touca que combinava com seu rostinho de querubim. O batismo teve a pompa de um casamento ou de um banquete. Trezentos convidados, as crianças do catecismo vestidas de branco e balançando bandeirinhas das cores da Virgem Maria. Os homens e as mulheres em trajes de gala.

Logo depois da sobremesa, com sorvetes dos mais diversos sabores, um visitante desconhecido se apresentou. Sua aparência surpreendeu a todos que o viram. Vestia um terno listrado com um corte bem antigo e, no lugar da gravata, ele usava uma espécie de rufo. Calçava botas envernizadas de cano largo, parecidas com aquelas dos três mosqueteiros, de Alexandre Dumas. O mais estranho era que ele parecia esconder em suas costas uma carga não muito natural: uma corcunda? Uma barba grisalha cobria seu queixo.

Ele foi direto até Eulalie, que sorria com uma taça de champanhe na mão.

— Ave, Eulalie cheia de graça — declarou ele —, trago um presente para o bebê Pascal.

Em seguida, estendeu o pacote que segurava com cuidado. Era um vaso de barro em que crescia uma flor, uma flor como Eulalie jamais havia visto, embora fosse mulher de um florista. Acima de tudo, a cor a surpreendia: marrom claro, como a pele de uma *câpresse*, as pétalas encaracoladas como se tivessem sido decalcadas de um pedaço de veludo, contornando um delicado pistilo amarelo-enxofre.

— Que flor mais linda — exclamou Eulalie. — Que cor estranha!

— Essa flor se chama *Tété Négresse* — explicou o recém-chegado —, ela se destina a fazer esquecer o Cântico dos Cânticos. Você se lembra dessa proposição chocante: *Eu sou negra, mas sou bela*. Tais palavras não devem mais ser pronunciadas.

Eulalie não entendeu o sentido de suas objeções:

— Por que fala assim? — assombrou-se.

Sua resposta foi o silêncio pois seu interlocutor já havia desaparecido. Ela se encontrava sozinha com o presente nas mãos e acreditou ter sonhado.

Confusa, ela correu até Jean-Pierre que não estava longe, junto a um grupo de convidados, rindo e bebendo champanhe. Ela lhe contou a estranha história que acabava de lhe acontecer. Ele deu de ombros.

— Não se preocupe — disse ele —, sem dúvida se trata de algum admirador que não teve coragem de dar continuidade aos elogios. Vou fazer um bom uso dessa flor.

Ele manteria sua palavra: em breve O Jardim do Éden teria mais duas maravilhas, a rosa Cayenne e a rosa Tété Négresse.

Quando Pascal completou quatro anos, sua mãe decidiu colocá-lo na escola. Isso não significava que ela estava farta de enchê-lo de beijos sempre que ele passava por perto, de vê-lo correr, brincar com a cachorra Pompette, invadir os viveiros de plantas. Mas a educação é um bem precioso. Aquele que quer ter sucesso na vida deve adquirir o máximo de educação. Jean-Pierre e Eulalie tinham sofrido muito por terem sido privados dela.

Aos doze anos, Jean-Pierre já estava passando sulfato nas bananeiras de um grande proprietário de terras, enquanto Eulalie, ainda mais jovem, se sentava ao lado da mãe para vender os peixes que o pai trazia: bagres-rosas, bagres-azuis, vermelho-ciobas, tencas, garoupas, merluzas, dourados.

Pascal foi matriculado na escola das irmãs Mara. As irmãs Mara eram gêmeas, cuja mãe era conhecida, pois, por ser empregada no presbitério, toda Sexta-Feira Santa, ela se deitava e apresentava os estigmas da paixão de Cristo em suas mãos e em seus pés. Não era mistério para ninguém que o pai das meninas fosse o reverendo padre Robin, que dirigiu a paróquia durante muitos anos antes de se mudar na velhice para uma casa de repouso clerical, situada perto de Saint-Malo. Naqueles tempos, as pessoas não ficavam falando mal do comportamento dos padres. Não havia filmes estadunidenses ou franceses como *Spotlight: segredos revelados* ou *Graças a Deus*. Cada um guardava para si as ofensas feitas aos mandamentos de Deus.

A escola das irmãs Mara ficava em uma construção elegante que se erguia no meio de um vasto pátio com areia, onde os alunos corriam como diabos durante o recreio. Para ir à aula, Pascal usava um conjunto azul e branco com meias combinando. As irmãs o receberam efusivas, cientes da bela aquisição que tinham feito com sua pessoa. No entanto, elas não tardaram em se desencantar.

Pascal não revelou ser o aluno que elas esperavam. Ele devaneava durante as aulas, se enturmou apenas com as crianças mais pobres e não fazia nada além de correr para a cozinha, onde duas empregadas mal pagas preparavam as refeições da cantina. Ele lhes dava carinho e dizia palavras de afeto. Elas, em troca, não poupavam guloseimas. Não fosse pela relação que mantinham com Eulalie, as irmãs Mara teriam expulsado Pascal da escola.

No dia seguinte ao aniversário de cinco anos de Pascal, Eulalie o levou até a cabana que se erguia no fundo do jardim, enquanto Jean-Pierre, sempre *nofrappe*, os seguia arrastando os pés. A cabana estava limpíssima. Em um canto estavam empilhados os sacos de fertilizantes e de herbicidas, enquanto o solo estava recoberto de um cascalho branco. Eulalie se virou para Pascal:

— Tenho uma confissão importante para fazer: eu amo você, como sabe, mas não o carreguei no meu ventre, você também não veio do esperma dele — ela completou apontando para Jean-Pierre.

— O que isso quer dizer? — exclamou Pascal, pasmo.

A seu ver, a história era incomum. Se a maioria das crianças do país não conheciam seus pais, elas sabiam muito bem quem eram suas mães. Era aquela que trabalhava duro, que suava para comprar suas roupas e para mandá-las à escola.

— Eu quero dizer que — continuou Eulalie —, num domingo de Páscoa, nós o encontramos nesta cabana e adotamos você como nosso filho.

— Quem são meus verdadeiros pais? — perguntou Pascal com a voz embargada.

Foi então que Eulalie confiou a ele a história de sua suposta origem.

O curioso é que, durante alguns anos, Pascal não atribuiu importância a essa confissão, não mais que os boatos sobre sua origem, que chegavam a ele aos montes. Ele sabia que tinha nascido em uma terra de oralidade onde as mentiras têm mais força que a verdade. Assim, sem saber por que, ele começou a prestar atenção, pois é mais agradável ser filho de Deus que filho de indigentes. Aquilo se tornou uma verdadeira obsessão.

Ele parava e contemplava o céu. O céu se entreabrira uma segunda vez e o mistério da encarnação aconteceu novamente. Desta vez, o Criador foi prudente. Ele fez de seu filho um mestiço, um sangue misto, para que nenhuma raça tirasse vantagem das outras como acontecera no passado. O ponto fraco era que ele não tinha explicado ao seu descendente o que esperava dele. O que ele esperava fazer deste mundo repleto de atentados e marcado pela violência?

De tanto refletir sobre esse enigma, o caráter de Pascal se modificou. Em casa, períodos de animação se seguiam a períodos de silêncio profundo. Ele se perguntava constantemente sobre suas origens e se irritava com o silêncio de Eulalie e Jean-Pierre em relação ao assunto, como se os dois não tivessem mais nada a lhe revelar.

Ele se entendia melhor com o pai do que com a mãe, porque não apreciava a educação que ela lhe dava: aulas de piano com o Monsieur Démon, que a família havia renegado por ter se casado com uma mulata. Eulalie o repreendia por não ler o suficiente. Ela ficava brava com seus amigos, pois ele buscava a companhia de crianças sem-berço, como ele.

4.

Quando Pascal tinha sete anos, sua mãe o inscreveu na catequese, para que ele recebesse as lições do padre Lebris. Homem de Deus, padre Lebris poderia ter conversado com ele sobre os boatos a respeito de suas origens, que não paravam de circular. Infelizmente, não fez nada disso. Limitou-se a tratar Pascal como um privilegiado. No dia da Ascensão, ele o colocou à frente da procissão que saía da catedral e ia até a igreja de Massabielle. Diziam as más línguas que o padre Lebris sentia medo de desagradar Eulalie, pois ela era rica e tinha um coração generoso, nunca ignorava uma obra de caridade nem uma ajuda aos necessitados da paróquia.

Aos dezoito anos, com o diploma do ensino médio no bolso, sem menção nem congratulações do corpo docente — pois, falemos a verdade, Pascal era um aluno bem medíocre, um sonhador —, ele decidiu procurar trabalho. A rota estava toda traçada: bastava a ele conseguir uma vaga n'O Jardim do Éden. Infelizmente, ele não amava as plantas de vaso nem as flores, mesmo aquelas que são lindas e soltam um perfume agradável. Seu sonho era abrir uma creche ou um jardim de infância. Ele estava obcecado pela frase *deixai vir a mim as criancinhas*, não porque o reino de Deus lhes pertencia, mas porque naquela tenra idade elas possuíam a tolerância e o desejo de um mundo harmonioso. Não se atreveu a revelar seus desejos a Jean-Pierre pois temia os custos. No primeiro dia de abril, dia da mentira, ele entrou n'O Jardim do Éden, pela alameda das suculentas: babosa, echeveria, espada-de-são-jorge, pândano, flor-de-maio e planta-madrepérola.

Naquela época, houve uma transformação radical em sua aparência. O garoto com cara de anjinho e de uma beleza quase incompreensível desapareceu, substituído por um homem que as mulheres poderiam gostar de ter em suas camas. Suas camisas de algodão se abriam sobre um peito esculpido. Sua barriga era chata e, logo abaixo, o pênis tinha crescido muitos centímetros, a ponto de ficar difícil caber nas cuecas Petit Bateau que Eulalie comprava para ele. A transformação foi ainda mais impressionante por ter se limitado somente ao aspecto físico. Pascal continuava tímido. Mantinha uma voz doce, às vezes vacilante, e uns olhos grandes, cheios de sonhos, como se estivesse perpetuamente tentando resolver a misteriosa equação que era sua vida.

Naquela época ocorreu um evento que teve consequências muito profundas. Nossos cidadãos são lentos e pusilânimes, eles não veem aquilo que salta aos olhos. Quando Jean-Pierre já estava com seus sessenta anos e sofria de uma artrose severa no joelho direito, ele foi subitamente reconhecido como um criador excepcional e, por conta disso, condecorado com uma medalha de excelência que ele devia receber em Porte Océane, a segunda maior cidade do país.

Ele não tinha inventado duas flores? A rosa Cayenne a rosa Tété Négresse, cuja beleza era insuperável no mundo todo? Embora o Quênia se especializasse na venda de flores e se vangloriasse de possuir os mais belos jardins do mundo, Jean-Pierre passou a receber encomendas dos lugares mais longínquos, de Trípoli, Ancara e Istambul. Uma coisa curiosa,

Eulalie não foi associada a essa honraria. No entanto, era sabido que ela acordava às quatro da manhã e arrumava as flores em buquês, ramas e coroas. Ela escolhia as embalagens mais apropriadas e era sobretudo muito hábil para fazer laços de fita. Mas ela era mulher. Por conta disso, não podia ser nada além da assistente do gênio. Sem se fazer muitas perguntas, Jean-Pierre aceitou a distinção com gratidão.

Para a viagem até Porte Océane, ele alugou uma Mercedes Benz do último modelo. De Fond-Zombi até Porte Océane, o caminho tinha vários quilômetros. Primeiro se contornava o mar, estendido como um tapete de veludo, salpicado de estrelas aqui e acolá, depois entrava-se na densa floresta que barrava o horizonte.

Sentado no assento do carona, ao lado do pai, Pascal contemplava a paisagem com olhos gulosos. A proximidade do mar sempre enchia seu coração com uma espécie de tristeza, pois ele raramente se banhava em suas águas, quando, na verdade, sua vontade era se perder nelas por completo, todos os dias. Jean-Pierre e Eulalie, idosos demais, quase nunca frequentavam praias, à exceção da segunda-feira de Páscoa, quando a família tradicionalmente degustava um cozido de caranguejo com espinafre.

Porte Océane se estendia no fim de uma baía bem protegida, onde outrora apinhavam-se navios negreiros abastecidos com suas tristes cargas. Nos dias de hoje, as grandes embarcações de cruzeiro substituíram os navios negreiros. A partir das dez horas da manhã, turistas de todas as cores e de todas as origens — chineses, japoneses, franceses, alemães, estadunidenses — invadiam as ruas, as praças e os mercados. Era uma cacofonia de idiomas e de cores quando eles pechinchavam os tesouros da região.

O palácio onde Jean-Pierre receberia sua medalha se chamava Rialto, uma construção dos sonhos, uma extravagância concebida em mil novecentos e quarenta e três, por desejo de um milionário italiano chamado

Massimo Coppini. Grande amigo do Duce Benito Mussolini, Massimo Coppini tinha evidentemente mais tino do que o primeiro, pois fugiu da Itália com sua considerável fortuna antes da queda do Terceiro Reich. O Rialto possuía uma série de salões, cada um mais luxuoso que o outro, decorados com quadros dos melhores artistas da região. Admirava-se principalmente uma tela de Nelson Amandras, artista venezuelano, e uma "Cidade Imaginária", pintada pelo haitiano Préféte Duffaut. Como se sabe que o ser humano nunca é feito apenas de luz ou trevas, Massimo Coppini não se limitava a ser um perseguidor de judeus. Era um homem generoso e deu provas notáveis de sua bondade. Ele construiu uma série de creches chamadas de A Gota de Leite onde as mães solteiras podiam se hospedar gratuitamente com seus bebês.

Enquanto Jean-Pierre, Eulalie e Pascal atravessavam o amplo pátio pavimentado, orgulho do Rialto, eles se deram conta com estupor de que a entrada estava fechada. Homens vestidos de malhas pretas com letras brancas ou bordadas grosseiramente com a frase *Igualdade para Todos* examinavam ferozmente os convites. Àqueles que tinham o azar de não possuir um eles exigiam de imediato a soma de dez euros. Essa cena foi chocante demais para Pascal suportar e ele se limitou a seguir seus pais para o interior do palácio, a se misturar com os convidados que tinham a boca cheia de palavras supérfluas.

Ele avistou um rapaz franzino, com a mesma idade dele, o torso perdido dentro de uma camisa xadrez puída de algodão, os quadris apertados em jeans igualmente surrado. Seu cabelo desgrenhado caía pelos ombros.

— O que está acontecendo? — perguntou Pascal a ele. — Por que é preciso pagar a entrada? Por que transformam o Rialto numa caverna de ladrões?

O jovem não se deixou abater.

— Ladrões — respondeu ele. — Não são eles que merecem ser chamados assim. Você tem diante de si os trabalhadores de empresa estatal Le Bon Kaffé.

— Le Bon Kaffé — repetiu Pascal sem entender.

O jovem passou a mão na testa de um jeito significativo e zombou.

— Nossa, como você está bem informado, hein? Há semanas esses infelizes percorrem o país de cabo a rabo quando não são presos ou espancados pela polícia, e você pergunta quem são os trabalhadores do Bon Kaffé?

Na verdade, pensando bem, Pascal já tinha visto inúmeras reportagens na televisão que ilustravam esse movimento de revolta popular, mas não havia prestado muita atenção. Com certeza ele sabia que nesta terra alguns ficavam de barriga vazia, enquanto outros comiam as refeições mais finas que existem, que uns não têm educação e não sabem o que será de seu futuro. Mas essas considerações não lhe tiravam o sono.

— Não fique irritado — disse ele —, vem, eu pago uma bebida para você.

Os dois garotos saíram pelas ruas e avenidas vizinhas, e, no entanto, todos os comerciantes haviam baixado as grades de ferro. Acabaram por encontrar um bar em uma via lateral que dava para o mar. Parecia que se alguém abrisse os braços e se lançasse de cabeça, seria possível alcançá-lo e se perder nas suas ondas.

O magrelo se apresentou:

— Eu me chamo José Dampierre. Meu pai, Nelson Bouchara, é o sírio mais rico desse país de merda. Ele chegou com tranquilidade, apenas com a camisa xadrez que tinha no corpo. Hoje, ele nada em ouro. Infelizmente, nunca vimos a cor de seu dinheiro. Ele se contentou em fazer quatro meninos na minha mãe, sendo que o último, Alexandre, é mudo. Você ouviu: mudo, surdo-mudo.

Pascal ofereceu a ele seu maço de cigarros. E José exclamou:

— Lucky Strike, Lucky Strike! Nunca fumei cigarros americanos na minha vida.

5.

Não demorou para que Pascal e José se tornassem inseparáveis. Sem poder mais ver sua mãe ajoelhada na água suja para esfregar o assoalho dos ricos, fazendo filho atrás de filho com o sírio mais rico do país, aos dezessete anos José largou o casebre da família. Deixou Fond-Zombi, se instalando em Bois Jolan, na casa de um meio-irmão de sua mãe que também era seu padrinho e que morreu sem filhos.

Bois Jolan é uma das municipalidades mais pobres do país. Nada supera a feiura de suas casas velhas e bambas. Mas é também o reino do mar. Quando está de bom humor, tranquilo, vem lamber a areia cintilante. Nos momentos de cólera, lança suas ondas e troveja com uma voz furiosa. À noite, se apazigua e murmura com sua voz gutural inigualável.

Quando José deixou Fond-Zombi, ele levou consigo seu irmão mais novo, Alexandre, pois sua mãe não conseguia mais pagar a quantia irrisória cobrada pelo Instituto Mortimer. Alexandre era um menino de dez anos, bonito e delicado como uma garotinha. Decerto não podia falar, mas ele sabia rir. Do quê? Sem dúvida, de quimeras, de bobagens que lhe passavam pela cabeça. Todo o dia, um arrulho igual àqueles das rolinhas, uns gritos mais ou menos agudos, mas sempre harmoniosos, saíam de sua boca. José o amava e logo Pascal também o amou.

Pascal gostou imediatamente de viver em Bois Jolan, um lugar tão diferente daquele onde ele havia crescido: homens sentados na areia remendando suas redes numa torrente de piadas que fariam um morto rir, donas de casa com o cabelo preso em vários coquinhos bantu arrastando chinelos velhos, o cheiro de salmoura dos peixes na defumação; ele gostou tanto que acabou por se instalar com José em caráter permanente. Estranhamente, não cogitou confiar a ele sua origem e nem revelou a suposta identidade de seu pai.

Na noite em que tomou a decisão de viver com José em caráter permanente, teve um sonho: um homem, cuja face ele não podia distinguir, lhe sussurrava com um forte sotaque estrangeiro. Espanhol, talvez?

— De agora em diante, farei de ti um pescador de homens.

Ele acordou tremendo na noite funda. Pescador de homens, o que aquilo significava? Os homens não são como peixes vermelhos ou lindamente salpicados de azul, admirados pelo vidro de um aquário. Não são fáceis de manipular, eles são teimosos e cada um só quer fazer o que tem vontade.

José e Alexandre não tratavam Pascal como um messias, mas como um irmão mais velho, particularmente querido em seus corações. Todos os dias, deixando Alexandre adormecido na pilha de trapos que lhe servia de cama, José e Pascal embarcavam em um barquinho e iam pescar antes do amanhecer. Era como a primeira manhã do mundo. Tudo tinha o mesmo branco leitoso. Não se ouvia ruído algum, apenas os sussurros das almas que se agitavam na hora de acordar e indo dar conta de suas primeiras ocupações. Uma única coisa entristecia Pascal, só traziam para a costa um lote miserável de pesca, que mal cobria o fundo do barco.

Para remediar aquilo, ele teve uma ideia:

— E se colocássemos nossas armadilhas perto da ilhota Bornéu, não acha que nos sairíamos melhor? — sugeria sempre a José, que sacudia a cabeça negativamente e respondia a cada vez:

— Na ilhota Bornéu, nenhuma árvore cresce, só há areia e raros cactos. Se fôssemos para lá com nossas armadilhas, em poucos minutos queimaríamos como tochas.

Um dia, contra todas as probabilidades, José se deixou convencer. À primeira vista, sua reticência era justificada. A ilhota Bornéu, queimada e descamada, abrigava apenas cactos raquíticos que emergiam do solo pedregoso e algumas cabanas decrépitas, onde em outros tempos os pescadores colocavam peixes para secar ou defumar. No entanto, no dia seguinte, quando eles voltaram, o que descobriram superou todas as suas expectativas: tencas, *balarous*, violas, ciobas, dourados, garoupas e até pequenos tubarões-brancos apinhados nas armadilhas. O barco ficou tão pesado que não obedecia mais aos comandos e demorou horas para que voltasse a Bois Jolan.

Quantos peixes! Quantos peixes! Num piscar de olhos, a notícia se espalhou por toda a vila e uma multidão correu até a praia.

Para entender esse rompante, é preciso saber que no passado, antes que as embarcações japonesas e chinesas cumprissem seu trabalho de morte, os peixes eram os reis do país. Os antigos se lembravam dos bons e velhos tempos, quando não havia espécies protegidas. Tudo era bom para se comer. Em toda parte, os restaurantes tinham uma excelente reputação por oferecer ensopados e espetinhos feitos com peixes de Bois Jolan, enquanto em todas as cozinhas flutuavam os aromas dos cozidos, temperados ou não com pimenta *bonda man Jacques*. Em suas balanças Roberval, os pescadores pesavam quilos de tartarugas de carne verde, pedaços de atum, cujo sangue é igual ao dos humanos e, habilmente, abriam as conchas dos lambe-lambe para extrair a carne. Eles também não se esqueciam de desembaraçar os longos braços eriçados de ventosas dos polvos.

Aquela foi a primeira das pescas milagrosas de Pascal, como rapidamente as chamaram por todo o país. Elas deram origem a rixas, discussões e brigas acaloradas. Elas poderiam ter causado verdadeiros motins se o prefeito de Bois Jolan, Norbert Pacheco, não tivesse interferido.

Um sujeito esquisito esse Norbert Pacheco, ele não só era o prefeito de Bois Jolan, como também ocupava um cargo muito importante na direção da empresa estatal Le Bon Kaffé. Quando os trabalhadores começaram as passeatas e manifestações pelo país, Norbert mandou para cima deles esquadrões de polícia, que espancaram os manifestantes antes de jogá-los na prisão.

Le Bon Kaffé empregava três quartos dos homens e mulheres aptos do país. Nos panfletos turísticos, a empresa se gabava de suas realizações sociais. Oferecia a seus funcionários, por um aluguel módico, apartamentos espaçosos localizados nas torres de concreto que despontavam por toda parte. Era também dona de dois liceus e de um colégio de ensino fundamental, nos quais os pais fariam qualquer coisa para garantir uma vaga para seus filhos. Nessas instituições, os alunos vestiam um uniforme elegante listrado e usavam um chapéu-panamá que vinha diretamente da América Latina.

Mas a realidade era bem diferente. Os trabalhadores de Le Bon Kaffé se queixavam de ser explorados e de receber salários dos mais baixos que se possa imaginar, o que explicava o descontentamento.

Nas primeiras manifestações em Bois Jolan, Norbert Pacheco recorreu a seus velhos hábitos. Despachou para a praia a força policial, que obrigou os compradores a fazerem fila e se absterem de qualquer comentário. Foi esse o preço que se pagou pelo retorno à calma desde então.

6.

Foi depois da quarta pesca milagrosa que Pascal contou a José sobre sua suposta origem. Ele o deixou falar e depois o interrompeu rindo:

— Faz tempo que eu ouvi essa história. É uma piada ou você está falando sério?

Pascal não soube o que responder e, depois de um silêncio, admitiu:

— Eu mesmo não sei de nada. Queria mesmo ter certeza disso que contam.

Os dois amigos nunca mais tocaram no assunto.

Os meses se passaram e Pascal recebeu uma visita inesperada: Jean-Pierre. Ele estava sozinho, José tinha acompanhado Alexandre ao Instituto Mortimer. Fazia mais de um ano que pai e filho não se viam. Foi de modo covarde, por carta, que Pascal havia informado seus pais que ele deixaria O Jardim do Éden para se instalar com José, em Bois Jolan, em caráter definitivo. Não tinha ousado dizer que não era filho deles de verdade e que procurava constantemente definir a missão que alguns lhe atribuíam. Ele se limitara a acumular argumentos confusos, complicados, que traíam as hesitações do seu coração e o remorso que sentia. Logo ele teria vinte anos e seria perfeitamente capaz de decidir seu futuro. Além disso, eles sabiam que Pascal nunca havia amado o ambiente burguês onde tinha sido obrigado a viver, e sabiam também da sua arrogância e indiferença egoísta a tudo que não lhe dizia respeito diretamente.

No entanto, a verdade era outra. Todas as crianças adotadas passam por essa fase, como os psicólogos não cansam de repetir. Os cuidados que recebem de seus pais adotivos tendem a ser minimizados e a preocupação com suas verdadeiras origens se torna uma obsessão. Ele nunca conheceria os beijos de sua mãe verdadeira, sua ternura, o gosto e o cheiro de sua pele. Às vezes, acontecia de seguir desconhecidas pela rua, seduzido por suas formas maternais. Sua vida se estendia entre dois polos que escapavam inteiramente de seu controle: saber de onde ele vinha e para onde iria.

Jean-Pierre estacionou sua picape na frente da cabana de José e desceu com dificuldade. Pascal ficou olhando-o se aproximar com coração apertado. Ele nunca teria imaginado o quanto seu pai envelheceria em tão pouco tempo. Agora estava careca, barrigudo e, ainda por cima, caminhava com muita dificuldade, arrastando os pés e parando por uns instantes para respirar. Os dois homens se abraçaram.

— O que aconteceu? Do que está sofrendo? — se preocupou Pascal.

— Os médicos dizem que é artrose — respondeu Jean-Pierre. — É um problema comum, frequente na minha idade, mas bem doloroso.

Ele se deixou cair pesadamente numa cadeira e explicou:

— São as minhas pernas — gemeu ele. — Eu me pergunto por quanto tempo ainda poderei andar.

Pascal ergueu as calças de tecido cinza que seu pai usava e deixou à mostra duas pernas avermelhadas, inchadas, cobertas de uma pele que parecia escamosa, translúcida e marcada por manchas escuras. Ele as massageou suavemente. Depois de um tempo, ele ordenou:

— Levante-se e ande.

Jean-Pierre obedeceu e deu uns passos ao acaso pelo cômodo, exclamando com espanto:

— O que você tem nas mãos? Já me dói menos.

Pai e filho se olharam com um carinho um pouco lacrimoso, depois Jean-Pierre voltou a se sentar.

— Não foi para mostrar as minhas pernas velhas que eu vim até aqui. Eu vim para pedir que volte para casa. Sua mãe e eu temos a mesma opinião. Com a educação nas melhores escolas que nós lhe oferecemos, como se lembra, não é normal que você tenha uma profissão tão miserável como a de pescador.

Pascal se ofendeu, mas Jean -Pierre prosseguiu sem baixar o tom de voz:

— Eu não terminei. Sua mãe está muito mal de saúde, é um câncer em fase terminal. Não sei se ela vai chegar ao final do ano com a gente.

Os dois homens conversaram mais alguns minutos e depois Jean-Pierre, com as pernas de repente curadas, voltou ao estacionamento que ficava na costa e se instalou ao volante do seu carro.

Ao ficar sozinho, Pascal sentiu as lágrimas chegarem aos olhos. Não passava de um ingrato: sua mãe estava gravemente doente e ele ignorava. Lembrava-se de todo o carinho que tinha recebido de Eulalie, de suas palavras afetuosas e sempre elogiosas. Sua decisão foi tomada. Quando José voltou de Fond-Zombi, ele anunciou que deixaria Bois Jolan e voltaria para perto de seus pais n'O Jardim do Éden. José tentou dissuadi-lo, mas ele se manteve firme.

Como de costume, depois do jantar, os dois homens foram até o Joyeux Noël, um bar que adoravam. O nome do bar escondia uma brincadeira que só podia ser compreendida pelos iniciados. O proprietário se chamava Joyeux, era o sexto filho de Manuel e Rosa Noël, que só tinham tido meninos. Ao chamá-lo de Joyeux Noël, eles pretendiam dizer ao destino que não queriam mais garotos. Esse estranho estratagema deu certo, pois, ao fim de sua gravidez seguinte, Rosa deu à luz uma menina que os pais batizaram de Bienvenue.

O bar Joyeux Noël ficava numa cabana aberta sobre o mar. A atmosfera reinante era das mais calorosas. Joyeux Noël era um homem gordo com um rosto plácido e os lábios perpetuamente abertos num sorriso de boas-vindas. A música de uma velha vitrola bradava as beguines da moda. Em todas as mesas estavam sentados os goelas-secas esvaziando copos de rum. Mal José e Pascal tinham se sentado e José, muito popular naquele lugar, escapuliu para apertar as mãos ou beliscar a bunda das atendentes que ele conhecia muito bem. Acostumado às manias dele, Pascal se sentiu irritado como sempre. Para se recompor, se serviu de um copo de suco de cajá.

Foi então que um homem se aproximou da mesa. Pascal teve a estranha sensação de conhecê-lo, de já tê-lo visto antes, mas o recém-chegado não fez qualquer gesto de reconhecimento. Ele tinha uma aparência rara. Usava uma roupa estranha com listras e de corte antigo. No pescoço, a gravata fora substituída por um tipo de fita branca e macia. O mais surpreendente na sua aparência era que um objeto parecia estar escondido sob seu casaco listrado e estufava suas costas. Uma corcunda? Ele tinha nas mãos um pacote cuidadosamente embrulhado.

— Posso me sentar com você? — perguntou.

Um pouco surpreso, Pascal fez de pronto um gesto de consentimento.

Uma vez sentado, ele desfez o pacote que carregava e revelou uma rosa de um tom marrom claro que Pascal reconheceu com surpresa.

— Uma Tété Négresse! Sem dúvida, você acredita que é a rosa de seu pai? Ele não inventou a Tété Négresse. Se eu nunca o denunciei é por consideração a você. Na verdade, seu pai apenas me copiou. Eu sou o criador dessa maravilha, eu a dei a sua mãe no dia do seu batizado, e veja o que aconteceu.

Pascal o olhou com raiva. Ele sempre acreditou que Jean-Pierre era o inventor da rosa Tété Négresse. Mas, naquele momento, a vitrola do bar berrou mais forte e a música invadiu todo o lugar. Chocado, Pascal exclamou:

— O que você está dizendo?

O desconhecido se levantou:

— Vamos sair daqui. Eu tenho muitas outras coisas para contar para você.

Pascal obedeceu e os dois desapareceram na noite.

Quando José voltou para se sentar, minutos depois, ele encontrou a mesa vazia. Para onde tinha ido seu companheiro? Quando havia se cansado de sua conversa cara a cara com um copo metade vazio e uma garrafa de rum recém-começada, José saiu para o terraço que dava para o mar. De lá, se podia ver as luzes de Porte Océane e também aquelas mais fracas, como se envoltas na bruma, da ilha de Pangolin: a ilha de Pangolin tinha vivido um destino incomum. Primeiro, taxada de prostíbulo do Ocidente pelos ensaístas do terceiro mundo, como Cuba e diversos países da América Latina, ela também teve sua revolução e se tornou uma virtuosa república onde o turismo era proibido. No momento, ela dava medo a todos e se cochichava que a vida por lá não era muito boa.

O que faz a vida ser boa? Para falar a verdade, José não tinha esses pensamentos na cabeça. Tudo o que o inquietava era a ausência de Pascal. Ele desceu de quatro em quatro os degraus que levavam aos banheiros: dois urinóis lascados e um cubículo que mal fechava, tudo fedendo a mijo.

— Você viu meu amigo Pascal? — perguntou ele à senhora que cuidava do banheiro, que, com óculos em cima do nariz, bordava uma roupinha de bebê. Ela sacodiu a cabeça e respondeu:

— Não, não o vi hoje.

José, cada vez mais inquieto, correu para fora. Bois Jolan, que por horas tinha cozinhado e assado no calor do dia, começava a viver com as brisas que a noite enfim trazia.

Depois de ter dado a volta na praça dos Insurgés, José entrou na rua dos Pas-Perdus e bateu na porta de Carmen, uma garota que fazia amor com ele de graça. Procurou Pascal a noite toda, logo ajudado por seu irmão mais novo, Alexandre, e por muitos amigos que não moravam longe da casa dele. Ele telefonou para Jean-Pierre que respondeu, com um vivo espanto, que não tinha visto Pascal. Ele desceu até Fond-Zombi, a vinte quilômetros de distância. Ele deu três voltas na praça dos Martyrs, em vão. Não havia sinal de Pascal. Logo o país teve que se resignar: Pascal tinha desaparecido.

Aqueles que não gostavam dele tinham uma explicação simples: Pascal tinha dormido num banco de praça e a polícia o acordou. Como ele não mostrou um documento de identidade, foi levado e preso por esse delito. A ausência de Pascal durou coisa de dois meses e, um belo dia, ele reapareceu.

7.

Uma manhã, reapareceu na casa de seus pais n'O Jardim do Éden num velho pijama de flanela azul que gostava. Havia acordado algumas horas antes, vestido daquele jeito. Olhou ao redor e reconheceu o quarto bem familiar com seus brinquedos de criança e uma grande fotografia de Che Guevara, pois achava o líder muito bonito, muito elegante, com sua boina e sua roupa de combatente.

Sentado na sala de jantar, seus pais tomavam o café da manhã, farto como de costume, pois a dor não lhes diminuiu o apetite: melão doce, chocolate ao leite, croissants caseiros. Ao ver o filho, por quem tanto chorara, Eulalie quase desmaiou:

— É você! É você! — Ela chorava com a mão sobre o coração para conter as batidas. — De onde você saiu? Onde estava?

Pascal se sentou com calma e se serviu de uma xícara de chocolate.

— Por que me faz as mesmas perguntas? — disse ele com frieza. — Não sabe que eu devo antes de tudo compreender o mundo, estar a par de suas estruturas mais profundas?

Atingida por aquela resposta firme, Eulalie começou a chorar, mas, em vez de consolar sua mãe, Pascal deu de ombros e voltou ao quarto.

Depois disso, ele não deu qualquer informação sobre o que tinha se passado durante aqueles dois meses; parecia que nem ele sabia. Enquanto Jean-Pierre, homem pudico e discreto, respeitava aquele silêncio, o mesmo não acontecia com Eulalie. Como sempre, possessiva, autoritária e intolerante, ela bombardeava seu filho com perguntas.

— Tem ao menos alguma coisa de que você se lembra. Você foi muito longe?

Pascal balançava a cabeça que sim e respondia em um tom vago:

— Creio que o país onde me encontrava era desértico, repleto de dunas arenosas, à noite percorridas por um vento glacial. Creio que eu dormia numa barraca.

— Você viu seu verdadeiro pai? — insistia Eulalie.

— Infelizmente não — respondia Pascal. — Se eu o tivesse visto, guardaria alguma lembrança.

O que se pode afirmar é que, ao retornar, o caráter de Pascal havia mudado. Ele que sempre tinha sido brincalhão, que sempre dizia algo que fazia rir, se tornara solene, afetado, artificial. Sua origem mais do que nunca havia se tornado uma obsessão e um enigma que ele constantemente tentava resolver. Ele também se tornou pedante. Seus assuntos preferidos para conversa eram a escravidão e as colonizações, a tutela e a exclusão de sociedades inteiras e principalmente o lugar e o papel de Deus no mundo. Ele amava mais que tudo falar dos descobrimentos. Fustigava o gringo sujo que era Cristóvão Colombo, que, depois de ter aterrorizado os ameríndios ao erguer cruzes gigantes sobre suas praias, os exterminara do primeiro ao último.

Aqueles que o ouviam, assentiam com a cabeça em estupor. Aquilo não parecia nada com o que tinham aprendido na escola. Como se reconhecer nessas histórias tão diferentes? Não existia uma verdade verdadeira que pudesse fazer face a todas as enganações? Talvez não houvesse uma verdade única. Existiam apenas interpretações.

José, que ele irritara, passou a evitá-lo. Também as pescas milagrosas se espaçaram antes de acabar por completo, o que foi a pior consequência. De que servia Pascal então? Foi neste momento que, numa maré de sorte extraordinária, José conseguiu uma bolsa para estudar mecânica em uma escola nos Estados Unidos. Ele deixou o país. Na véspera de sua partida, decidido a ignorar os olhares de desprezo que Eulalie lançava ao seu jeans surrado e a sua feia camisa de algodão, ele foi se despedir do amigo:

— Eu já ouvi dizer que a América é o país das maravilhas — disse ele. — Assim que eu puder, vou mandar buscar Alexandre e os médicos vão encontrar a voz dele onde quer que esteja escondida.

Pascal pegou sua mão com carinho:

— Não se preocupe com nada, eu vou cuidar dele.

Ele cumpriu sua palavra. Deu até um emprego a Alexandre n'O Jardim do Éden. Mas o garoto ficou entediado. Sentia falta do mar, de seu cheiro e seus caprichos que eram como os de uma mulher louca e mimada. Uma manhã, Alexandre não apareceu para trabalhar e Pascal entendeu que não era preciso procurá-lo.

Depois que José partiu para a América, Pascal descobriu que estava sem amigos e que vivia em extrema solidão. Ele tentou se aproximar dos trabalhadores d'O Jardim do Éden, mas eles foram reticentes e o receberam com bastante reserva. Para eles, Pascal era o filho dos patrões. Essa atitude deixava-o exasperado: filho dos patrões? Ele não era filho de ninguém. Não conhecia nem seu pai nem sua mãe. Os psiquiatras dizem que o feto é sensível desde muito cedo aos batimentos cardíacos da mãe. Depois, ele reconhece sua voz. Para ele, silêncio total, nem batimentos do coração nem eco da voz materna.

Consternado, ele comprou uma moto, Pégase, e com ela fez longos passeios pela estrada que costeava o mar. Às vezes ele ia até Porte Océane, cidade da qual gostava muito. Enquanto Fond-Zombi fora modernizada, substituindo suas casas de madeira altas e baixas por cubos de concreto em terreno aplainado, Porte Océane permanecia antiquada. O cais cheirava a bacalhau salgado e a rum, armazenados em amplos depósitos onde o sol e o ar raramente entravam.

Os meses seguintes foram marcados sobretudo pelo agravamento do estado de saúde de Eulalie. Ela raramente saía da cama e passava longas horas deitada numa espreguiçadeira no pátio, onde folheava distraída revistas e livros baratos.

Eulalie nunca teve uma saúde boa! Quando pequena, se não eram as tradicionais coqueluches, varicela ou sarampo, eram bronquite, pneumonia, pleurite. Aos doze anos, ela quase morreu de escarlatina, doença muito rara no país, que ninguém sabia como ela havia contraído. Aos dezessete anos, quando conheceu Jean-Pierre, a cada três meses, ela desmaiava, perdia sangue e abortava. Esse estado de coisas acabou por inquietá-la. Como consequência, foi consultar o velho médico Georgelin, que, antes dela, havia cuidado de sua mãe e de sua avó. Ela se submeteu a uma bateria de exames muito complicados e depois voltou ao consultório. Lá o médico disse a ela em tom grave:

— Creio que se você quiser continuar viva é melhor adotar.

Jean-Pierre e ela obedeceram ao conselho e se puseram a visitar o estabelecimento de Saint-Jean-Bosco, bem como todos os orfanatos do país. Porém, não conseguiam se decidir. Essa criança era branca demais, essa outra era preta demais, essa acolá é cule demais. Cansados, eles não sabiam mais o que fazer quando Deus lhes deu um magnífico presente: num domingo de Páscoa, Ele lhes deu Pascal.

Apesar da deterioração de seu estado de saúde, Eulalie permanecia muito alegre, com a cabeça sempre cheia de ideias e de projetos. Foi assim que, uma noite, durante o jantar, com uma alegria exuberante, ela anunciou a Jean-Pierre e Pascal uma grande novidade: Tina ia se casar. Quem era Tina? Era a filha de Marelle, uma mulher que durante trinta anos tinha lavado e esfregado o assoalho d'O Jardim do Éden. Tina fora a companheira de brincadeiras de Pascal e a família Ballandra a vira deixar de ser uma criança um pouco rechonchuda para se transformar numa jovem elegante e muito atraente.

Tina, como sua mãe antes dela, fazia faxinas. Eulalie estava muito orgulhosa desse casamento na igreja. Na verdade, Milou, um empregado do serviço de saneamento municipal, colocaria uma aliança em seu dedo, como se ela fosse uma burguesa, uma menina bem-nascida.

Um sábado, Jean-Pierre e Pascal foram à catedral de Saint-Pierre e Saint-Paul. Depois da cerimônia religiosa, assim que chegaram ao hotel L'Amphitryon, os convidados fizeram um brinde à felicidade dos recém--casados. A enorme parentada de Tina distribuía copos cheios de um líquido insípido que de champanhe só tinha o nome. Eulalie deu uns golinhos, depois reclamou:

— Que ruim! Nós queríamos ajudar, mas Tina, assim como Marelle, nunca pede nada a ninguém.

— Isso não tem importância — replicou Pascal, pois as observações insistentes da mãe o irritavam. — O que conta é que nós todos estamos com o coração em festa.

O que se seguiu parecia anunciar uma catástrofe. Imagine que, como entrada de um jantar de casamento, serviram fatias de abacate verdes demais misturadas a cubos de papaia maduros demais.

— Não consigo comer isso — declarou Eulalie empurrando seu prato para longe. — Pascal, será que você não pode ajudar?

— Como? — disse Pascal, espantado.

— Não sei — continuou Eulalie. — Você se lembra das bodas de Caná?

Exaltado, Pascal se levantou e saiu para fumar um cigarro, o que o acalmaria. No pátio, ele esbarrou em Tina, que vigiava uma camionete descarregando um monte de pratos de todas as formas.

— Posso ajudar? — perguntou mecanicamente.

— Como poderia? — respondeu ela. — Entre, vamos servir a sequência.

O resto do jantar foi uma delícia: serviram inhame *pakala* gratinado, galeto assado com molho de gengibre e, para terminar, sorvete de coco com merengue. Serviram até moltony, um prato de origem indiana, feito com porco e lentilhas. O que os convidados preferiram, no entanto, foi a excepcional qualidade dos pães trançados, fofinhos, que acompanhavam os pratos.

Entre os diversos pães oferecidos pelos padeiros no país: brioches, pão de centeio, baguetes, pães-canoa, pães integrais, a variedade preferida é, sem dúvida, a dos pães trançados. Qual é o segredo? Ninguém quer revelar. De todo modo, o miolo é branco, espesso e particularmente saboroso. É feito se entrelaçando tiras de pão sólidas antes de colocá-las no forno até ficarem crocantes e douradas. Sabe-se lá por que os convidados que tinham visto Pascal falar com Tina declararam que depois das pescas milagrosas ali acontecera seu novo milagre: a multiplicação dos pães trançados. Para a maioria, entretanto, não houve milagre algum.

Pois é preciso sinalizar uma reviravolta estranha: desde sua reaparição inexplicável, a opinião sobre Pascal tinha mudado. Alguns diziam de forma bem direta que ele era um impostor, um mágico que estava só repetindo truques aprendidos antes. A multiplicação dos pães trançados e depois o que mais? Em um bairro que ela conhecia perfeitamente por ter esfregado grande número de assoalhos, não devia faltar a Tina amigos que pudessem fornecer a comida quando ela precisasse. Os pães trançados eram uma especialidade conhecida de todos os padeiros.

Pascal não compreendia como ele havia passado de ícone querido para objeto da discórdia.

8.

Depois que um casal se jogou no chão na sua frente, evitando por pouco um grave acidente de carro, Pascal decidiu tomar as rédeas da sua vida. Mesmo que nunca tivesse visto o pai e este não pudesse lhe explicar o que esperava dele, podia ao menos adivinhar sua missão: tornar o mundo mais harmonioso e mais tolerante. Ele decidiu criar uma associação chamada A Gaia Ciência, em homenagem a Nietzsche, cuja função era estudar os grandes textos revolucionários ou religiosos de todas as civilizações.

Infelizmente, ele só conseguiu recrutar doze membros: dois desempregados que vagaram durante anos pela periferia parisiense antes de retornar ao país sem trabalho e hábeis na arte de todas as violências; dois sem-teto, que ninguém sabia ao certo se não tinham ficado mais sensibilizados com a pequena quitinete que Pascal lhes oferecera de graça. O resto dos discípulos eram compostos por trabalhadores raivosos, empregados pela Le Bon Kaffé e reunidos em torno de um certo Judas Éluthère, chefe do departamento pessoal e revoltado com a empresa.

Judas adorava contar histórias engraçadas:

— Meu nome parece bizarro, não é? É que a minha mãe viveu quinze anos com um homem que entregava em sua mão todo o dinheiro que recebia, que nunca saía da cama, um homem perfeito, não é? Quando ele morreu rachando a cabeça ao cair de um coqueiro, ela descobriu que na comunidade vizinha também havia uma viúva em prantos e uma penca de filhos. Quando ele via aquela mulher? Quando eles fizeram esses filhos? Quando eu nasci de seu segundo marido uns anos depois, ao se lembrar de sua experiência passada, minha mãe me batizou Judas.

Judas Éluthère sustentava que Monsieur Norbert Pacheco e sua gangue recebiam subsídios consideráveis da União Europeia, mas não retornavam nada além de uma soma módica para os salários dos trabalhadores que coordenavam. A mesma coisa ocorria com as habitações que, na maioria do tempo, eram alugadas em condições absurdas, a preço de ouro, para indivíduos que nem trabalhavam para Le Bon Kaffé. Suspeitava-se que Monsieur Norbert Pacheco era um indivíduo perigoso, contrário a todo bem-estar e toda harmonia no país.

Esse Judas Éluthère não tardou a assumir o papel de discípulo preferido. Pascal se surpreendia com os sentimentos que nutria por ele. Por que o amava tanto? Claro que Judas Éluthère era elegante e tinha classe, sempre bem-vestido com roupas de linho que lhe caíam maravilhosamente. Suas risadas frequentes eram harmoniosas, e seus gestos, sempre sedutores. Pascal se perguntava se não seria uma paixão homossexual, coisa que experimentara muitas vezes em sua vida. Quando estava no colégio, havia sentido um fraco por camaradas fortinhos, bem seguros de si, mas essas coisas nunca foram longe. Quando Judas Éluthère estava presente, seu coração batia mais rápido. Era varrido por ondas de calor. Nunca se cansava de conversar com ele nem de ouvi-lo cantar com sua bela voz de falsete: "Eu sonhei com outro mundo, onde a Terra seria redonda..."

*

É preciso dizer que Pascal não era virgem, ele conhecera as mulheres e fora vítima de numerosas paixões. Com frequência, ele acompanhara José em suas expedições amorosas, até o dia em que sua vida mudou radicalmente, o dia em que conheceu Maria.

Ele não a conheceu durante um serviço religioso, na igreja ou na catedral, ele a encontrou da maneira mais fortuita, como se encontra alguém que terá um papel importante em nossa existência. Numa tarde de muito calor, enquanto ele fazia a sesta nu, Maria entrou rapidamente no pátio da casa de Bois Jolan. Ela estava perseguindo uma de suas aves, que havia escapado. Ela morava a duas casas de distância e criava galos de uma espécie chamada bata, com a plumagem preta e branca, excelentes lutadores que sempre ganhavam as rinhas.

Maria tinha trabalhado anteriormente como bordadeira, mas a costura não dava dinheiro no país. Ela também se voltou a outro comércio, mais lucrativo: aquele de seus encantos. Era fácil para ela, pois era uma mulher muito bela, a pele aveludada de cor de âmbar, os cabelos dourados e a boca carnuda. Uma *chabine*! Pascal e Maria gostaram um do outro de cara, paixão à primeira vista, segundo a expressão consagrada. Desde aquele momento, eles passaram todas as noites da semana juntos. Na verdade, é necessário dizer que Maria tinha uma boa dezena de anos a mais do que Pascal, trinta e cinco, enquanto ele mal acabara de fazer vinte e dois. Mas essa diferença de idade não se via e dava para acreditar que os dois pombinhos tinham caído no mesmo ninho.

Quando Pascal voltou a morar com os pais, ela não quis mudar nada em seus costumes e, uma noite, foi dormir com seu bem-amado. No dia seguinte, no café da manhã, Eulalie fez um escândalo:

— Eu não quero mais ver essa mulher! — gritava ela.

— O que ela fez para você? — espantou-se Pascal, assumindo um ar cândido e inocente. — Ela não a cumprimentou com educação? Ela não se preocupou com a sua saúde quando a viu deitada em uma espreguiçadeira em vez de ficar assistindo televisão sentada num sofá como todo mundo?

— Sei reconhecer uma puta quando vejo uma — respondeu Eulalie com raiva. — Digo que não quero mais vê-la na minha casa.

Essa briga foi a gota d'água que fez transbordar o copo. Determinado a não voltar mais para lá, Pascal deixou definitivamente a casa dos pais e se demitiu d'O Jardim do Éden, pois tinha juntado boas economias.

Decidiu comprar casa própria, construção recomendada por Judas Éluthère. Ficava no Marais Salant, numa região outrora coberta por solo salgado que engordava os cabritos que ali eram levados para pastar. Os açougueiros afirmavam que o sal escondido nas frestas desta terra conferia um sabor inigualável à carne.

Se Pascal tivesse sido mais curioso, ele teria prestado atenção ao que Judas Éluthère lhe dissera sobre a locatária de uma casa elegantíssima situada na vizinhança. Verdade que parecia uma casa abandonada, pois a locatária nunca estava lá. Tratava-se de uma tal de Fatima Deglas-Moretti que passava a metade do ano em Fez, no Marrocos. A casa estava sempre com as portas e janelas fechadas, salvo quando um casal de velhos criados vinha arejar. No térreo havia um aposento amplo e parcamente mobiliado com cadeiras e bancos, as paredes cobertas de inscrições árabes. Nas sextas-feiras, se juntavam homens e mulheres com a cabeça coberta por um véu grosso e preto, coisa surpreendente neste país onde enfeites de cabelos são tão importantes. Era um templo? Era uma mesquita?

Fatima Deglas-Moretti se chamara Maya em outros tempos e se convertera ao islã depois do seu encontro com Alá. Em quais circunstâncias? Se Pascal tivesse sido mais curioso e tivesse feito perguntas, ele saberia, e assim teria se aproximado da verdade que o obcecava desde a infância.

*

E assim ele se instalou em Marais Salant com Maria. Depois de alguns dias, Marthe, a irmã dela, veio morar com os dois. Nenhuma mulher podia ser mais diferente que a outra do que essas duas irmãs. Maria só sabia se maquiar, passar pó, pintar de verde suas pálpebras, passar rímel preto nos cílios que faziam sombra aos seus belos olhos amendoados e batom em seus lábios carnudos. Sua distração preferida consistia em provar vestidos e mais vestidos, shorts e mais shorts, conjuntos de praia e mais conjuntos de praia. Marthe, ao contrário, negligenciava sua aparência e estava sempre malvestida. Ela só sabia varrer, passar aspirador ou espanador, esfregar o chão, cozinhar e botar a mesa.

Essa disparidade não deixava de chocar Pascal que, um dia, chamou Maria num canto:

— Você não pode ajudar a sua irmã? — perguntou ele num tom de reprimenda. — Você a deixa, sozinha, encarregada da faxina e da cozinha.

Maria jogou a cabeça para trás e deu uma grande gargalhada.

— É disso que ela gosta: de se sentir útil, eu diria que até mesmo indispensável. Ela certamente não sabe que, de nós duas, eu tenho mais sorte.

Depois dessa conversa, Pascal compreendeu e não interveio mais na relação das duas.

Na verdade, é preciso dizer que Pascal não se entendia mais com Maria como nos primeiros dias. Ela parecia cansada de seus questionamentos constantes sobre sua verdadeira origem e o desejo de descobrir quem eram seus pais. A princípio, ele não fazia qualquer menção ao assunto, depois ele passou a ocupar cada vez mais espaço em suas conversas. Maria lhe dizia, dando de ombros:

— Do que você está reclamando? Você tem um pai e uma mãe adotivos que o amam. Pouco importa que eles não o tenham gerado, isso deveria ser o suficiente.

Pascal reconhecia que ele nem sempre era alegre e despreocupado como ela desejava. É que, apesar de si mesmo, no fim das contas e com o passar do tempo, ele se tornava descontente consigo mesmo, pouco satisfeito com o rumo que sua vida tomava.

9.

Marthe e Maria tinham um irmão mais novo que se chamava Lazare, de dezoito anos. Ele sofria de tantas dores que parecia um deficiente, franzino, sofrido, com o cabelo ralo. Ele sobrevivia graças aos constantes cuidados que as duas mulheres lhe dispensavam bem como uma terceira, Emma, uma amiga, quem se duvidava que fosse uma amante, pois a ideia de fazer amor com Lazare era uma incongruência.

Do que Lazare sofria exatamente? Uns diziam que ele havia contraído dengue quando tinha apenas três anos e que essa terrível doença estragara seu sangue. Outros argumentavam que ele fumava muito *éliacin*, planta da família da marijuana, para amainar as dores que sentia com constância nos braços e nas pernas.

Apesar desse estado de saúde precário, Lazare tinha um gosto por rum local e frequentava assiduamente um bar situado no Marais Salant chamado Nostradamus. Pascal o acompanhava com frequência, deixando que Marthe e Maria assistissem a uma melosa novela brasileira na televisão. O bar tinha um quadro monumental, obra de Roro Maniga, o irmão gêmeo do dono, que tinha estudado na Índia e fora iniciado nas religiões daquela parte do mundo. Ele era um pintor muito conhecido e seus quadros agradavam infinitamente, pois eram uma mistura explosiva de sacrilégio e religiosidade. Foi assim que ele se tornou o autor de uma série intitulada *A Virgem com o menino*. Cada tela tinha a representação de uma mulher negra, uma mulher indiana, uma mulher *chappé-cooli*, uma *chabine*, uma *câpresse*, uma mulata e uma *octorone* segurando em seus braços um belo bebê negro.

Pelo costume de beber com Pascal e Lazare, Roro se tornou um amigo íntimo dos dois. Ele suplicava que intercedessem junto a Maria, pois tinha em mente um quadro intitulado "A anunciação a Maria" ao qual ele queria dar os traços dela. Ela se fez de rogada, pois tinha religião, tendo feito, devota, a primeira comunhão e a crisma.

No Nostradamus, a vitrola tocava sem parar as canções populares. Às vezes, ao sair do bar, Lazare estava tão bêbado que não conseguia pôr um pé na frente do outro e tinha que ser carregado por homens que levavam tochas para iluminar o caminho a sua frente.

— Um dia desses — cochichavam as más línguas —, ele vai cair no chão e será o seu fim.

Elas se enganavam, pois no dia seguinte, desperto desde as seis horas da manhã, Lazare já mijava com força nas flores do jardim.

Essa atmosfera leve foi logo transformada. Enquanto dormiam ainda no calor do amor feito durante a noite, Marthe veio acordar Pascal e Maria.

— Acordem — ordenou com uma voz atarantada —, algo de terrível aconteceu a Lazare.

Pascal e Maria desceram de imediato. Lazare estava deitado em sua cama, com os olhos fechados e a boca aberta. Ele não respirava. Quando

Pascal o tocou, teve um sobressalto de terror, pois ele estava frio. O frio da morte.

Marthe e Maria berravam juntas enquanto Pascal tentava em vão acalmá-las.

— Não se preocupem — murmurou com autoridade —, ele está só dormindo. Logo ele vai acordar. Vai acordar, eu garanto.

Essas palavras vinham de profundezas sombrias que ele não controlava por completo. Infelizmente, ele não parecia dizer a verdade, pois as horas se passaram e Lazare continuava imóvel, tal qual uma estátua.

Um pouco antes do meio-dia, Madame Linceuil chegou. Madame Linceuil era uma mulher pequena de pele avermelhada que dava aula de catequese para as crianças e sabia de cor todas as orações dos mortos. Sua voz era vibrante e aguda como aquelas das carpideiras da África.

A vigília continuou noite adentro em torno de Lazare, sempre deitado em sua cama, e todos se convenceram de que ele tinha partido definitivamente para o outro lado. Perto da meia-noite, ele acordou abruptamente e se sentou sem esforço.

— O que vocês estão tramando? — perguntou ele. — Estou com fome, queria comer e preciso de uma xícara de café. Mas não *Kiololo*!

Maria e Marthe se abraçaram e riram:

— Ele está com fome, ele quer café!

Lá se foram as duas para a cozinha.

Esse evento incomum causou uma polêmica sagrada. De norte a sul do país, os ânimos se exaltaram.

— Lazare ressuscitou dos mortos graças a Pascal? Que piada! — diziam uns, enquanto outros se enchiam de um respeito infinito.

Então Pascal era um deus. Que deus? Perguntaram alguns. O orgulhoso Deus dos cristãos, aquele que dividiu a história da humanidade em antes e depois? O autoritário Alá, que recusa qualquer representação de seus traços? Buda, que, depois de um pequeno passeio pela vida, descobre a doença, a velhice e a morte? Papa Legba, que fica bem nas encruzilhadas? Sakpata, deusa da varíola?

— É mais verossímil que Lazare tenha fumado folhas de *éliacin* demais — afirmavam os espíritos críticos — e que elas o tenham lançado num coma do qual ele não acordou por longas horas.

O bispo Altmayer, aquele mesmo que havia batizado Pascal, subiu no púlpito e denunciou a blasfêmia que circulava:

— Vocês não sabem que Pascal era filho adotivo de um casal de cultivadores bem conhecido de todos?

Para Pascal, ficou cada vez mais difícil botar o nariz para fora de casa. Na rua, ele era às vezes acolhido com sorrisos de admiração, às vezes alguns afoitos o cobriam com olhares de desprezo. O boato daquele evento milagroso se propagou ainda mais e chegou no Canadá.

Uma equipe de televisão veio entrevistar Jean-Pierre e Eulalie. Não seriam eles as melhores pessoas para dar um testemunho sobre a origem de seu filho adotivo? Se Jean-Pierre, fiel a si mesmo, recusou-se a responder, Eulalie não relutou em se fazer notar. Ela se pavoneou diante das câmeras, fez poses, fez caras e bocas. Ela mergulhou em suas memórias.

— Jean-Pierre e eu — declarou ela — estávamos determinados a adotar uma criança. Mas nós não concordávamos em um ponto. Eu queria um menino. Ele queria uma menina. Ele tinha até escolhido o nome: Anouchka, que era o da heroína de um conto que ele adorava na infância.

Ao concluir sua entrevista, a jornalista declarou com um sorriso:

— Mas um deus... não é assim que toda mãe enxerga seu filho?

Àquilo, nem Eulalie nem Jean-Pierre souberam como responder. A frase foi certeira e as pessoas repetiram-na em todas as casas de Fond-Zombi até Porte Océane.

Pascal não apenas se sentia torturado por aquela polêmica, ele estava perturbado pelo que acontecia dentro dele. "O amor é uma criança boêmia que nunca conheceu a lei", diz a ópera *Carmen*, de Georges Bizet. Isso é, infelizmente, a triste realidade. Pascal se deu conta de que ele não tinha praticamente mais nenhum sentimento por Maria. Suas formas, que antes o excitavam, agora o deixavam frio. Tudo o que ela fazia parecia insuportável, especialmente sua voz, que a ele soava muito estridente quando ela o chamava por brincadeira ou a sério de *Meu Rei* ou *Meu Deus*.

Antes eles passavam um tempo considerável fazendo amor; eles se deitavam no colchão estendido no jardim e recebiam, lado a lado, os beijos do sol. Quando ficavam com muito calor, os dois se refugiavam sob um toldo no pátio e se refrescavam compartilhando sucos de fruta.

Agora, mal engolia seu café, Pascal subia ao último andar da casa, até uma sala que havia transformado em escritório. Pegando um bloco de notas, ele se metia a escrever freneticamente. Em questão de semanas, ele preencheu mais de uma centena de páginas. No entanto, não estava satisfeito com o resultado. Seu texto misturava teorias obsoletas, como a luta de classes ou a exploração do homem pelo homem, e reflexões mais modernas, como aquelas sobre os males da globalização. Ele não se decidia se podia confiar essa obra aos cuidados de um editor. Consternado, não dormia mais à noite, até que Maria começou a duvidar do que estava acontecendo com ele e a fazer perguntas sobre sua saúde.

10.

Aconteceu então um evento trágico e inesperado: Eulalie morreu! Como diz o provérbio bambara: *a morte não bate tambor*; ela chega de surpresa e escolhe a pessoa que quer. Eulalie se queixou, durante todo o dia, de dores no peito, e se retirou para o seu quarto muito cedo, mas Jean-Pierre não a acompanhou. Como fazia todas as noites, ele tomou um rum seco e fumou dois cigarros, quando Pompette veio puxar a bainha de suas calças. Irritado com aquilo, passados quinze minutos, entendeu que a cadela queria mostrar alguma coisa e a seguiu para dentro. Encontrou Eulalie tombada na cama, inconsciente e com a boca borrada de sangue. Sem pensar em chamar o médico, ele se deixou cair no chão e chorou até amanhecer, quando decidiu telefonar a Pascal.

Eulalie não tinha família, seu pai e sua mãe haviam morrido alguns anos antes. Seu único irmão, Ingmar, era casado com uma sueca e achava que Jean-Pierre era preto demais para ser parte de seu círculo social.

A partir das oito horas da manhã, os vizinhos, misteriosamente alertados sobre a morte súbita, começaram a se dirigir ao Jardim do Éden.

Eles encheram o pátio e todos os caminhos do jardim. Perto das nove horas, uma pequena multidão de enlutados havia chegado, pois Eulalie tinha sido presidente de inumeráveis associações de caridade e a notícia terrível havia circulado rapidamente em Fond-Zombi. A incansável Madame Linceuil, que chegou quando deu dez horas, marcava o tempo, regendo o coro dos lamentosos:

Mais perto de ti, meu Deus,
mais perto de ti,
a sombra vela meus olhos,
mas eu tenho a fé.

Um por vez, muitos membros do clero chegaram e o grande salão ficou cheio de gente em pranto. À noite, durante o velório, simpatizantes se aglomeravam vindos de todas as partes, uns a pé, outros de moto ou de carro. Alguns municípios chegaram a disponibilizar ônibus gratuitos para seus habitantes.

A dor de Jean-Pierre era imensa. Passava e repassava, por sua cabeça, o tempo abençoado quando Eulalie estava viva. Ele não tinha nem vinte anos quando eles se conheceram em uma noite de carnaval, em um baile Titane, organizado por uma das paróquias de Fond-Zombi. Como ela era bonita com seus dezesseis anos, ajeitando seu cabelo loiro com uma mão e, com a outra, erguendo sua saia cigana sobre as pernas maravilhosamente torneadas! Os rapazes faziam fila para convidá-la para dançar, mas ela só tinha olhos para um deles. Entre Eulalie e Jean-Pierre, o amor fora instantâneo.

Mas quando ele veio anunciar aos pais dela que tinha intenções sérias e que a pediria em casamento, a família não o aceitou porque sua pele era preta como carvão. O casal então fugiu e se instalou em um pedaço de terra que Jean-Pierre tinha comprado a preço de banana de um horticultor falido. Para dizer a verdade, durante os primeiros anos, n'O Jardim do Éden só se cultivavam arbustos, decorativos certamente, mas que necessitavam de pouco cuidado e de pouca água: alamandas, sangues-de-dragões, flamboyants-mirins amarelos ou vermelhos.

Apesar do sorriso luminoso da jovem esposa, os fins de mês do casal não se tornavam menos sombrios. O golpe de mestre aconteceu alguns anos mais tarde quando um rebanho de cabritos ou uma manada de bois — não se sabe bem, em todo caso, animais que não deveriam estar onde estavam — destruiu as estufas d'O Jardim do Éden, que ainda era um horto modesto. Ao invés de lamentar o estrago, Jean-Pierre teve a ideia de cruzar e transplantar os arbustos arruinados e assim ele fez nascer a rosa Cayenne. A partir de então, o dinheiro fluiu e a família de Eulalie se dobrou diante de um amor que até então havia desprezado. O casamento aconteceu com alegria, fanfarra e bom humor.

No entanto, a tristeza de Jean-Pierre não era nada quando comparada com a de Pascal. Ele chegara nos braços de Maria, pois suas pernas não o sustentavam mais. Tinha a sensação de estar prestes a desmaiar. O remorso acentuou sua dor ainda mais. Era ele quem colocava sobre seu rosto uma máscara dilacerante. Dizia a si mesmo que não tinha sido um bom filho. Que não esteve à altura dos sentimentos que a falecida tinha por ele.

Ele se lembrava principalmente de sua última conversa. Um domingo à tarde, ele tinha vindo vê-la e as janelas estavam escancaradas para que o calor do sol entrasse, pois Eulalie sentia um frio constante. Ela deixara de lado as perguntas que ele fazia sobre sua saúde e o olhara diretamente nos olhos:

— Sabe o que seria ótimo? — perguntou ela. E como ele sacudiu a cabeça, ela revelou. — Uma criança, eu queria que você me desse um neto antes que eu me vá.

Ele respondera secamente:

— Uma criança, como seria possível? Você detesta e despreza aquela com quem eu vivo e você quer que eu tenha um filho com ela?

Ela havia replicado sem se deixar abater:

— Decerto que não é a melhor das mulheres com quem você poderia ter um filho, você deve concordar.

Ele então berrou:

— Não é da sua conta. Roro Maniga, sabe quem é Roro Maniga, o famoso pintor, ele queria fazer o retrato dela, de tão bonita que ela é!

Neste momento, sem mais uma palavra, ele saiu.

No entanto, não faltavam espíritos maledicentes: os mesmos que apoiavam Pascal se voltaram contra ele. Como era possível que aquele que ressuscitara Lazare dos mortos se revelava incapaz de salvar a própria mãe! Ele tinha coração? Judas Éluthère deve ter quebrado a cara de meia dúzia de indivíduos que tiveram uma atitude assim.

Sem querer reduzir velórios a um pretexto para comer de graça, alguns se reuniam num canto para beber rum e comer bolinhos. Mas não há velório de verdade sem *soupe grasse*, deliciosa mistura ensopada de abóbora, cenouras, bem temperada com alho e salsinha. Naquela noite, a *soupe grasse* tinha sido preparada por Tina, aos prantos, que quis manifestar sua ligação com aquela que dizia afetuosamente ser a sua segunda mãe. Não faltou para ninguém. Tina não sabia que, sem querer, havia pano para manga daqueles que afirmavam que o milagre de Pascal, batizado de *a multiplicação dos pães trançados*, ocorrido durante seu casamento, era na realidade um embuste.

Depois da *soupe grasse*, houve, sempre sob a direção de Madame Linceuil, um crescente de cantigas e canções religiosas que durou até de manhã, quando o céu começou a dourar.

II.

O enterro de Eulalie abalou o espírito de todos. Aconteceu no início da tarde e, por causa disso, as pessoas se dispersaram já que o cemitério de Briscaille era bem afastado. Era preciso pegar o caminho para Porte Océane e segui-lo até o povoado de Vauban. Chegando lá, no encontro de três estradas havia uma indicação para entrar à esquerda, subir um monte e atravessar uma pinguela sobre as águas de Bains Jaunes, como chamavam a fonte sulfurosa que ali se encontrava, dita preciosa para curar doenças de pele.

Foi uma sucessão de carros luxuosos, todos que puderam fizeram questão de manifestar sua simpatia. Encabeçando o cortejo, no carro fúnebre forrado com fotos da falecida, Jean-Pierre e Pascal ficaram ao redor do caixão de Eulalie, todo coberto por coroas de flores. Uma das fotos era particularmente notável. Nela via-se Eulalie radiante, em todo o esplendor de sua juventude e beleza, segurando o filho recém-nascido nos braços.

Apesar da tristeza, Pascal se perguntava se sua presença junto a Eulalie não contribuía para perpetuar uma mentira. Ela não era sua mãe verdadeira. Uma outra o ensinara a reconhecer os batimentos de seu coração e a distinguir o som de sua voz quando ele estava em seu ventre. Onde ela se escondia? Quantas portas ele teria que abrir antes de encontrá-la? Como o acolheria? Esse mistério o torturava.

Panfletos turísticos afirmam que o cemitério de Briscaille, datado do século XIX, é o mais bonito do país. É inegável que seus túmulos cobertos de lajotas pretas e brancas se destacam contra o azul do céu, num efeito surpreendente. O cemitério foi construído no cume de um monte. Assim, ele combina com seus contornos.

O mausoléu da família Ballandra tinha a forma de um pagode chinês. No primeiro andar estavam empilhados os caixões de diversos membros da família, enquanto o térreo estava organizado como uma sala de música. Assim que chegou, um grupo de músicos se instalou nos assentos e cada um pegou seu instrumento: viola, violoncelo, flauta de bambu, pandeiro e até um ukulele, nas mãos de uma antiga amiga de Eulalie. Eles começaram o *Requiem*, de Dvorák, que era seu favorito. Em seguida, o bispo Altmayer, com os olhos inchados de chorar, pronunciou uma homilia que tocou o coração dos mais insensíveis. Ele lembrou as qualidades excepcionais da falecida e da grande perda que sua morte representava para o país.

Quando a cerimônia terminou, o sol se refugiava em um canto do céu que havia se inundado com manchas de sangrentas. Um vento fresco enfim veio do mar e acariciou as plantas que cresciam perto dos túmulos. As pessoas tomaram as ruelas do cemitério, rumo à saída.

Pascal se encontrava no centro de uma pequena multidão de simpatizantes, que vinham lhe dar suas últimas condolências. Foi então que uma jovem, elegantemente vestida e penteada, usando um chapéu vermelho, uma cor infeliz para as circunstâncias, se aproximou dele. Ela pegou sua mão e sussurrou:

— Sua mãe era um exemplo para todas as mulheres. Querido irmão, quando você me dará a honra de vir falar comigo?

Antes que ele pudesse responder, Maria se pôs entre eles, enquanto Judas Éluthère interceptava o cartão de visita que a jovem lhe estendia.

— Não sabe quem é ela? — falou no ouvido de Pascal, que se surpreendeu com aquela intervenção abrupta. — É Estelle Romarin, a mais famosa puta do país. Voltou de Paris, onde dormiu com todos os homens do lugar para conseguir benefícios. Acabou de ser nomeada secretária de Estado para a Condição dos Desassistidos.

Pascal disse baixinho, com a cabeça em outro lugar:

— Aquele que não tem nada contra si mesmo, que insulte primeiro!

Acostumado com suas palavras muitas vezes misteriosas e incompreensíveis, Judas Éluthère não protestou. Além disso, as pessoas se dispersavam e cada um entrava em seu carro.

A primeira noite depois do enterro é a mais sofrida, pois todos os pensamentos se voltam àquele que acaba de nos abandonar, completamente só, em sua última morada. Como suportará a eternidade? Marthe e Maria, em vão, ofereceram café e abriram pacotes de docinhos de coco. A dor pesava sobre aqueles que se encontravam em Marais Salant.

Para refrescar as ideias, Pascal, acompanhado de Lazare, Judas Éluthère e outros amigos, tomou o caminho do bar Nostradamus. O clima era festivo, pois, assim como diz o Eclesiastes, "há um tempo de se lamentar e há um tempo para pular de alegria". Liderados por um varapau de cabelos brancos envolto em um pano colorido, um quarteto de anões tocava flautas doce, enquanto outros dois batiam um *gwo ka*, marcando o tempo. A multidão de bêbados aplaudia freneticamente esses fugitivos do carnaval e todos se encontravam longe da atmosfera pesada que reinara n'O Jardim do Éden e depois no cemitério de Briscaille.

12.

Algum tempo depois, enquanto tentava em vão se recuperar da morte de Eulalie, numa manhã bem cedo, o carteiro, homem atarracado, mal arrumado em seu uniforme listrado, parou a caminhonete amarela em frente à casa de Pascal e praticamente o tirou da cama. Ele entregou uma carta enviada pelo escritório de Bon Kaffé. Quando abriu a carta, Pascal se deu conta de que ela estava assinada por um certo David Druot e por Judas Éluthère, os dois encarregados do departamento pessoal. Eles o convidavam para ir a Sagalin, sede social da empresa, sem indicar a razão do convite.

Uns minutos depois, Maria, toda desgrenhada, com os olhos ainda sonolentos, veio ao escritório, onde, apesar de ser cedo, Pascal já estava no computador. Ele lhe estendeu a carta que acabara de receber.

— Não se meta nos negócios deles — aconselhou Maria, mesmo antes de ler. — Fique fora disso tudo, porque essa noite eu tive um sonho, um sonho bem ruim. Significa que alguma coisa vai acontecer a você, eu não sei o que é exatamente, mas o meu sonho me deu medo. Você notou que essa carta não está assinada por Monsieur Pacheco, e é ele que comanda tudo.

Pascal tinha notado essa lacuna, mas ele estava decidido a não levar em conta a opinião de Maria. Além do mais, ele tinha que agir, pois a situação estava piorando. Sua vida estava insuportável, invadida por discussões sem sentido e gestos e palavras que ele não controlava. Uma panelinha cada vez mais numerosa repetia que não acreditava em seus milagres, uma outra afirmava que, ao contrário, ele era sim o filho de Deus, mas sem precisar de qual deus falava.

Na segunda-feira seguinte, atendendo ao convite de David Druot e de Judas Éluthère, ele montou em sua moto e se dirigiu até Sagalin. Ainda era bem cedo quando ele partiu. À noite, o gado trancado nos cercados não parava de berrar. Podia-se ouvir o mugido das vacas avisando que era a hora da ordenha que, enfim, viria aliviar seus úberes pesados de leite. O tempo, execrável em Marais Salant, ficava cada vez mais bonito. As nuvens brancas formavam fractais saltitantes pelo céu. Um vento muito suave sacudia jacarandás que, ao longo da estrada, tinham tomado o lugar das cajazeiras e deixavam cair sobre o asfalto uma chuva de flores azuis.

Pascal, que não tinha comido nada desde o dia anterior, parou em Octavia e entrou em um bar que não parecia grande coisa mas oferecia café da manhã tradicional por um preço módico. Ao vê-lo, o dono, um colosso careca, se ajoelhou e exclamou:

— Vós! Vós! Não sou digno que entreis em minha morada, mas direis uma só palavra e serei salvo.

Pascal obrigou-o rudemente a se erguer e quis partir, pois aquela recepção ostensiva o tinha desagradado. Ele teria cometido um grande erro, porque o café da manhã se revelou excelente: salada de arenque defumado, abacate, farinha de mandioca.

*

Quando Pascal chegou a Sagalin, o tempo estava perfeito e o céu era de um azul profundo como em um desenho de criança. A vila de Sagalin, embora próspera e sede de uma empresa importante, não era bonita e era até bem suja. Bandos de macacos vindos da floresta vizinha defecavam abundantemente nas ruas, assim como os cachorros errantes, que eram numerosos naquele lugar, não se sabe por quê.

No entanto, foi ali que tudo começou. Há mais ou menos cinquenta anos, alguém de nome Ti-Maurice cultivava café ali, nos acres de boa terra herdados de seu pai. Ele juntou forças com Mariette, dona do bar dos Deux Amis, e teve a grande ideia de incluir no menu o café que ofereciam aos clientes sob o nome de "Aroma Divina". O casal não se importava com todos os sacrifícios que fazia. De pé antes do amanhecer, se deitava tarde da noite, Ti-Maurice plantava, capinava, espalhava o fertilizante, regava e deixava secar sobre chapas de metal as bagas de café, que depois ele mesmo torrava.

O sucesso não demorou a lhes sorrir. Sagalin se tornou uma parada obrigatória no caminho de Porte Océane e sua reputação se estendeu cada vez mais. Foi então que o governo, atraído pela perspectiva de um gordo dinheiro, comprou as terras de Ti-Maurice, ampliou-as e as estatizou. Assim nasceu Le Bon Kaffé. Muito rapidamente, ela se tornou a empresa mais próspera do país, enquanto Ti-Maurice e sua esposa, que haviam arrecadado somas confortáveis graças a essa venda, foram passar a velhice na metrópole.

Um muro com muitos metros de altura, pintado de branco e decorado com xícaras de café fumegante, cercava a sede social da empresa. Pascal desceu da moto, quase escorregou num cocô de macaco e apertou a campainha. Depois de um tempo, a porta deslizou em seu trilho e ele se encontrou em um corredor cheio de estantes exibindo todos os tipos de propaganda. Em um canto, uma mulher estava sentada atrás de uma mesa retangular. Quando tomou conhecimento da carta que ele portava, ela ganiu no telefone algumas palavras com um forte sotaque espanhol. De onde ela vinha?, se perguntou Pascal.

Apesar de suas dimensões reduzidas, o país era a imagem do mundo. Grupos de humanos falando todas as línguas do planeta, vindos dos países mais distantes da África e ou da Oceania, se acotovelavam ali. Como Pascal conseguiria plantar naquele lugar a árvore da harmonia e da tolerância como seu pai o tinha encarregado? Depois desse triste pensamento, uma onda de coragem se insuflou em seu peito: ele não estava ali na empresa Le Bon Kaffé? Era talvez o começo do processo de mudança que ele aspirava.

Depois de uns minutos, um homem saiu de um corredor adjacente e, por sua vez, tomou a carta em suas mãos.

— Siga-me — ele sorriu depois de tê-la olhado —, vou levá-lo ao bloco H, onde os representantes do departamento de pessoal o aguardam.

Pascal obedeceu. Os dois saíram e se afastaram do prédio da recepção.

Nunca na vida Pascal havia entrado num cafezal. Os arbustos flexíveis com grandes folhas lustrosas deixavam entrar pouca luz e mantinham uma leve penumbra. Ele olhou com curiosidade os pequenos frutos multicoloridos, cuja colheita rendia milhões de euros, pois o café de Sagalin era cotado na bolsa e igualava ao arábica, ao robusta e até ao jamaicano Blue Mountain. O vento soprava e no alto, bem no alto, o sol brincava de esconde-esconde.

David Druot e Judas Éluthère o esperavam em um escritório onde havia uma grande biblioteca contendo volumes escritos em todas as línguas. Um retrato de Monsieur Pacheco e os de dois cinquentões afetados como ele decoravam as paredes. David Druot e Judas Éluthère eram parecidos: o mesmo penteado, igualmente elegantes e graciosos.

David Druot foi direto e tomou o caminho da verdade.

— Nos últimos meses — disse ele —, dezoito funcionários da nossa empresa se suicidaram, enquanto uns cinquenta pararam de trabalhar sem se importar em pedir demissão. A cada semana, os operários restantes marcham pelas ruas de todas as cidades do país, o que produz um efeito desastroso. Até este momento, a polícia efetuou mais de mil prisões. Essa situação não pode perdurar. Nós tiramos proveito da ausência de Monsieur Pacheco para fazer um apelo a você. Nos parece que você poderia nos ajudar. Monsieur Pacheco é quem se opõe com mais determinação a todas as tentativas de reformas. Ele está de férias agora. Em seguida, ele irá ao Japão.

— Japão! — exclamou Pascal.

— Sim — respondeu David Druot —, Japão. Acabamos de abrir uma sucursal que vai muito bem. Nossos engenheiros inventaram uma variedade que se chama Petit Kaffé, e que já causa furor no mundo. Monsieur Pacheco ficará ausente por todo o ano. Durante esse tempo, esperamos fazer tudo o que for necessário para que a situação melhore e para que cheguemos enfim a manter relações harmoniosas no seio da empresa.

Foi que aí que Judas Éluthère, zombeteiramente, começou a cantarolar a letra de sua canção favorita:

— Eu sonhei com outro mundo, onde a Terra seria redonda...

Pascal se deixou convencer. Os três combinaram que ele viria dar aulas duas vezes por semana aos funcionários da empresa. Aulas nas quais ele tentaria resolver os pontos que pareciam inaceitáveis para os empregados. Depois disso, eles selaram seu acordo bebendo uma xícara de Aroma Divina, trazida por uma secretária.

O período que se seguiu para Pascal foi rico em atividades de todas as sortes. Ele passava horas preparando suas aulas com o coração cheio de um sentimento que nunca tinha experimentado. Enfim, ele agia, enfim seguia seu propósito e propunha formas de melhorar o mundo, rejeitando todas as preocupações egoístas.

É preciso admitir: ele não estava totalmente preparado para aquela tarefa. Com base nas incessantes reportagens transmitidas pela televisão ou pelo rádio, que mostravam passeatas de operários raivosos, ele acreditava que a maioria da força de trabalho da empresa Le Bon Kaffé era formada por rebeldes e insatisfeitos. Para sua surpresa, não era nada daquilo. Grande parte do pessoal era hostil a qualquer mudança dentro da empresa. As aulas que ele ministrava muito rapidamente tomaram a forma de uma disputa acirrada, em que as discussões se inflamavam e criavam oposições nos grupos superexcitados, e tal situação não o desagradava, pois da discordância nasce a verdade e a luz.

Enriquecido e valendo-se dessa nova experiência, corrigia os panfletos nos quais tinha trabalhado até então e que nunca ousara publicar. Sua cabeça fervilhava, ele estava tomado por um fogo interior. As aulas que ele dava ultrapassaram rapidamente os limites de Le Bon Kaffé e se tornaram o assunto de muitas conversas. Descobriu-se que, se Pascal não era filho de Deus, com certeza era um encrenqueiro.

13.

O escritório de Pascal, uma peça exígua cuja única beleza era dar para um frondoso jardim, transformou-se em seu refúgio. Ele passava horas e horas lá, trabalhando, procurando ideias, rasurando as frases que não lhe agradavam, descendo duas vezes por dia para a sala de jantar, silencioso e com o ar de obstinação, simplesmente para engolir as refeições deliciosas que Marthe preparava. Às vezes, ele passava a noite no divã coberto com uma manta laranja.

Como era preciso deixar a porta aberta, por causa do calor, ele acordava ainda antes da aurora e via a noite dar lugar à manhã num duelo mortal, travado cotidianamente. Pouco a pouco o dia se erguia e o sol brilhava cada vez mais alto com seu círculo flamejante. *Compère Général Soleil*: ele tinha lido esse livro quando tinha doze anos. Não se lembrava mais do nome do autor, mas não havia esquecido aquele mergulho na dura e escaldante realidade do Haiti.

Uma noite em que ele cochilava no escritório, Judas Éluthère entrou, com um ar importante de quem traz notícias importantes:

— Você ainda está trabalhando! Maria está se queixando de que você trabalha demais.

Pascal fez um gesto de impaciência que Judas não levou em consideração, se sentando do outro lado da mesa.

— Fique tranquilo — disse ele —, não vim falar da Maria. O que acontece entre vocês não diz respeito a ninguém. Eu vim falar de outra mulher, uma mulher que teve um papel essencial na sua vida.

— Um papel essencial na minha vida? — repetiu Pascal surpreso. — Eu só convivi com Eulalie e algumas amigas.

— Eu sei, eu sei — respondeu Judas Éluthère. — Você não a conhece ainda. Ela queria me acompanhar essa noite, mas acredito que é melhor que eu explique antes: você vai finalmente conhecer sua mãe.

— Minha mãe? — Pascal se engasgou. — O que você está dizendo?

— Abre os ouvidos e escuta. É uma longa história. Sua mãe se chama Maya Moretti. Há alguns anos ela se converteu ao islã e agora responde pelo nome de Fatima.

— O que você está me contando?

— Seja paciente — recomendou Judas.

Então ele começou a seguinte história:

"Há cinquenta anos, Ti-Jean Moretti e sua mulher Nirva eram o casal mais feliz que existia. Eles tinham acabado de ter sua primeira filha, que batizaram Maya. A criança era uma joia, uma perfeição, um botão de flor dourada que iluminava os arredores com sua graça e beleza. Ela não era apenas encantadora. Embora os pais mal soubessem ler e escrever — Ti-Jean cuidava das piscinas da empresa Immedia, e Nirva fazia faxinas —, depois que entrou na escola, Maya demonstrou ser a melhor de sua turma em francês, matemática, ciências naturais. Ela era boa em tudo.

"Quando a menina completou catorze anos, Ti-Jean se endividou e lhe presenteou com uma corrente linda, enquanto Nirva lhe deu uma pulseira. Aos dezesseis anos, quando ela terminou o colégio com ótima menção, seus pais, que não tinham diploma, loucos de orgulho, juntaram suas economias para obter uma cabine na primeira classe para o cruzeiro inaugural do navio *Empress of the Sea* que circularia pelas ilhas do Caribe. Era um presente digno de pais ricos.

"Infelizmente, isso não surtiu o efeito desejado. Ao voltar daquela viagem, Maya mudou radicalmente de humor. Seu temperamento, até então tão agradável, se tornou cada vez mais sombrio. Ela não tinha contato com ninguém e passava horas inteiras sozinha em seu quarto.

"Foi nessa época que Ti-Jean morreu. Foi estrangulado pelo filtro de uma piscina que estava limpando. Atribuiu-se a mudança de comportamento de Maya à dor causada por aquele terrível acidente, mas essa explicação não satisfazia ninguém.

"Quando ela ganhou uma generosa bolsa de estudos do governo para estudar na metrópole, sem poder deixar sua velha mãe sozinha no país, Maya embarcou com ela a bordo do *Normandie*. Em Savigny-sur-Orge, na periferia de Paris, as duas mulheres se mudaram para um pequeno apartamento sem graça, porém confortável. Nirva não se incomodava de fazer as tarefas domésticas, enquanto Maya se inscrevia na faculdade para dar continuidade aos seus estudos de psiquiatria infantil. As aulas eram muito difíceis, mas ela não desistiu, possuída pelo que parecia uma obsessão: detectar e tratar os traumas dos pequeninos.

"Com seus vinte e dois anos, ela conheceu um marroquino de nome Ahmed-Ali Roussy, um cineasta de talento reconhecido. No último festival de Cannes, ele havia se destacado por um documentário sobre as crianças de periferia. Entre Maya e Ahmed, o amor se acendeu rapidamente. Por ele, ela se converteu ao islã e passou a se chamar Fatima. Sua boca recuperou o sorriso e suas gargalhadas voltaram a soar, pois o casal parecia nadar em felicidade. Infelizmente, depois de dois anos de vida em comum, numa bela noite Ahmed-Ali desapareceu. Ela esperou por ele a noite toda e, pela manhã, telefonou a seus amigos e conhecidos. Nenhuma informação. Depois de alguns dias de consternação, ela acabou indo prestar queixa na delegacia onde os policiais a receberam com uma leveza tingida de zombaria. Perguntaram: Era o marido que ela procurava? Seu noivo, então? Qual laço os unia?

"Os meses se passaram sem trazer Ahmed-Ali de volta. Maya virava e revirava os mesmos pensamentos em sua cabeça, mas acabou por se resignar. Sem dúvida ele partira para um daqueles países sem lei, onde a vida está sempre por um fio."

— Aí está uma história apaixonante — zombou Pascal quando Judas se calou —, mas quem disse que se trata da história da minha mãe?

— Ela mesma contou para mim. A bordo no navio *Empress of the Sea*, ela conheceu um jovem brasileiro muito rico, chamado Corazón Tejara. Quando informou a ele que estava grávida, a princípio ele não respondeu aos seus inúmeros apelos. Por conta desse silêncio, ela teve que abandonar seu filho recém-nascido em uma cabana que se erguia atrás do jardim dos Ballandra. Mas imagine que, dois meses depois, Corazón, do nada, se pôs a escrever para ela, reclamando o filho do qual ela tinha acabado de se desfazer. Esse filho é você. Anteontem, ela chegou de Fez, onde passa metade do ano. Vamos visitá-la. Ela mora bem aqui na frente, e ela vai explicar melhor do que eu a história que acabei de contar.

Os dois homens desceram a escada. Pascal se perguntava se ele não vivia um sonho do qual acordaria pela manhã. Eles atravessaram o jardim mergulhado na noite. O silêncio era completo, com exceção das batidas de um *gwo ka*, que ressoava na distância como as batidas de um coração tomado pela loucura.

No térreo da casa de Fatima, a cozinha estava funcionando apesar da hora tardia, e dois velhos empregados esvaziavam seus copos de Anisette:

— A senhora — disse o homem — os espera no salão.

Pascal e Judas subiram a escada pulando os degraus de quatro em quatro.

Uma mulher alegre de uns cinquenta anos os esperava num aposento agradavelmente mobilhado e decorado com grandes quadros. Ela usava uma roupa de bom caimento, a meio caminho entre um *djellaba* e um vestido. Seus cabelos estavam escondidos sob um véu preto.

Ao ver quem chegava, ela se levantou e, se aproximando alegremente de Pascal, tomou a mão dele entre as suas.

— Ele lhe contou tudo, não foi? — perguntou ela, emocionada.

— Sim, ele me contou uma história inverossímil. Eu não vou esconder que não acreditei em nada. Espero que a senhora me conte a sua versão.

— É a história verdadeira — ela o assegurou.

E ela repetiu como o abandonara no jardim de Jean-Pierre e Eulalie Ballandra, convencida de que seu recém-nascido não teria um pai. Não sabia como conseguira carregar esse segredo doloroso em seu coração. O que a surpreendera foi que, de repente, Corazón, que ela acreditava ter desaparecido, começou a escrever para ela, contando uma história ainda mais inverossímil: ele era de origem divina, encarregado de uma missão que ele deveria compartilhar com o filho.

— Mas você já tentou encontrar esse tal Corazón?! — exclamou Pascal.

Ela balançou a cabeça.

— Eu não queria mais nada com ele. Logo depois, conheci outro homem. Por causa dele, me converti ao islã e me tornei Fatima Moretti.

Mãe e filho se olharam nos olhos.

— O essencial — disse Fatima, de repente — é que Corazón pode ter dito a verdade: nosso filho, quero dizer *você*, não poderia ser uma criança comum. Pelo que ele me contou, isso foi revelado a ele. Verdadeiro ou falso, é uma aposta.

Então, pensou Pascal, as fofocas e os boatos que circulavam sobre sua origem eram verdadeiros.

Fatima apertou bem forte sua mão e sussurrou:

— Você sofreu muito por não conhecer seus pais verdadeiros? Sofreu porque tudo parecia ser uma história de abandono?

— Não — mentiu Pascal —, porque meus pais adotivos foram maravilhosos.

Fatima se inclinou sobre ele e seu rosto expressava a violência dos sentimentos que a habitavam.

— No fundo, bem no fundo, o que você sentiu? — insistiu ela.

Sem a presença de Judas Éluthère, aquela conversa sem dúvida se estenderia noite adentro, mas Pascal pôs um ponto final.

— Voltarei para vê-la e vou fazer todas as perguntas que me venham à mente.

Pascal e Judas desceram a escada. Chegando ao jardim, se separaram.

— Não falemos mais de nada disso agora. Deixe-me pensar.

Pascal não dormiu à noite. Ele não sabia o que pensar. Então, depois de tê-la procurado por tantos anos, sua mãe se encontrava perto dele. Ele sentia como se tivesse ultrapassado uma etapa capital e como se pudesse enfim olhar sua vida nos olhos.

14.

No dia seguinte, Pascal foi ver Fatima. Desde então, o relacionamento deles tomou um rumo que nenhum deles tinha previsto: tornaram-se inseparáveis, como cu e calça, como se diz de uma forma vulgar, ou como mãe e filho, simplesmente. De manhã, quando não se dirigia para Sagalin, para as empresas Le Bon Kaffé, Pascal ia ver Fatima. Ele a encontrava com a cabeça envolta em seu inevitável véu preto, mas vestida com um vivo calçãozinho de tecido vermelho.

Por mais de uma hora, eles iam pelos campos, pisando nos arbustos de amoreira, no capim-mombaça e no coentro-bravo, subindo as colinas sem diminuir o passo. Eles não paravam para respirar até chegarem ao platô das Millevaches. Àquela hora, o sol tinha começado a incendiar as árvores e os cactos gigantescos que cresciam por toda parte.

Depois, eles tomavam um banho na banheira de Joséphine, que é como chamavam uma pequena baía protegida por uma barreira de corais. A água era tão límpida que se podia ver os peixes mais minúsculos se agitarem no fundo da areia branca como a neve. Fatima se via obrigada a tirar seu véu preto e substituí-lo por uma touca de banho muito austera. Pascal olhava com estupor sua cabeleira grisalha por um instante desnudada. Ela a envelhecia e fazia aparecer os anos que os separavam.

À tarde, eles trabalhavam. Curiosamente, falavam pouco de Corazón Tejara, como se o que fora dito uma vez fosse o suficiente: Pascal não era um homem comum e tinha uma missão para cumprir. Corazón era a encarnação de uma nova força que iria corrigir os erros cometidos por todo o universo. Fatima rabiscava de vermelho as páginas que Pascal lhe trazia, como se fosse o caderno escolar. Em alguns momentos, ela sacudia a cabeça:

— Você é intolerante demais — protestava ela —, diria até mesmo sectário. Mesmo a colonização, que nos causou tanto mal, tinha seus diamantes e pérolas, dos quais soubemos fazer bom uso.

— A colonização? — protestou Pascal.

— Você leu o *Manifesto antropófago*? — perguntou Fatima.

— *Manifesto antropófago*? Que bobagem é essa?

Fatima explicou, séria:

— Não é uma bobagem. Ele foi escrito por um brasileiro chamado Oswald de Andrade. Ele tentou provar que os ameríndios tupis, que devoraram os missionários cristãos, não eram selvagens como se acreditava, e sim dotados de uma inteligência superior, ao se esforçar para assimilar as qualidades daqueles que tentavam lhes fazer mudar de religião.

Uma ideia começava a surgir em Pascal: a de levar Fatima a uma de suas aulas para que ela expusesse suas ideias. Assim não lhe acusariam mais de ter opiniões rígidas demais, pois seus estudantes já o tinham apelidado de cabeça-dura. Quando ele fez o convite, ela aceitou com entusiasmo.

*

Num sábado de manhã, os dois partiram para Sagalin. Fatima vestindo com extrema elegância um camisão e os cabelos cobertos por um lenço de seda preta, estampada com motivos prateados. O que Pascal não tinha previsto é que sua vinda produziria tamanho efeito. A pequena sala cento e quatro, onde ele costumava dar aulas, estava abarrotada de gente. Os baderneiros ocupavam as primeiras fileiras e atacaram Fatima com extrema violência, criticando-a acima de tudo por ter escolhido adotar o islã. Era uma religião responsável por inúmeros atentados e pelo massacre de tantos inocentes ao redor do mundo.

— Não é assim que eu vejo o islã — protestava Fatima. — Na minha juventude, me apaixonei por um muçulmano que me levou para passar alguns meses em seu vilarejo. Nós morávamos perto de uma mesquita. Ouvir cinco vezes por dia aquela magnífica voz rouca que convidava os homens a se ajoelhar diante de Deus me rasgou o coração. Eu tinha vontade de correr pela rua e me entregar a qualquer ação elevada.

— Que coisa mais sentimental! — gritavam as pessoas de todos os lados.

Seria pouco dizer que foi um encontro tempestuoso. Pascal se manteve na defensiva e não disse nada. Ele não queria apoiar Fatima nem expor os desacordos que tinham. Em suma, ele sentiu prazer com aquele enfrentamento brutal e continuou a acreditar que tudo sairia bem porque o confronto de ideias é sempre benéfico.

No plano pessoal, não lhe faltavam outras preocupações. A cada dia que passava, ele suportava Maria cada vez menos. Ele, que fora um amante atento e guloso, incansável, sempre pronto a recomeçar o sexo dezenas de vezes, não tinha mais desejo diante da nudez dela. Na cama, ele lhe virava as costas e fazia de conta que estava dormindo, cansado demais para responder às suas carícias.

Maria estava ciente da mudança que ocorria nele. Tinha acessos de raiva.

— Como assim?! Você não fica duro! — gritava ela. — Está apaixonado por outra?

Pascal dava de ombros.

— Não diga besteiras — ele se ofendia.

— Você está apaixonado por uma novinha! — exclamava Maria sem prestar qualquer atenção a seus protestos. — É assim que os homens da sua idade gostam das mulheres, quando elas ainda têm gosto de leite na boca!

Aquelas palavras crucificaram Pascal, que constantemente procurava um jeito elegante de dar um fim ao relacionamento.

Para mudar de assunto, ele contava a ela as histórias mais absurdas que lhe vinham à mente:

— Sabe o que me aconteceu quando eu era pequeno e que eu nunca esqueci até hoje? Teve um ano em que dois garotos da minha escola, dois valentões com os olhos miúdos de maldade, sempre me moíam no soco, enquanto me chamavam de Sem-Família. *Sem Família* era o título de um livro de Hector Malot, que a gente estudava na aula e que fazia muito sucesso entre os alunos. Eu voltava para casa chorando, com úlceras por causa do apelido, e me atirava no colo de Eulalie, dizendo: "Eu não sou um sem-família, não é, mamãe?"

Dentro do caos que o agitava, ele tinha encontrado dois refúgios. O primeiro era o álcool. Ele, que até então consumia tão pouco — de vez em quando tomava um rum para agradar a Jean-Pierre —, começou a se embebedar com Lazare sistematicamente. Todas as noites ele ia ao Nostradamus e bebia até não poder mais. O dono da casa, sempre engenhoso, tinha inventado uma nova atração. Com o nome de Músicas do Mundo, os cantores cantavam as melodias mais ritmadas, algumas vindas de Cuba, do Japão ou do Irã e até mesmo da Austrália. Era também uma forma de Pascal chegar em casa o mais tarde possível e assim evitar uma conversa com Maria.

O outro subterfúgio consistia em se refugiar na casa de sua mãe. Por uma grande parte da noite, ele conversava com ela sobre o papel que deveria desempenhar no mundo.

— O que você espera de mim? — perguntava Fatima. — Eu não saberia dizer a você. Corazón vai, sem dúvida, lhe explicar melhor que eu — respondia com um ar confiante. — Muitos são aqueles que acreditam que o nosso mundo, tão incompreensível, tão violento, precisa de alguém que traga harmonia e sabedoria. Esse alguém se basearia nas experiências de outros que tentaram antes e não conseguiram. Talvez este homem seja você.

Uma noite em que ele ficou até as quatro horas da manhã na casa de Fatima, Pascal encontrou Maria, vestida dos pés à cabeça, à sua espera no pátio.

— O que você está fazendo aqui? — perguntou ele.

— Eu me enganei. Você não se apegou a uma novinha mas a uma velha como essa aí!

— Uma velha? — repetiu Pascal, pasmo. — Não é isso, vou explicar.

Mas Maria não o escutou mais e correu para o carro. O brilho dos faróis desapareceu sem que Pascal pudesse alcançá-la.

Ele foi acordar Lazare, cujo quarto ficava no primeiro andar. Arrancado do sono, o jovem sentou-se na cama, esfregando os olhos.

— Ela se foi, você diz. Ela já falava disso há muito tempo, mas não levamos a sério. Ela tinha motivos. Se você não a queria mais, tinha apenas que dizer isso a ela.

Pascal experimentou um sentimento que se parecia com o alívio. Sem dúvida, a ele tinha faltado coragem, mas quem podia jogar a primeira pedra? Raros são os homens capazes de dizer a uma mulher, enquanto olham no branco de seus olhos, que não a amam mais e que a relação entre os dois deve acabar. Em seu desespero, Pascal só encontrava uma solução: perseverar e ir todas as noites à casa de Fatima, que lhe confortava da melhor forma, enquanto ele falava de sua missão.

Uma noite em que foi visitá-la, ela o acolheu como de costume, mas a essas efusões se somou uma nota de empolgação. Ela colocou nas mãos dele uma maleta cheia de documentos, uns manuscritos, outros datilografados.

— Na minha vida — declarou ela —, eu amei dois homens: Corazón Tejara e Ahmed-Ali Roussy. Os dois me abandonaram porque tinham ambições mais elevadas que o amor que experimentaram por mim. O amor de uma mulher a eles parecia desprezível. Mas seria possível mudar o mundo sem a participação das mulheres? Leia esses documentos e volte para me ver quando terminar. Então você me dirá o que pensa disso.

Pascal só pôde obedecer. Apertando contra o seu peito os papéis que Fatima acabara de lhe dar, ele se foi. Em sua casa, subiu ao escritório e mergulhou na leitura.

15.

Durante todo o século XVIII, Asunción, uma pequena ilha situada ao sul do Brasil, fora muito apreciada por capitães de navios negreiros. Eles amavam suas baías profundas e bem protegidas do vento. Passavam semanas recuperando as forças dos escravizados que haviam sofrido a travessia desde a África e que seriam vendidos na Bahia, como toras de ébano.

Os habitantes originários de Asunción eram sorridentes por natureza. Eles vendiam galinhas-d'angola selvagens e bagas extremamente saborosas, que cresciam nas fendas dos rochedos. Asunción não tinha nada em comum com o Brasil. A ilha fora descoberta por outro navegador, um espanhol. Nunca qualquer sombra de guerra ou de anexação colocou os dois territórios em conflito.

No fim do século XIX, quando enfim a escravidão foi abolida no Brasil, Asunción se encontrou completamente sem recursos. Abandonando os platôs áridos de calcário que cobriam a pequena ilha, a população emigrou maciçamente, a maioria indo em direção a Recife, ocupando empregos muito honrados, como de advogados, médicos, notários, e se casando com mulheres preferencialmente de pele clara. O dialeto popular levou em conta todas essas características e logo surgiu uma expressão: "Honesto como um Tejara de Asunción."

Corazón Tejara nasceu na Bahia, no dia vinte e nove de maio de mil novecentos e quarenta e nove, o que custou a vida de sua mãe, morta algumas horas depois de seu nascimento. Seu pai, Henrique, médico em seu estado, escolheu o nome *Corazón* porque exprimia todo o amor que tinha sentido por sua falecida mulher. Ele criou seu filho na devoção, ajudado nisso por seu irmão Espíritu.

O pequeno Corazón terminou os estudos de modo brilhante e se tornou professor de história das religiões. Quanto à sua personalidade, ele era sedutor e brincalhão ao mesmo tempo. Colecionava episódios de sorte e ninguém podia contar quantas mulheres haviam passado por sua cama. Num ano, dormiam ao seu lado, irmãs gêmeas; no ano seguinte duas primas-irmãs, em seguida, uma mãe e sua filha.

Enquanto ele era estudante na universidade de Coimbra, em Portugal, eventos importantes aconteceram, eventos que iriam modificar o curso de sua vida. Infelizmente, não há qualquer vestígio do que se passou. O que aconteceu com Corazón foi uma surpresa para todos. Um belo dia, ele abandonou sua respeitável posição de professor, trocou suas roupas elegantes de linho ou de algodão por uma túnica à la Mahatma Gandhi e fundou um *ashram* que nomeou O Deus Oculto, em homenagem ao filósofo Blaise Pascal. Lá as pessoas pensavam sobre o estado do mundo e modos de tornar seu futuro algo melhor.

A reputação desse *ashram* espalhou-se pelo mundo todo. As pessoas vinham de países dos mais longínquos para mergulhar em suas doutrinas de paz e harmonia. Ele mesmo, Corazón, deixou crescer seus cabelos volumosos, que se encaracolavam sobre seus ombros. Como sempre carregava um bastão na mão, ele tinha o ar de um verdadeiro ermitão.

Pascal interrompeu sua leitura e pousou os documentos abertos diante de si. Obedecendo às recomendações de Fatima, ele leu a noite toda e uma parte da manhã. As estrelas se iluminaram uma a uma, depois desapareceram no céu como velas apagadas por uma ventania vinda não se sabe de onde. O dia nasceu, ainda não fazia muito calor. Ele ouvia os galos nos quintais vizinhos darem os seus primeiros cocoricós, enquanto os varredores que desciam dos carros da limpeza municipal começavam a lavar as calçadas e as ruas.

Sua decisão foi tomada. Ele partiria, iria descobrir Asunción e sobretudo saber finalmente quem era esse pai de quem lhe falavam depois de tantos anos. Essa viagem não tinha nada em comum com o desaparecimento ocorrido anos antes, até mesmo porque do outro episódio ele não tinha qualquer lembrança. Desta vez, ele manteria os olhos bem abertos para aprender quem era, de quem descendia e, o mais importante, o que esperavam dele. Ele tocaria em certas realidades. Visitaria o *ashram* que seu pai havia criado.

A leitura dos documentos que sua mãe lhe confiara não bastava, ele precisava beber das fontes mais quentes, da própria vida. No entanto, a decisão havia sido tomada também por motivos mais vergonhosos, que ele mantinha em segredo. Ele nunca tinha viajado. Nunca tinha saído daquele maldito país. Ah... ir embora! Respirar outro ar! Descobrir novas paisagens! Percorrer outros lugares, outras rotas! De repente, parecia que ele vivia como um prisioneiro.

Ele decidiu partilhar seu projeto com Fatima, Jean-Pierre e Judas Éluthère, as três pessoas mais importantes de sua vida. Fatima acolheu-o com a animação habitual, chuva de beijos no seu rosto e pescoço, o que curiosamente o chocava a cada vez, como se o laço familiar proibisse aquilo.

Ela fez sinal para que ele se sentasse ao lado dela no divã branco incrustrado de abacaxis violetas e o escutou religiosamente. Quando ele se calou, ela declarou:

— Eu estava esperando sua reação. Sabe minha opinião sobre Corazón Tejara. Eu não o perdoo por ter me abandonado, mesmo que em seguida ele tenha mantido uma correspondência comigo. Eu tinha apenas dezessete anos quando ele me seduziu, eu lhe escrevi cartas e mais cartas, informando-o de minha condição. Ele fingiu que nunca as recebeu. É assim que um ser encarregado de uma missão superior deve se comportar? Se um homem é incapaz de administrar sua vida pessoal, como pretende mudar o mundo! Não vou dizer mais nada agora, porque não quero influenciá-lo. Se você quer ir para Asunción, você é livre.

Jean-Pierre, reservado como de costume, não fez qualquer comentário sobre sua partida. Ele se limitou a fazer a Pascal a seguinte pergunta:

— Você tem um passaporte, você que nunca foi a lugar nenhum?

Pelas suas palavras, ele compreendeu que seu pai pensava como ele e se arrependia de nunca ter saído do país. Pensando bem, era uma vergonha, enquanto seus camaradas passavam o verão na metrópole e voltavam com os olhos carregados de filmes que tinham visto, a boca cheia de canções que tinham ouvido. É que Jean-Pierre e Eulalie pertenciam a uma geração que não conhecia o significado da palavra lazer. A única folga que tinham era para visitar a família de Eulalie em sua ilha natal, Sargasse, pois lá eles se diziam descendentes dos vikings. Eulalie tinha muito orgulho de seu sobrenome sueco, Bergman, como o cineasta mundialmente conhecido.

Pascal amava a velha casa de madeira de seus avós, permeável a todo tipo de ruído. Quando a escuridão reinava suprema, eles jorravam: sapos coaxando, cri-cri-cris dos grilos, arrulhos de colibris de cauda verde, batendo os bicos na casca das árvores e, por cima de tudo, os ruídos lamentosos dos espíritos ocupados em suas necessidades. Tudo se calava ao amanhecer à espera aterrorizada do dia escaldante.

Finalmente Pascal foi encontrar Judas Éluthère, que não frequentava mais a casa de Fatima. Ele pediu que Judas convidasse os doze discípulos, como se chamavam um pouco por brincadeira. Onde ele os receberia? Em casa? Aquilo parecia difícil, pois a partida de Maria e sobretudo de Martha havia sido uma imensa perda. Pascal tinha que fazer as suas refeições em um pequeno restaurante chamado Le Mont Ventoux, que era de um jovem casal recém-chegado, vindo de Provence. Ele pediu *accras*, um cozido de pargo e inhames *pakala*, o que compunha um menu dos mais comuns, dos mais banais. Felizmente, a dona teve a ideia de adicionar, entre as entradas, uma especialidade de sua região, *gratons*, um tipo de pizza cheia de azeitonas pretas.

Pascal sentia que aquela refeição, antes de sua partida para Asunción, tinha uma importância capital. Ele teve o pressentimento de que passaria à posteridade, de que seria entulhado de termos estrangeiros: *la última cena*, de que seria objeto da criatividade dos maiores pintores. Foi por esse motivo que vasculhou o guarda-roupa normando que Eulalie lhe deixara e encontrou um jogo de mesa que uma amiga lhe trouxera de Madagascar: bordado à mão com pontos-cruz. Assim que estendeu a toalha sobre a mesa, ela ganhou um ar festivo.

Os discípulos chegaram às vinte badaladas. Marcel Marcelin e José Donovo, os antigos sem-teto, que agora viviam em um adorável apartamento pago por Pascal, chegaram mancando por último. No dia anterior, Marcel tinha se machucado tirando mato do jardim e estava com muitas dores.

Não aconteceu nada de extraordinário no decorrer do jantar, nenhuma palavra memorável foi dita. No máximo, enquanto compartilhava *gratons*, Pascal exclamou:

— Eu vos peço para que se lembrem de mim toda vez que comerdes esse prato!

Ao mesmo tempo, sentia uma estranha ternura. No meio da sobremesa, ele se virou para Marcel Marcelin e disse:

— Mostre-me sua ferida.

O outro obedeceu e deixou à mostra suas pernas azuladas, cobertas por um enorme curativo. Pascal, muito comovido, foi pegar uma garrafa d'água de Dakin e lavou a horrível ferida. Ele não sabia por que sentia esse desejo de servir, de se mostrar humilde entre os humildes.

— Deixe-me ver seus pés — ordenou ele.

A princípio os discípulos, surpresos, se recusaram, e então obedeceram, como se cedessem a uma vontade superior. Eles descobriram seus pés, joanetes e calos misturados, unhas quebradas, enfim, pés sofridos de um constante confinamento nos sapatos. Pascal lavou todos. Quando terminou, juntou as mãos e ergueu seus olhos ao céu. Sua missão acabara de começar. Ele se sentiu totalmente livre para realizar sua nova experiência.

Na véspera de sua partida, as dúvidas voltaram a atormentá-lo: o que ele procuraria em Asunción? O que aconteceria com aqueles a quem deixava para trás? A imagem de seu pai adotivo, taciturno e mudo, não o abandonava. No fim das contas, ele o conhecia muito mal. Desde que, na casa de José, ele tinha colocado as mãos em suas panturrilhas e tornozelos, Jean-Pierre estava melhor, era verdade. Ainda assim, estaria mesmo na hora de abandoná-lo? Os anos caíam pesadamente sobre ele. Desde a morte de Eulalie, seu único desejo parecia ser se juntar a ela onde quer que ela estivesse.

No fim do dia, Pascal subiu em sua moto e vagou, como se fosse guiado por uma mão invisível. Depois de ter percorrido Marais Salant, ele parou na frente da bifurcação da baía de Virad, onde cresciam coqueiros esguios e mancenilheiras carregadas com frutos tóxicos. Ao longe, os iates paravam e descarregavam famílias ricas que voltavam da ilhota de Petite-Terre. Pascal deitou-se na areia, e a sombra que crescia se debruçou sobre ele e o abraçou como se ele fosse uma criança que se sente mal e não sabe o porquê.

16.

A associação que administrava o aeroporto Frantz-Fanon tinha pretensões culturais e se denominava *Aux armes, citoyens!*, como um célebre programa de televisão da metrópole. No grande saguão se instalava, havia semanas, uma exposição intitulada "Os alegres rapazes". As telas representavam músicos que, no decorrer dos anos mil novecentos e vinte, quase conseguiram desbancar as músicas da moda.

No quadro principal, o famoso Maurice Sylla tinha em seus lábios uma flauta de bambu, o instrumento rei de norte a sul do país, por causa de sua sutileza e delicadeza. Corria uma lenda a seu respeito: uma mulher ficou muito abalada por ter perdido seu único filho, levado por uma doença brutal. Uma manhã, quando acordou, ela ouviu os sons inconfundíveis da flauta de bambu e soube assim que seu filho fora devolvido a ela. Maurice Sylla era um homem de aparência bela, um mestiço de cabelos pretos volumosos e presos em um rabo de cavalo. Ao redor dele se juntavam um violonista, um pianista e um violoncelista.

Naquele momento, nenhum daqueles que deveriam pegar um avião olhava para os quadros. Os olhos de todos estavam postos sob Pascal, que media mais uma vez, com tédio, como era conhecido. Por que ele suscitava tantas paixões? Por que a aventura improvável de um novo messias destinado a trazer harmonia ao mundo tinha tanto eco? Por que alguns haviam vivamente compreendido sua missão e outros queriam ver seu nome arrastado na lama? Que vazio, que mal-estar habitava o peito desse povo? As eleições por sufrágio universal não eram, portanto, suficientes para ele, nem os eleitos nem os representantes que falavam em seu nome.

Diante dessa explosão de curiosidade, Pascal nunca sabia o que fazer. Ele se envolvia em atividades fúteis: fumava cigarros Lucky Strike, mascava chiclete, chupava balas de menta. Apesar disso, tinha a impressão de ser ridículo.

No outro canto da sala, um grupo acompanhava uma jovem e a encorajava visivelmente. Ela estava linda em seu vestido verde-garrafa, seus cabelos presos em um coque. Finalmente, ela se decidiu e foi até ele meio que rebolando de uma forma que traía seu constrangimento. Entregando-lhe um caderno de capa rosa, ela implorou:

— Poderia me dar um autógrafo?

— Um autógrafo? — respondeu Pascal. — Não sou ninguém, de que isso serviria para você?

— De que serviria? — exclamou a jovem, surpresa e chocada.

Pascal, se sentindo ainda mais ridículo, fez a assinatura sem qualquer entusiasmo, e a jovem voltou para junto dos amigos.

A espera não foi muito longa. Sem consultá-lo, a companhia aérea concedeu um *upgrade* para Pascal e ele se encontrou entre os passageiros elegantes e cheios de si da primeira classe que, de maneira tranquilizadora, o ignoraram soberbamente. Sem dúvida, eles queriam demonstrar o desprezo que sentiam pelos fuxicos do populacho.

Esses passageiros fizeram com que ele se lembrasse de sua infância. Todos os dias, depois do trabalho, os amigos de Jean-Pierre e Eulalie vinham tomar algo com eles e, às vezes até jantavam. Pascal se lembrava da presunção, de suas piadas fáceis, de suas constantes longas histórias e se perguntava se seu ódio por aquele ambiente não teria contribuído para torná-lo quem era: um eterno insatisfeito.

Ele teria gostado de visitar Montreal, Paris e principalmente Nova York. Para alguns, era a porta para o sonho americano; para outros, era uma metrópole barulhenta e caótica que destruía ao mesmo tempo os corpos e as almas. Mas o avião seguia outra rota. Ele acabou dormindo e só acordou no fim da viagem.

Em sua chegada à Castera, a capital de Asunción, embora fossem seis horas da tarde, ainda fazia muito calor. Dois homens o esperavam no saguão, um deles era pequeno, magro e tinha na cara um magnífico bigode. O outro pareceu-lhe estranhamente familiar. O que mexeu com ele não foi tanto o terno listrado abotoado até a gola nem as botas de cano alto em couro envernizado, iguais àquelas de um dos três mosqueteiros. Também não foi sua postura, pois parecia que ele estava escondendo algo nas costas. Uma corcunda? O que o tornava ao mesmo tempo estranho e familiar?

Pascal perguntou, sorrindo:

— De onde eu o conheço? Não nos encontramos alguma vez em algum lugar?

O homem não respondeu à pergunta e se limitou a sorrir com um ar vago:

— Eu sou Espíritu Tejara, o irmão do seu pai. Apresento a você Victor, nosso motorista. Em suas mãos, não terá o que temer.

Em seguida, ele pegou a valise de Pascal e os três saíram. Ao chegar à rua, Pascal se lembrou de algo e se voltou para Espíritu:

— Não nos encontramos no bar Joyeux Noël?

Espíritu não respondeu à pergunta de novo e os três entraram no carro.

Castera era uma cidade pequena estonteantemente sedutora. Pascal não esperava ficar tão encantado com as velhas casas brasileiras de fachadas coloridas como as dos desenhos de criança, em amarelo, azul ou rosa, umas agrupadas em torno de chafarizes barrocos, outras meio escondidas sob árvores frondosas. Ele invejou os meninos que se perseguiam gritando e chutando bolas. Parecia que ele nunca experimentara nada assim: sempre andava engomado, bem-vestido demais, como um macaco erudito, de mãos dadas com Eulalie, ela mesma aprumada como um navio prestes a partir para o mar, ou com uma empregada vestida com mais simplicidade.

Espíritu virou-se para ele, brusco:

— Eu tenho uma coisa pouco agradável para lhe contar. Você não verá seu pai, infelizmente. Ontem ele teve que partir para a Índia.

— Para a Índia? — repetiu Pascal atordoado, se perguntando: "Meu pai, por que está fugindo de mim? Meu pai, por que me abandonaste?"

O carro ia alegremente por uma descida, subiu uma colina, virou muitas vezes e depois parou na frente do *ashram* O Deus Oculto, uma construção longa e reta que abrigava, à esquerda, as salas de reunião ou de cursos, e à direita, os quartos, verdadeiras celas de monges, mobiliadas com uma cama, uma mesa de centro e duas cadeiras. Espíritu e Victor se despediram rapidamente.

— Imagino — disse Espíritu — que você esteja exausto e que só pense em dormir.

Ele dizia uma verdade. Pascal se jogou em sua cama e logo caiu num sono sem sonhos. Foi o sol que o acordou, inundando o cômodo, pois ele tinha esquecido de fechar a persiana. Apesar de ser ainda muito cedo, já fazia muito calor, dava para sentir que o dia seria um forno. Pascal se vestiu com pressa e já se aprontava para sair e tomar o café da manhã, pois, no dia anterior, tinha visto um restaurante na rua, quando bateram à porta. Era Espíritu, empurrando um carrinho.

— Espero não incomodar — desculpou-se. Em seguida, preparou a mesa e os dois se sentaram um de frente para o outro para um café da manhã frugal.

— Vim esclarecer algumas coisas — declarou Espíritu. — Foi de propósito que seu pai partiu para a Índia.

— De propósito? — repetiu Pascal cada vez mais pasmo.

— Sim — continuou Espíritu —, é que ele não quer dar a você informações precisas sobre aquilo que ele é e, portanto, sobre aquilo que você é. Eu lhe digo a verdade, porque você foi extremamente simpático.

— Eu não entendo o que está dizendo — disse Pascal, arregalando os olhos.

— Por exemplo — respondeu Espíritu —, a morte.

— A morte — repetiu Pascal. — Eu o compreendo cada vez menos.

Espíritu fez um gesto com a mão.

— Sim, a morte — repetiu. — Ela está no centro de nossas vidas. Como diz o provérbio: ninguém escapa vivo da vida e, mesmo assim, cada um dá à morte os traços que lhes convêm. Para os cristãos, é a porta de entrada para a vida eterna. Para os muçulmanos, ela conduz ao jardim de Alá. Para os hindus, ela se abre sobre o nirvana.

Então, Espíritu soltou uma gargalhada:

— Não me tome por pedante, beba o seu café. Você não sabe, sem dúvida: fui eu que criei seu pai. Quando ele era pequeno, eu o coloquei nas costas e nós partimos numa vigem. Você não imagina quantos países nós visitamos: África do Sul, Austrália, Sri Lanka.

Durante essa conversa, Pascal se recuperava pouco a pouco. No fundo, ele se resignou a tirar o melhor possível daquela situação imprevista. Seu pai não estava presente, pior para ele.

Na manhã seguinte, ele assistiu a uma aula de história das religiões que acontecia numa sala cheia. Se podia contar argentinos, colombianos, estadunidenses, chilenos, como se toda aquela gente, todos aqueles povos tão diferentes uns dos outros se reunissem numa mesma busca por um mundo melhor.

Nos dias seguintes, Pascal se aproximou de um grupo de indianos, vindos de Jaipur, cujo líder de nome Revindra usava um *dhoti* como o de Mahatma Gandhi. Recusando a noção de *Homo hierarchicus*, eles pretendiam que os intocáveis se tornassem cidadãos plenos. Eles organizaram um colóquio intitulado *Igualdade entre os homens: o mito que não se pode alcançar*. Pascal, ouvindo a sucessão de palestrantes, percebia pela primeira vez o quanto eles falavam a verdade, ele nunca tinha notado até então. A igualdade entre os homens é um mito. Não há necessidade de ir até a Índia atrás dos intocáveis, ele pensou.

17.

Entre o grupo de indianos se encontrava Sarojini. Sarojini tinha toda a graça e a beleza de uma *apsará*. Dentro dos seus grandes olhos negros rolavam a dor e a revolta de uma juventude de humilhação excessiva:

— Meu pai e minha mãe — ela amava contar com sua voz de contralto — eram os responsáveis por esvaziar e lavar os penicos de famílias inteiras, porque, em Jaipur, naquele tempo, não havia sequer água encanada nem banheiros. Em seguida, meu pai colocava os excrementos em um saco e ia espalhá-los para fertilizar um campo em que se cultivavam aspargos. Durante toda a sua vida, um odor execrável, um verdadeiro fedor o impregnava e eu nunca podia beijá-lo.

Pascal logo se apaixonou por Sarojini.

Desde que Maria partira, ele vivia uma solidão extrema. Tudo se passou de um modo muito brutal. Marthe e Lazare partiram na manhã seguinte. Quando Pascal foi bater à porta da casa onde eles se refugiavam, Maria se recusou a recebê-lo na sala e ele não pôde se explicar para ela como gostaria. Em seguida, ele ouviu dizer que ela andava metida com um homem da metrópole que criava aves e vendia carne de frango para o mercado.

Ainda que ela o intimidasse, ele contou o que sentia a Sarojini. Para sua surpresa, ela se deixou abraçar sem resistir e depois se deixou ser beijada e uma rotina logo se estabeleceu entre eles. Sarojini era uma grande esportista, como Fatima. Usava um chapéu de palha e, diferente da última, suas pernas ficavam escondidas por longas calças fusô brancas. Sarojini corria ao longo das trilhas, fazendo rolar sob seus pés as pedrinhas de calcário polidas pelo desgaste. Depois, ela levava Pascal até Lagon Bleu, um balneário perto do mar. Lá, ela praticava nado borboleta, o que lhe valia a admiração dos alunos que vinham se banhar com o professor. Quando ela saía da água, eles a aplaudiam. Alguns até mesmo pediam para tirar uma selfie com ela. Que caminho aquela filha de intocáveis havia percorrido!

Pascal nunca se cansava da beleza de Lagon Bleu, aonde ele ia diariamente: à direita, o mar, *o mar sempre recomeçando*, estendendo-se até os confins do horizonte e, em alguns lugares, igual a uma placa de metal fundido; à esquerda, as faixas de areia clara e amendoeiras com folhas verdes ou vermelhas.

Um meio-dia, enquanto eles se refrescavam com coquetéis de suco de fruta, Sarojini bateu seu copo na mesa, abrupta, e olhou Pascal nos olhos:

— Você sabe o que todos dizem por aqui? Dizem que você é o filho natural de Corazón Tejara.

— Filho natural? — zombou Pascal. — O que isso quer dizer? Quer dizer que nem toda criança é natural?

Como ele percebeu que aquela brincadeirinha não teve graça e que Sarojini continuava a olhá-lo cheia de seriedade, ele deu de ombros e disse:

— Sim, Corazón Tejara é meu pai, mas ele nunca quis saber de mim. Eu vim para conhecê-lo, mas ele não está aqui. Você talvez seja mais sortuda que eu, pois eu nunca o vi na vida. E você, já se encontrou com ele?

— Na Índia — disse Sarojini — Corazón Tejara é um deus. Ele fundou uma associação que agrupa os intocáveis e que se chama "os filhos de Deus". Ele nos apoia em todos os combates em que nos engajamos. Depois de Mahatma Gandhi, ele é, sem dúvida, a personalidade mais admirada por nós.

Pascal foi tomado por um constrangimento terrível. O que havia realizado, o que havia oferecido? Ele ainda não tinha feito nada para que o mundo se tornasse um lugar mais harmonioso, aberto a todos que o habitavam.

Havia um restaurante excelente no *ashram*, e, no entanto, Sarojini convidou-o para comer com ela na pequena casa que dividia com duas outras indianas, Gayatri e Ananda. Ela era vegetariana, mas ficava feliz ao vê-lo provar os sabores dos peixes, dos frutos do mar e crustáceos. Estranhamente, Gayatri e Ananda não eram muito simpáticas com Pascal. Refugiando-se atrás de um conhecimento parco do inglês e do francês, elas mal falaram com ele.

Um dia, ele acabou se queixando disso para Sarojini, que se limitou a responder com dureza:

— É que elas têm outras coisas na cabeça, você se lembra por que estamos tão longe da nossa casa, por que viemos para esse *ashram*: nós estamos em luta.

Com essa resposta pouco gentil, Pascal se sentiu ferido. Era verdade que seu coração estava cheio de leveza. Era evidente que ele não levava tão a sério quanto Sarojini os trabalhos que eram conduzidos no *ashram*.

Na verdade, não se ficava ocioso. A tarde era dedicada às aulas, aos colóquios e às conferências. Todos os assuntos eram importantes: o acolhimento de migrantes na Europa, as sequelas do apartheid na África do Sul, os incêndios na Amazônia, os tiroteios em massa nos Estados Unidos da América. Pascal, que acompanhava fielmente Sarojini em todas as manifestações, ia arrastando os pés, convencido de que seria melhor que ela se dedicasse mais a si mesma, pois Sarojini não era uma companheira tão agradável quanto Maria.

Ela podia ficar horas em silêncio, remoendo em sua cabeça pensamentos que não dividia com ninguém. Em outros momentos, era o oposto, falante. Ela discursava demoradamente, vertendo lágrimas quando uma lembrança lhe parecia muito dolorosa, sem esquecer qualquer detalhe de seus esforços para se tornar quem ela era naquele momento: a chefe de enfermagem de um dos principais hospitais de Jaipur. Aquela prolixidade espantava Pascal, ele mesmo pouco falante e com pouca tendência a sentir pena de si mesmo. Essas manifestações inflamadas fizeram com que ele descobrisse o prazer de falar de si.

A grande paixão de Sarojini era a dança. À noite, ela punha uma tornozeleira de sininhos e se juntava às dançarinas. Depois, iam jantar em uma taverna bem perto dali. Os garçons colocavam diante deles garrafas cheias da bebida nacional, que se chamava cachaça.

Era preciso esperar a noite para que ficassem enfim a sós os dois. Iam então à casa de Pascal e se lançavam nos braços um do outro. O amor tinha a selvageria de um grito reprimido por muito tempo. Infelizmente, ainda em relação a esse aspecto, Pascal não estava satisfeito pois Sarojini se recusava a passar a noite inteira na casa dele. Ela se lavava no banheiro exíguo e partia noite afora, enquanto ele ficava prostrado, decepcionado.

A relação deles durou diversas semanas, então o amor que de início se insinuava timidamente no coração de Pascal ganhou asas e o dominou por completo. Ele não podia mais imaginar a vida sem Sarojini. Um belo dia, ele não pôde mais se conter. Depois de um concerto musical no *ashram*, ele perguntou se ela queria se casar com ele e acompanhá-lo de volta a seu país.

Ela ergueu a cabeça em estupor.

— Quer que eu me case com você? Casar-se de verdade, mesmo?

— Não desejo outra coisa — respondeu Pascal, com o coração batendo como o de um jovem que declara seu amor pela primeira vez à sua bem-amada. — Meu país é pequeno, não acontece nada de interessante, alguns dirão, mas eu saberei fazer com que você o ame tanto quanto eu o amo.

— É que — disse ela — eu tenho outra pessoa e ele está me esperando em Jaipur.

Pascal teve a impressão de ter levado um soco no estômago e que mil estrelas o cegaram abruptamente.

— Devo prevenir — prosseguiu ela — que ele não é indiano. É inglês, um branco, como dizemos lá em casa.

— E daí? — respondeu Pascal, surpreso.

Nesse momento, ela se levantou, pegou rapidamente seus pertences espalhados sobre a mesa e articulou com raiva:

— Não me diga que isso não tem importância. Não me passe um daqueles discursos otimistas como os que a gente ouve no *ashram*. Não me diga que lhe parece normal que uma intocável viva com um inglês. Isso é fingir ignorar as humilhações e os sofrimentos a que os infelizes são constantemente submetidos.

Antes que ele pudesse reagir, ela já tinha atravessado o bar e se perdera na noite. Depois dessa briga, passar a noite com ela não era mais uma questão. Pascal estava muito doído, mas não sabia o que o fazia sofrer mais. Ele tinha confessado seu amor e não fora retribuído. Voltou para casa triste. A noite toda ele encharcou o travesseiro, enquanto ondas escaldantes varriam seu corpo.

Na manhã seguinte, na primeira hora, ele foi até a casa dela. Gayatri e Ananda, sentadas diante de suas xícaras de café matinal, fingiram não saber onde Sarojini estava. Durante todo o dia, ela permaneceu invisível. Solitário, Pascal jantou um sanduíche de atum e algumas fatias de abacate. Tomado por um pressentimento funesto, ele foi dar uma última volta pelo *ashram* e não encontrou nem sombra de quem procurava. Triste, ele decidiu voltar para casa e ir para a cama.

18.

Bem cedo no dia seguinte, bateram na porta: era Espíritu.

— Ela se foi — declarou ele. — Acabo de deixá-la no aeroporto.

— Se foi? De quem você está falando? — perguntou Pascal, atordoado.

— De Sarojini, ué!

— De Sarojini! E ela não deixou nem ao menos uma carta, um bilhete?

— Não, ela não me entregou nada — respondeu Espíritu —, mas você sabe, as mulheres mudam muito de ideia, aquela em especial. Ela tem uma reputação muito ruim, queria ter lhe avisado. Tem mais de dez anos que ela vive grudada com um inglês. É um segredo de polichinelo. Quando eles se encontram em recepções, fazem de conta que não se conhecem.

Pascal meteu a cabeça entre as mãos. Espíritu se sentou na cama com familiaridade.

— Por outro lado, eu tenho uma excelente notícia para lhe dar. Seu pai, Corazón Tejara, vai estar amanhã no *ashram*. Ele conseguiu sair da Índia antes do previsto.

No coração de Pascal, a dor e a raiva brigavam. Mas, ele pensou, ao mesmo tempo arrasado e furioso, ele não vai me encontrar. Eu terei partido, partido para muito longe, antes do seu retorno. Sim, quem Corazón Tejara achava que ele era? Uma marionete? Um objeto com o qual alguém se diverte, que passa de mão em mão e depois é jogado fora quando não tem mais serventia?

Pascal tomou um rápido café da manhã com Espíritu. Quando o tio partiu, atravessou a praça que se estendia na frente do *ashram* e foi procurar um motorista de táxi que conhecia mais ou menos. Primeiro, ele teve que implorar, depois, por uma soma considerável, convenceu-o a levá-lo a Recife no dia seguinte.

Havia um dia para matar. Como toda vez que não sabia o que fazer de si mesmo, Pascal foi até a beira da praia, mas evitou Lagon Bleu, sempre cheia com uma multidão de alunos vindos dos colégios vizinhos ou dos pensionistas do *ashram*. Aquela imensa extensão de um azul profundo acalmou suas ansiedades. Assim, aquela estada em Castera acabava em um duplo fracasso. Não só não tinha visto o pai, como também não soubera seduzir a mulher que cobiçava. Sarojini partiu para Jaipur e talvez nunca voltasse a vê-la.

No dia seguinte, ao amanhecer, ele deixou Castera. Outrora, uma ponte de madeira vacilante ligava Asunción à terra do Brasil. Um sistema complicado de bandeiras verdes e vermelhas indicava aos automóveis que eles podiam avançar sem problemas. Depois, no início do século, uma sociedade estadunidense construiu uma ponte suspensa no modelo da Golden Gate, em San Francisco, uma ponte tão aperfeiçoada que as pessoas do país tiravam fotos penduradas nas balaustradas da via de pedestres. Pascal, cansado, dormiu na saída da ponte, antes de chegar na ampla rodovia ladeada de cedro e de mognos que se lançavam ao céu.

Seu sono não foi sem sonhos. Ele viu Espíritu, um par de asas brancas abertas atrás de suas costas, como o anjo Gabriel ou o arcanjo são Miguel, não fosse pela expressão sardônica em seu rosto. Ele viu Sarojini, a quem perseguia sem jamais alcançar. Ele também viu seu pai, a quem ele não conhecia e a quem atribuía uma aparência sedutora, conforme tudo o que ele tinha ouvido falar: uma barba bem-cuidada, cabelos partidos para o lado, roupas bem-cortadas.

Abruptamente, ele acordou. A parada inesperada do carro? Sem dúvida. A rodovia estava cheia de veículos, também imóveis, com faróis e alertas ligados. A noite caía, e o céu baixo e violeta estava cheio de nuvens esbranquiçadas que um vento quente soprava à frente.

Pascal teve a impressão de voltar a ser um menino, quando suas noites eram atravessadas continuamente por pesadelos e ele se encontrava tremendo, encharcado de suor, no quarto decorado com um imenso sagrado coração de Jesus. Então, ele dava gritos de terror que atraíam Eulalie. Calma, tranquilizadora em seu robe de chambre branco, ela o consolava, enxugando seus olhos cheios de lágrimas.

Ele perguntou ao motorista:

— O que está acontecendo aí?

O outro respondeu:

— Parece que houve um atentado em Recife. Eles estão parando todos os carros que vão e que vêm.

— Um atentado? — se surpreendeu Pascal. — Não sabia que essas coisas também aconteciam no Brasil.

— Acontece em todos os lugares — retorquiu o motorista. — O mundo todo ficou louco.

Depois daquilo, foi preciso se arrastar durante duas horas em um engarrafamento de carros e motos. Por fim, quatro policiais chegaram até eles e iluminaram bruscamente seus rostos com lanternas.

— Documentos de identificação. Documentos do carro — grunhiram.

Pascal e o motorista obedeceram. Os policiais encheram Pascal de perguntas porque ele era estrangeiro, portanto, um suspeito em potencial. Quando ele explicou detalhadamente suas razões para estar ali naquele país, eles o liberaram.

Chegaram em Recife perto das quatro da manhã. Pascal tinha escolhido o hotel La Sanseverina, por conta de sua proximidade ao aeroporto. Não esperava que, no meio da noite, estivesse iluminado como o dia. No salão, uma multidão elegante ria e conversava com animação. Os garçons, vestindo uniformes impecáveis, pousavam nas mesas garrafas de uísque ou de cachaça e todo mundo brindava e bebia alegremente.

Sem saber muito bem como aconteceu, Pascal se viu num grupo de homens e mulheres, estas muito belas, principalmente a que se chamava Oriane, ruiva, de grandes olhos verdes amendoados.

— Recife é uma das cidades mais bonitas do Brasil — declarou um homem. — Você vai embora amanhã? Então não vai ver nada.

— É que eu estava em Castera — respondeu Pascal num tom de desculpa, e como seus interlocutores não disseram nada, ele acreditou que era necessário explicar. — Eu estava no *ashram* O Deus Oculto.

Todo mundo se estourou de rir.

— Não nos faça crer — disse um dos homens — que você também é um desses adeptos de Corazón Tejara!

Pascal mexeu a cabeça num sinal afirmativo.

— Eu vim de muito longe para encontrá-lo.

Seus interlocutores riram mais ainda.

— Então não sabe que ele é um doido — disse um deles. — Fala de melhorar o mundo. A desigualdade está inscrita no coração do universo. Existem os bonitos, os feios, os grandes, os pequenos, gordos, magros. Como ele vai fazer isso?

— Soube que ele fundou um partido político? — perguntou um outro.

— Um partido político? — exclamou um terceiro. — Não é possível. Como vai se chamar?

— O Partido dos Loucos de Deus — alguém propôs.

De novo, houve gargalhada geral. Mas sabe-se como são essas conversas de bar, logo outro assunto é abordado.

Em um momento, Oriane pegou em sua mão.

— Venha comigo — ela sorriu. — Vou levá-lo para ver os quadros que estão na outra sala.

Era um convite? Pascal hesitou e depois a seguiu. Aquela foi uma das mais saborosas noites de sua estada no Brasil. Porém, ao voltar para seu quarto nas primeiras horas da manhã, ele não sentia qualquer satisfação. Ter possuído Oriane sem dificuldade não lhe dava qualquer sentimento de orgulho. Ao contrário. A lembrança dos gritos que os dois deram lhe encheu de vergonha. Era porque sabia que, se não era o primeiro parceiro de Oriane, também não seria o último. Logo ela o esqueceria e guardaria pouco mais do que a lembrança de um bom momento.

Abatido, ele se arrependeu de não ter encontrado com o pai. Se não tivesse sido tomado por um capricho orgulhoso idiota, ele poderia ter descoberto quem era Corazón Tejara. Um messias ou um mecenas meio louco, como diziam? Desse modo, ele teria descoberto a si mesmo.

Quando chegou ao seu quarto, abriu a janela dupla e olhou para a noite que invadira a cidade. Diante dessa cortina de seda negra, jurou que dali em diante não seria um homem sem qualidades, mas um homem sem histórias. Ele não sabia que tais promessas são impossíveis de cumprir, pois a vida prega peças que não podemos evitar.

19.

O avião aterrissou no aeroporto Frantz-Fanon às seis horas da manhã e Pascal respirou o odor inconfundível de sua terra: o odor de sal, o odor do mar, mais ácido, o odor salobro de chorume que circundava a cratera do vulcão, odor de frutas em diversos graus de amadurecimento, presentes naquele gigantesco platô tropical. Dessa vez, foi um grupo de alunos do colégio indo à metrópole sob a supervisão de seu professor de francês que veio lhe pedir um autógrafo. Ele o fez de bom grado, antes de pegar o táxi que o levaria de volta a Marais Salant.

Quando chegou, sua casa lhe pareceu suja, vazia e abandonada. Desconsertado, subiu até seu escritório, que talvez fosse o cômodo menos hostil, e, sem perder tempo, começou a escrever sobre a experiência que acabara de viver. Para sua surpresa, as ideias lhe vinham abundantes. A princípio, a estadia pareceu-lhe ter sido um completo fracasso. Descobriu, então, a coisa de forma bem diferente.

Para começar, a Índia. Graças a sua estada no *ashram*, sua visão daquele país havia mudado. Ele acreditava que aquela terra era povoada apenas por numerosos homens e mulheres condenados a vidas famélicas. Mas se viu deslumbrado pela riqueza de sua cultura. Ele tinha também compreendido a diversidade do mundo e a complexidade de seus problemas. Por exemplo, tantos anos depois do fim do apartheid, por que a África do Sul permanecia uma terra dividida, à procura de um equilíbrio? Quanto a seu amor violento por Sarojini, disse a si mesmo que aquilo lhe permitira mensurar sua humanidade.

De todo modo, sua pena corria sobre o papel quando bateram à porta. Era Maria, a última pessoa que ele esperava ver numa hora daquelas.

— Você! O que quer de mim? — perguntou ele, brutal.

Ela cobriu seu rosto de beijos, sussurrando:

— Eu vim pedir desculpas. Não sabia que Fatima era sua mãe.

— Quem contou isso? — perguntou.

— Judas Éluthère.

Pascal não ficou infeliz por reencontrar Maria, pois o ar apaixonado dela o consolou da dura rejeição que ele acabara de sofrer. Pascal podia ainda agradar alguém. Não lhe faltava charme.

Na mesma tarde, Maria veio se reinstalar com ele em Marais Salant e os dois retomaram suas vidas, como antes. Óbvio que, ao longo dos dias que se seguiram, Pascal teve a impressão de não estar sendo completamente honesto e reprimiu impulsos que não sabia controlar. Eles decidiram passear por uns dias na ilhota de Sargasse, na casa que era dos avós dele, os Bergman. Os dois tinham morrido alguns anos antes, mas a casa continuava de pé, recebendo alguns cuidados do irmão de Eulalie. Uma manhã, eles tomaram um catamarã no cais Valmy, abrindo caminho entre os marinheiros que, ruidosamente, empilhavam bacalhau salgado e arenque na proa do barco.

O mar, calmo naquele lugar, não tardaria a crescer, a saltar e pular. Uma grande parte dos passageiros passou muito mal e vomitou nos saquinhos de papel cinza, distribuídos pela tripulação. A travessia durou quarenta e cinco minutos. No cais de Sargasse, as vendedoras faziam careta por causa do sol ou usavam grandes chapéus de palha, oferecendo as especialidades da ilhota: empadas crioulas de caranguejo, bolos de mel ou recheados com frutas.

Pascal lamentava não vir com mais frequência a Sargasse. Era um momento de liberdade como ele raramente havia experimentado durante sua infância. Os avós, os Bergman, não sabiam falar nada de francês, a avó regurgitava expressões saborosas e inesperadas: "O corpo", dizia ela, "não vai bem hoje." Ou, "O corpo está *krazé* essa manhã."

Ela contava ao pequeno Pascal histórias que ele quase não compreendia. Ela o deixava se banhar nu no mar. Foi em Sargasse que ele teve sua primeira experiência erótica: Manon, uma garotinha cujo pai possuía algumas vacas e que, todos os dias, deixava nos ladrilhos da cozinha duas garrafas de leite fresco, de cor levemente azulada. Olhando seus seios, suas nádegas, suas pernas, Pascal ficava duro, ele que ainda não sabia o que significava ficar duro.

No domingo, o avô e a avó convidavam os amigos para almoçar, uma dezena de descendentes dos vikings como eles, que, apesar de sua cor, faziam Pascal pular em seus colos. No almoço, eles ofereciam linguiça branca, especialidade de sua avó, que substituía o sangue de porco e o pão dormido por um purê de caramujo bastante temperado. De acordo com algumas pessoas, essa mistura era execrável. De acordo com outras, era delicioso, mas todo mundo a devorava em quantidade.

Chegada a noite, seu avô Bergman tomava a mão esquerda do pequeno Pascal enquanto sua avó pegava a direita e eles partiam os três para uma caminhada de mais ou menos dois quilômetros. Como o avô não suportava ficar calçado — nem chinelos, nem tênis, nem botinas —, seus pés largos e esbranquiçados com os dedões pontudos se esparramavam pelo asfalto da rua.

Eles iam até um bar chamado Les Diablotins, onde se podia ouvir o mar revolto batendo nas pedras, sob a varanda. O avô Bergman punha o menino no colo, depois o deixava pôr o dedo dentro de seu copo de rum ou até mesmo dava uma provinha. Pascal dormia deliciosamente. Sim, aquele tempo era mesmo um tempo de felicidade, como ele raras vezes conhecera.

Até então, Pascal tinha sido sensível aos encantos de Maria: os seios fartos, sua bunda alta e empinada e aquela linha mediana que descia ao longo de suas costas. Em Sargasse, como ele a desejava menos e com frequência precisava se obrigar a abraçá-la, ele se interessou por sua mente.

Um dia, ela perguntou:

— Você partiu à procura de seu pai. O que ele revelou?

Pascal fez um bico.

— Você vai ficar bem surpresa se eu disser que nunca o encontrei. Essa viagem foi uma perda de tempo.

Ela não fez mais nenhum comentário, guardando seus pensamentos para si mesma, pois era assim: discreta, falava pouco de suas emoções e das emoções dos outros.

Aos quatro anos, ela perdeu o pai. Ele deixou sua mãe em posse de *caloges*, casinhas feitas de velhos barcos, onde se criava uma variedade de coelhos de olhos vermelhos e de pelagem muito branca, tão branca que eram chamados de coelhos icebergs. Aos cinco anos, ela acompanhava a mãe, que ia vendê-los no mercado. Ela ia pouquíssimo à escola. No entanto, com sua irmã Marthe, educou seu irmão mais novo, Lazare, que tirou com sucesso um diploma de estudos superiores e, durante um tempo, ensinou matemática numa escola particular.

Foi com o coração cheio de lamentos que Pascal tomou o caminho de volta a Marais Salant. Dois dias depois do retorno, Marthe e Lazare apareceram sem dizer uma palavra e, a julgar pelo número de malas e de cestos caribenhos, Pascal compreendeu que eles voltavam para se instalar junto da irmã, como se nada tivesse acontecido. Ele não pôde aguentar aquela cara de pau e colocou todo mundo para fora, inclusive Maria. No fundo, ele dizia a si mesmo que não tolerava mais as mentiras que vivera. Se ele tinha a pretensão de mudar o mundo, tinha que se acostumar a olhar a verdade nos olhos.

Assim, mais uma vez, se encontrou sozinho e feliz por assim estar. De manhã, preparava cuidadosamente suas aulas para Le Bon Kaffé. Como dois de seus discípulos tinham decidido escrever sobre ele, sobre como o conheceram, sobre o que tinham retido de seus ensinamentos, à tarde, Pascal corrigia seus textos.

Em certos dias, ele se dedicava a redação de uma obra que havia intitulado *Deux mots, quatre paroles* ou *Duas palavras, quatro lições*. Essa seria sua obra-prima: ele queria provar que a globalização de que sempre ouvimos falar era, no fim das contas, apenas uma forma moderna de escravização. As nações ricas do Ocidente obrigavam os países pobres do Sul, onde a mão de obra era abundante e mal paga, a fabricar os produtos de que precisavam a um custo menor.

Ele também se apressou em visitar a mãe, que havia retornado ao país. Infelizmente, ele não a encontrou no humor que esperava. Ela estava acompanhada por um escritor cujo livro, *Eu me submeto*, estava a caminho de se tornar um best-seller internacional. Ela tinha apenas uma ideia na cabeça: ele também não poderia dar aulas na Le Bon Kaffé? Pascal prometeu falar com Judas Éluthère sobre isso, sem entusiasmo, pois o escritor parecia vanglorioso e cheio de si. Quanto ao propósito de sua visita a Castera, Fatima se limitou a perguntar com leveza:

— Então, você nem viu seu pai! Isso não me surpreende. O que eu disse a você?

Esse foi seu único comentário.

Tendo posto O Jardim do Éden aos cuidados de um administrador, Jean-Pierre alugou a ampla propriedade que ocupara durante cinquenta anos com Eulalie e veio se instalar em Marais Salant. Ele também perguntou casualmente a Pascal:

— Então, você nem viu seu pai?

Pascal pensou ter percebido uma nota de satisfação em sua voz, como se no fundo não estivesse descontente por não precisar compartilhar com ninguém a imagem de pai.

20.

Pascal não conseguia esquecer Sarojini. Ele pensava nela cada vez mais. Intocável Sarojini. Pensava nela, não por causa de seu físico ou porque, depois, sentia-se orgulhoso por ter tido em seus braços uma companheira como ela, mas por causa de sua personalidade complexa e desigual que por tantas vezes lhe fizera mal. Ele a imaginava penteando os cabelos pretos brilhantes, caminhando pelos corredores do hospital ou fazendo compras no mercado. Em seus sonhos mais loucos, ele se via desembarcando em Jaipur, livrando-a de seu amante inglês e trazendo-a para o seu país.

Graças a Sarojini, ele compreendia que o mais importante não é somente o físico de uma mulher, seus seios, sua bunda e seus lábios que vertem constantemente um elixir. O que conta é que ela o ajude a compreender as complexidades do mundo. No fim, ele não aguentou. Decidiu escrever-lhe uma carta endereçada para O Deus Oculto, na esperança que o *ashram* a remetesse a ela. Ao fim de várias semanas, ainda não havia resposta. Que pena, ele esperaria o tempo que fosse preciso.

Pascal adquiriu o hábito de ir passear à noite, na beira-mar. O crepúsculo caía, fugaz, como o amor que ele vivera com Sarojini. Naquela hora, o mar era considerado frio demais. Não havia banhistas. Apenas alguns adolescentes jogando bola na esperança secreta de um dia se igualar a Lilian Thuram ou, quem sabe, ao rei Pelé. Ele se deixava cair na areia e pouco a pouco as sombras se fechavam ao seu redor como uma camiseta que fica apertada demais. Ele decidia voltar para casa quando a brisa do mar ficava fria e ele começava a tremer.

Quando não ia para a beira da praia, ele mergulhava no coração dos bairros mais populares de Fond-Zombi: La Treille, Saint-Ferréol. Ao longo de suas ruelas tortuosas, de traçado fantasioso, as casas ficavam escancaradas, depois do calor do dia. Pelas calçadas, as crianças corriam e brigavam. Em toda encruzilhada, havia mulheres sentadas em pequenos bancos, vendendo bolinhos, tubinambo ou sorvetes de frutas variadas. Às vezes, ele ia a um pequeno bar chamado Le Calalou Fumé. Lá, quando ele entrava, as conversas paravam e as cabeças se voltavam ao mesmo tempo em sua direção.

Pascal se deu conta de que estava acostumado a ser reconhecido sempre, em todos os lugares. O que esperavam dele? Ele não sabia exatamente. Não sabia que aquele clamor popular, inebriante como um perfume, podia desaparecer de forma abrupta ou mudar de natureza. Ele ignorava que essas caras e esses sorrisos tão doces poderiam se tornar agressivos e contundentes como pedras lançadas. Em suma, não levou em consideração o significado do provérbio tão repetido: *A rocha Tarpeia fica perto do Capitólio*, ou seja, perto da fama pode estar o esquecimento.

Semanas após seu retorno a Marais Salant, houve um acontecimento estranho. Um domingo, quando voltavam da missa, pois se tratava de um casal de cristãos devotos, os Martins, os encantadores vizinhos que moravam na casa à esquerda, pararam na casa dele e foram ao seu encontro, com aquele ar acanhado de quem vai começar uma conversa desagradável.

— Você percebeu — suspiraram eles — que um sem-teto está se refugiando na cabana no fundo do seu jardim?

Pascal, que não tinha visto nada daquilo, ficou muito surpreso, pois os sem-teto eram maltratados no país. Quando perambulavam pelas praias, eram acusados de prejudicar o turismo e a polícia os recolhia sem cerimônia e os jogava na delegacia, onde às vezes passavam vários dias.

— É que — continuaram os Martins, cada vez mais constrangidos — ele faz xixi e defeca sem nenhuma vergonha, em qualquer lugar. Nossa garotinha, que acabou de fazer quatro anos, pode vê-lo, o que seria um escândalo.

Pascal correu até o fundo do jardim e percebeu que, realmente, uma cabana grosseira, feita de papelão e de compensado, havia sido edificada atrás dos ébanos. Naquele instante, tudo parecia deserto. Não havia ninguém e, quando tentou empurrar a porta, foi assaltado apenas por um cheiro pestilento. Ele se afastou, porém, em sua inquietude, voltou algumas horas mais tarde. Naquele momento, uma luz estava acesa no interior e projetava um brilho amarelado.

Quando bateu, um homem veio abrir. Teve a impressão de já tê-lo visto em algum lugar. Não eram somente suas roupas listradas que ele acreditou reconhecer, nem as botas de couro, iguais às dos mosqueteiros. Foi principalmente por sua postura. Poderia se dizer que ele tinha algo escondido nas costas. Uma corcunda?

— Não nos conhecemos? — perguntou Pascal, intrigado.

O homem deu de ombros com um ar vago. Cada vez mais surpreso, Pascal o observou e, ao fim de alguns minutos, gritou, tomado de uma repentina iluminação:

— Você se parece muito com Espíritu Tejara, o irmão do meu pai!

O homem jogou a cabeça para trás e se estourou de rir, o que podia significar qualquer coisa.

— Os homens todos não são irmãos? — disse ele. Então, ele parou de rir bruscamente e assumiu um ar sério. — Você não vê essa sombra densa? A sombra que o rodeia e que pesa sobre você?

— Que sombra? — perguntou Pascal, incomodado.

Dessa vez, o homem não respondeu e entrou na cabana. Apesar do cheiro que exalava, Pascal o seguiu.

— Eu vim para adverti-lo — disse Espíritu ou seu sósia — que você passará pelas piores dificuldades. Prepare-se para ser tratado como um pária, mas não se surpreenda, é natural, é o papel que cabe a nós, os Tejara.

Pascal decidiu não prestar atenção àquelas palavras incompreensíveis e declarou:

— Eu poderia chamar a polícia, eles o prenderiam e o conduziriam até a delegacia mais próxima, mas não é do meu feitio agir assim. Eu prefiro pedir com educação que você vá embora. Seja quem for, você não tem nada o que fazer aqui.

O homem tinha um sorriso ambíguo.

— Eu só vim para lhe ajudar.

— Com o quê? — perguntou Pascal.

O homem remexeu nos bolsos e tirou um pequeno objeto, uma espécie de caixinha vermelha com uma lingueta de couro.

— Assim que precisar de mim, aperte isso assim e eu virei ao seu socorro.

Pascal pegou o objeto, olhou-o com curiosidade e colocou-o no bolso.

No dia seguinte, na primeira hora, quando voltou correndo ao fundo do jardim, Pascal encontrou a cabana vazia, a não ser por um balde cheio de um líquido amarelado que se revelou ser mijo. A passos pesados e inquieto, ele subiu de volta até a casa, se perguntando se tinha sido vítima de um pesadelo premonitório. Por que Espíritu tinha vindo a Marais Salant? O que ele queria anunciar? Por que falava de um perigo que o ameaçava? Que sombra era aquela que pesava sobre ele? Que tudo aquilo queria dizer? Por causa dessas perguntas, ele passou a noite sem pregar os olhos. No dia seguinte, se empanturrou de todos os tipos de chás, mas continuou febril e com o coração batendo forte.

21

Apesar da inquietante visita de Espíritu ou de seu sósia, Pascal não esperava a tempestade que abalou sua vida. O homem tinha dito a verdade: uma sombra pairava sobre ele e explodiu tão de repente quanto um raio. Certa manhã, ele recebeu uma carta assinada por Monsieur Pacheco, que tinha retornado do Japão. Essa carta informava, de maneira brutal, que suas aulas na empresa estavam encerradas e que agradeciam muito os serviços prestados.

Furioso, ele correu até a casa de Judas Éluthère. Judas Éluthère havia saído do armário, revelando sua preferência sexual. Passara a morar com Kassem Kémal, um advogado libanês, que conhecera na metrópole. Pascal não se surpreendeu. Ele mesmo quase tinha se rendido aos encantos desse garoto tão bonito, tão elegante, tão bem-cuidado. Judas e Kassem compartilhavam um jantar de *chiquetaille*, lascas de bacalhau com bananas verdes, pois os dois eram vegetarianos.

Judas Éluthère esbravejou depois de ler a carta:

— É ilegal, é uma quebra de contrato. Na reunião que tivemos sobre esse assunto, ele nos prometeu que não faria nada assim. Ele vai ver que não pode zombar de nós e sair impune. Espere um pouco!

Então, ele convidou Pascal para jantar com eles.

Estavam na sobremesa, um bolo com recheio de pasta de laranja amarga, quando apareceu um visitante: se tratava de Dominique Origny, homenzinho de cabelos ralos que não parecia, mas era uma estrela da televisão nacional. Tinha ficado muito famoso havia alguns anos, quando apresentava perfis de personalidades políticas conhecidas no mundo: John Kennedy, Robert Kennedy, Indira Gandhi, Nelson Mandela, Mikhaïl Gorbatchev, Oprah Winfrey etc. Por ora, estava de novo em alta por produzir um programa chamado *Face a Face*. Ele convidava duas pessoas cujas ideias eram diferentes para se encontrar e expor seus pontos de vista. Tinha muitas anedotas sobre as celebridades com quem convivia em seu dia a dia. O final do jantar foi animado.

Em determinado momento, ele virou para Pascal e propôs:

— Você aceitaria participar do *Face a Face*?

— Eu? — Pascal ficou surpreso.

— Sim — argumentou o outro. — Você seria um excelente debatedor diante de Monsieur Pacheco, de cujas ideias você não gosta de jeito nenhum, pelo que Judas me disse.

Pascal se recusou a participar.

— Deixe-me primeiro saber quem ele é — disse.

— Ele é um grande sedutor — o preveniu Kassem.

— Sedutor ou não — exclamou Judas Éluthère com força —, ele terá notícias minhas!

Aparentemente, o furor de Judas não teve qualquer resultado tangível, pois os dias se passaram e Pascal não soube de mais nada. No final do mês, com tristeza, ele montou em sua moto e foi até Sagalin, onde deveria dar sua última aula e encontrar Norbert Pacheco, pois este lhe havia convidado para almoçar.

Para sua surpresa, seus alunos o esperavam, numerosos, no pátio principal e o acolheram com vivas. A sala de aula estava abarrotada. Mesmo aqueles que nunca tinham vindo aos debates compareceram e, como faltavam lugares, tinham que se sentar no chão. Aqueles que sempre combateram suas ideias naquele dia pareciam tristes e lamentosos por vê-lo partir.

Quando a aula terminou, depois de apertar várias mãos, Pascal, com o coração aos pulos, foi almoçar com Monsieur Pacheco. Seu escritório ficava no último andar. Era ricamente mobiliado e decorado com fotografias de homens que Pascal não reconhecia. Ele acreditava que um deles era Pandit Nehru, mas provavelmente estava enganado.

Não é preciso dizer que Monsieur Pacheco era um homem muito bonito, vestido com elegância e calçando botas finas de uma marca de prestígio; ainda assim, vislumbrava-se o formidável predador que se escondia nele. Dizia-se que ele seduzira várias de suas funcionárias e que tinha até mesmo engravidado duas delas. Ele estava acompanhado por dois homens tão elegantes quanto ele.

— Aí está o meu inimigo! — Ele sorriu, pegando Pascal pelo braço com familiaridade. Com essas palavras, seus dois asseclas caíram numa gargalhada servil.

Pascal protestou:

— Inimigo, não! Eu não sou seu inimigo. Digamos que nós não compartilhamos das mesmas ideias.

— Não há bons restaurantes em Sagalin — continuou Pacheco. — Se você quiser, podemos percorrer alguns quilômetros até Saint-Marcelin. Lá, vou levá-lo a um pequeno bistrô que não parece valer nada, mas a comida é uma das melhores que já experimentei.

Os quatro homens entraram no estacionamento guardado por um velho que também cumprimenta Monsieur Pacheco de modo servil, se metendo à sua frente, esboçando um cumprimento militar e exclamando:

— Bom dia, patrão!

Eles tomaram a direção da vila de Saint-Marcelin. O lugar merecia o nome de vila? Era uma sucessão de mais ou menos uma dúzia de casebres enfileirados na beira do mar, como a imagem de um lugar triste e ancestral. Monsieur Pacheco se dirigiu à casa mais humilde entre todas, feita de pau a pique, rudemente pintada de cinza e verde. O dono, um indiano de cabelos encaracolados, foi ao encontro dos recém-chegados e deu um abraço em Monsieur Pacheco, como se quisesse mostrar a todos que se tratava de um de seus melhores clientes.

— Hoje, eu ofereço aos senhores uma torta de atum, acompanhada de um gratinado de castanhas. Contem-me as novidades!

Os homens se sentaram e beberam ponches que lhes serviram.

Monsieur Pacheco se virou para Pascal.

— Não pense que dei um fim nas suas aulas por pura perseguição. Apenas acho que é preciso dar tempo aos nossos empregados para que meditem sobre as suas ideias. Parece que você acabou de voltar do Brasil. Que país magnífico, não é mesmo?

— Não estive lá por razões turísticas — respondeu Pascal. — Estive especificamente em Castera, no *ashram* O Deus Oculto, entre pessoas que desejam mudar o mundo, torná-lo melhor.

— Que solução encontraram? — perguntou Monsieur Pacheco, zombeteiro.

— Ainda não encontramos uma solução. Por ora, estamos refletindo — respondeu Pascal, sensível à provocação.

Monsieur Pacheco passou os dedos nos cabelos semilongos, flutuando sobre os ombros.

— Nós, na empresa Le Bon Kaffé, havíamos encontrado uma solução. Acreditávamos que para melhorar a vida dos homens seria preciso lhes oferecer bons salários e boas habitações, como fazemos com nossos funcionários. Nós pensamos também que era preciso garantir uma boa educação a seus filhos, em boas escolas, para que a ascensão social nunca deixe de acontecer.

— É sem dúvida por esse motivo que as manifestações de seus empregados se multiplicam pelo país — disse Pascal num tom sarcástico.

Um dos homens levantou a mão e disse em voz alta:

— Não briguem, estamos juntos para trocar ideias.

O almoço terminou sem maiores problemas, os quatro homens discutiram sobre tudo e sobre nada. Uma conversa trivial, como tantas, sem nada interessante, pensou Pascal, decepcionado.

22.

Uma vez privado de suas aulas em Le Bon Kaffé, Pascal tinha a impressão de que sua vida afundava no tédio. Não avançava na escrita do *Duas palavras, quatro lições*. Ficava ocioso na maior parte do tempo. Quando corrigia os textos dos seus discípulos, percebia como aquilo que eles chamavam pomposamente de seus ensinamentos se resumia a pouca coisa. Alguns clichés, algumas ideias repetidas, um resumo de preceitos proferidos por outros antes dele.

Para esfriar a cabeça, ele desceu até Fond-Zombi para ouvir o escritor que morava com a sua mãe. Essa noite literária acabou por abatê-lo. Diante de uma plateia abastada, bem-vestida, bem-arrumada, bem--calçada, o escritor autografou sem parar, como se fizesse fornadas de pãezinhos, as obras que uma livraria da capital tivera a boa ideia de pôr à venda.

Terminada essa cerimônia, Pascal voltou para casa, jantou e foi para a cama. Finalmente, aceitara a proposta de Dominique Origny quando este voltou a insistir: um *Face a Face* com Monsieur Pacheco daria a ele uma chance de formular seus sonhos de uma sociedade harmoniosa e bem equilibrada.

Alguns dias depois, ele recebeu um convite da empresa Le Bon Kaffé, que festejava seu quadragésimo aniversário: um concerto de flautas, seguido de uma conferência intitulada: "Construir a empresa que se adapta melhor à vida moderna". Apesar dessa programação sedutora, ele decidiu não ir. Não seria uma contradição ir para lá quando havia acabado de aceitar participar do *Face a Face*? Ficou sozinho em casa, assistindo a um velho filme de Alfred Hitchcock na televisão para se distrair: *Marnie, confissões de uma ladra* ou *Os Pássaros*, ele não sabia dizer qual era. Em todo caso, nos dois, a heroína era loira, jovem e bela. Acabou dormindo na frente da televisão.

Quando acordou com a boca amarga perto das duas horas da manhã, a programação tinha sido alterada: uma apresentadora histérica anunciava que um atentado acabara de acontecer em Sagalin, na empresa Le Bon Kaffé. Um atentado, Pascal disse a si mesmo, abruptamente desperto, quem eles pensavam que eram neste país onde os governantes só sabiam obedecer às ordens da metrópole, bem direitinho? Um atentado! Que piada de mau gosto!

Sem saber o que fazer, ele pegou sua motocicleta e rumou para Sagalin. Ele não foi o único a ter essa ideia. A estrada estava cheia de carros em que homens e mulheres choravam e cantavam hinos religiosos.

O hospital de Sagalin era uma velha construção de madeira que não oferecia qualquer dispositivo ultramoderno. No jardim, uma multidão considerável se reunira. Ela se abriu ao ver Pascal, que ficou surpreso ao receber tantos olhares subitamente hostis. Será que acreditavam que ele estivesse envolvido nesse triste episódio? Ele, que detestava a violência e que seria incapaz de fazer mal a uma mosca!

Ele soube que Monsieur Pacheco fora morto com dois tiros na cabeça, que se contava uma dezena de mortos e muitos feridos. Monsieur Pacheco, um homem tão bonito, tão bem-vestido, que impressionava tanto! Isso é tão estranho na morte, ainda que seja inevitável e interrompa o caminho de todos nós, ela nos surpreende toda vez que se apresenta.

O céu negro estava rajado de vermelho como se o sangue das vítimas tivesse subido até lá em cima para melhor pedir vingança. Enquanto vagava no meio da multidão, Pascal esbarrou em Judas Éluthère, com o braço em uma tipoia, cercado por uma dúzia de policiais. Seus olhos estavam cheios de lágrimas e seu rosto abatido. Ele explicou a Pascal o que aconteceu: apesar de dores violentas nas costas, seu amigo Kassem Kémal quis acompanhá-lo à recepção. Como era um apaixonado por flauta, ficou com os músicos, na sala por onde o comando de matadores entrou. Por isso, levou um tiro no peito e morreu na hora. Pascal pronunciou palavras de condolências, que em casos assim sempre soam artificiais e formais, depois voltou triste a Marais Salant.

No dia seguinte, às oito horas, policiais chegaram bem na hora que os pais arrastavam seus filhos, aos prantos, desesperados ao pensar que mais um dia de escola começava para eles. Naquela manhã, nem os professores nem as professoras tinham cabeça para cumprir seus deveres educativos, apenas uma questão dominava todas as mentes: quem eram os autores do atentado? De onde vinham? Onde se escondiam? Cada um esperava que fossem encontrados o mais rápido possível.

Era um grupo de dez policiais. Dez policiais, disse Pascal para si mesmo, isso pode significar duas coisas: ou a polícia contava com um efetivo excessivo ou uma importância indevida estava sendo atribuída à sua pessoa. Ele os levou ao escritório. Um policial, o mais velho ou o com mais tempo de serviço, se pôs a fazer perguntas, primeiro insípidas: idade, lugar de nascimento, endereço residencial. Mas logo elas adquiriram um tom agressivo:

— Então, você quer nos fazer crer que não sabe qual foi o filme do Hitchcock que assistiu, não sabe se foi *Marnie, confissões de uma ladra* ou *Os Pássaros*?

— É que não sou um cinéfilo — se defendeu Pascal. — Quando eu tinha dez ou doze anos, vi um filme do Truffaut que se chamava *Os incompreendidos*, e era o oposto da vida que eu levava. Mesmo assim, nunca esqueci e é o único nome de diretor que eu poderia citar.

— E há alguém que poderia testemunhar que o viu assistindo a filmes na televisão? — insistiu o policial.

— Ninguém — retorquiu Pascal —, pois eu já disse que estava sozinho em casa.

Quando aquilo terminou, o agente deu a Pascal seu depoimento para que assinasse e sorriu com um esgar:

— Acompanhe-nos, por favor.

— Ir com vocês? Por que querem que eu os acompanhe? — protestou Pascal. — Não tenho mais nada a dizer.

O outro deu um sorriso adocicado.

— Nunca se sabe. Talvez você tenha esquecido de alguma coisa de que não se lembra.

— Vocês estão no caminho errado — afirmou Pascal —, eu tinha aceitado, para a semana que vem, um *Face a Face* com Norbert Pacheco, e isso indica claramente o modo como eu queria resolver nossas desavenças, se é que havia desavenças.

Era evidente que a polícia tinha alguma ideia na cabeça. Segundo ela, os representantes dos empregados pediram a Pascal que desse aulas em Sagalin, o que Norbert Pacheco, ao voltar do Japão, havia proibido de forma brutal. Pascal tinha, portanto, se vingado.

Pascal, que nada sabia sobre os procedimentos policiais, perguntou se não estaria sob custódia. Eles desceram a escada e saíram. Uma multidão se reunia em frente à casa. Mais uma vez, Pascal ficou surpreso com a mudança repentina de comportamento em relação a ele. No dia anterior, antes do ataque, as pessoas sorriam para ele, pedindo autógrafos. Agora, ele era assaltado por olhares odiosos.

Em mil novecentos e vinte, a prisão de Fond-Zombi foi palco de uma importante rebelião. Contaram-se dezenas de mortos entre os carcereiros enquanto cerca de uma centena de presidiários escapavam. Naquela ocasião, ela fora reconstruída: paredes grossas, brechas foram gradeadas, uma torre de controle em cada pátio. Erguia-se como uma fortificação formidável no meio da cidade. Hoje em dia, com o aumento da violência causada pelo uso de drogas, ela voltou a ser inadequada. Três ou quatro prisioneiros dividiam cada cela. Faltava pessoal para a segurança.

Dois policiais conduziram Pascal até o primeiro andar. A cela era estreita, suja e mal-iluminada. Sobre um colchão imundo, colocado sobre o chão mesmo, dormia um rapaz, que os policiais acordaram a chutes.

— Esse aí é Damien Damianus, um velho conhecido. Ele vai embora às quatro horas e aí você vai ter a cela toda para você.

Damien Damianus, com os olhos esbugalhados, olhava para Pascal como se olha para um deus.

— É você — exclamou ele, incrédulo —, é mesmo você?

— Sou eu mesmo — respondeu Pascal.

Damien Damianus não devia ter mais do que vinte anos. Aquilo lhe acontecia com frequência, ele acabara de cumprir uma pena curta, pois, mais uma vez, fora pego vendendo drogas nos arredores da escola. Ele trabalhava para gente muito séria, traficantes que recebiam o produto trazido nos porões dos barcos vindos da América Latina.

— Eu nunca pude ir para escola como eu desejava — contou ele a Pascal —, tinha que ajudar a minha mãe, que trabalhava na casa de ricaços. Eu cuidava dos meus irmãos e irmãs mais novos. Se pudesse, queria escrever livros.

— Escritor! — disse Pascal, surpreso. — É uma profissão que não vale nada. Você nem consegue ganhar a vida!

— É que um dia — explicou Damien sem escutá-lo —, estava arrumando o quarto de um menino no lugar onde minha mãe trabalhava e dei de cara com um livro com um título bizarro: *O sagui*. O que isso queria dizer? Era a história de uma criança com deficiência que se matava junto com seu pai. Nunca mais li nada tão bonito.

Infelizmente, aquela conversa interessante foi interrompida, pois, às quinze horas, um policial veio buscar Damien. Pascal ficou sozinho e, sem saber o que fazer, se deitou no colchão imundo. Lá, dormiu, vencido pelo cansaço e principalmente pela angústia.

Fazia algumas horas que dormia, quando duas mulheres apareceram. Uma delas, gorda e baixa, empurrava o carrinho do jantar, a outra... meu Deus, como ela era bonita! Seu uniforme em tecido cáqui não conseguia esconder a beleza de suas formas. Ela gritou:

— Não acreditei nos meus colegas quando me contaram que você tinha sido detido por conta do atentado. Vou me apresentar: Sargento Albertine Lachalle, viemos trazer seu jantar. Essa noite temos tripas de porco e banana *poyo.*

"Meu Deus!", repetiu Pascal para si mesmo. "Como ela é bonita!" O que ele não poderia adivinhar era que a beleza que lhe atingia em cheio o coração tinha uns bons anos a mais do que ele. Ela tinha seus trinta e seis anos, mesmo que eles não se fizessem notar. Pascal não era um mulherengo, um homem que corria atrás do primeiro rabo de saia que aparecesse. Mas agora se encontrava atraído por duas mulheres. Sarojini, que ele não conseguia esquecer, como não se consegue esquecer o cheiro e o sabor de algo desconhecido de repente revelado. No caso de Albertine, ele ainda não sabia o que acontecia com ela.

Comeu com apetite o ragu que estava muito bom, depois, dominado por esse desejo que nada poderia satisfazer, se deitou novamente. Pouco antes das dez horas da noite, no entanto, as luzes se apagaram e um toque estridente se fez ouvir. Não havia claridade. Poucas horas depois, a porta se abriu: Albertine entrou, depois se sentou ao lado dele.

— Eu sinto — declarou ela — que, apesar dos muitos anos que temos de diferença, um belo amor vai se acender entre nós e, talvez, nos consumir.

23.

Pascal não sabia nada sobre Albertine. As mulheres burguesas e puritanas de Fond-Zombi torciam o nariz ao falarem dela: "Ela tem seis filhos de seis homens diferentes. É uma puta!", diziam. "Fazia três anos que seu último amante, um guarda que voltou para a metrópole, a convencera a entrar para a polícia. Imaginem uma mulher depravada como ela, encarregada de punir aqueles que não respeitavam a lei. É de morrer de rir!", murmuravam aquelas hipócritas.

Para Pascal, a vida se dividia em duas, ao ponto que ele se perguntava se era apenas uma única pessoa. Será que não tinha se tornado dois indivíduos vinculados a duas experiências radicalmente opostas? As noites, território das delícias, pertenciam a Albertine. Ela vinha ficar com ele pouco depois do apagar das luzes. Ele ouvia seus passos vindos do corredor pavimentado da prisão, logo depois o barulho da chave na fechadura, e, por fim, ela entrava. Ela tirava o uniforme e, vestida apenas de sua nudez, se aconchegava nele. Eles faziam amor toda a noite, insaciáveis, incansáveis, paravam apenas para recobrar o fôlego ou para sussurrar ao ouvido pedaços de memória, pungentes como os sonhos.

— Nosso amor — declarava Albertine — não se parece com nenhum outro. É verdade, conheci muitos homens antes de você, que me deram filhos: tenho muitos deles, de todas as cores e, mesmo assim, me encontro como uma virgem em seus braços.

Infelizmente, ela ia embora de madrugada porque precisava ajudar a preparar as bandejas do café da manhã.

Às sete horas, Pascal se transformava em um outro homem. Um guarda o conduzia até o fim do corredor onde se encontravam os chuveiros. O dia começava. Pascal não recebia visita nenhuma. Por quê? Era a gravidade de seu crime que lhe valia aquele tratamento? Ele tentou perguntar aos guardas mas não recebeu resposta. Além disso, ele estava obcecado por Judas Éluthère, cuja brusca mudança de comportamento ele não conseguia compreender.

Tudo tinha começado no dia seguinte à sua chegada na prisão. Como os demais detentos, ele se encontrava na pequena sala reservada ao lazer, quando soube que o conselho diretor de Le Bon Kaffé tinha sido substituído por José Louis, Frédérique Dondenac e, a surpresa das surpresas, Judas Éluthère, que tinha um diploma de ciências políticas em Paris e estava perfeitamente apto para cumprir a nova função, como se descobriu repentinamente.

Judas Éluthère, que talvez fosse a alma das manifestações de Le Bon Kaffé, fazia parte da nova direção! Passava a ganhar um salário dos mais confortáveis, a ampla casa disponibilizada para funcionários, em Bois Jolan, e férias anuais na metrópole.

No dia do enterro de Norbert Pacheco, transmitido pela televisão, Pascal o viu com estupor entre a delegação de pessoas enlutadas. Entrevistado, ele declarou seu pesar e a viva estima que ele nunca deixara de sentir pelo defunto, mesmo que não compartilhassem as mesmas ideias.

Viva estima!, pensou Pascal, estupefato. Será que Judas Éluthère tinha se esquecido de tudo que costumava dizer contra Pacheco? Por que agora que ele, Pascal, fora jogado no xilindró como um lixo, Judas Éluthère não se incomodava? O que estava acontecendo? O que tudo isso significava?

Pascal permaneceu na prisão durante uma semana. Então, num sábado, dois guardas vieram lhe informar que ele estava livre. Nenhuma acusação contra ele foi mantida. Um sem-teto, que se refugiara no pátio de sua casa em Marais Salant, veio jurar por sua honra que, na noite do atentado, Pascal assistia televisão e não tinha saído de casa para ir a Sagalin, a não ser mais tarde, como a maior parte dos habitantes do país. Um sem-teto?, perguntou-se Pascal. Como assim?

Ele desceu até um escritório onde os guardas lhe devolveram seus pertences confiscados dias antes: um maço de cigarros Lucky Strike, uma caixa de fósforos, um pacotinho de balas de menta e, entre esses objetos, a misteriosa caixeta vermelha que Espíritu ou seu sósia lhe havia dado.

Os guardas o empurraram para fora, como se de repente, depois de sua prisão, quisessem se livrar dele. Atravessou o pátio, onde uma dúzia de jovens detentos, usando short listrado, davam voltas correndo, depois saiu pela calçada.

Era bem cedo, o céu estava azul, azul como o olho de um recém-nascido da Europa. As mulheres voltavam da igreja nas imediações, onde tinham assistido à missa da manhã. Os garis esvaziavam as lixeiras nas grandes caçambas alaranjadas. O coração de Pascal estava dividido entre a alegria de estar livre enfim e a dor de deixar Albertine de um modo tão abrupto, sem poder beijá-la e explicar-lhe o que se passava.

Ele encontrou um táxi na esquina da rua e foi até Marais Salant. Durante todo o trajeto, o motorista não parou de metralhá-lo com olhares ferozes pelo retrovisor, arriscando-se a causar um acidente.

*

Em casa, Pascal empurrou o portão e não pôde crer em seus olhos. Montes de cascas, restos de comida, detritos de toda sorte espalhados pelo gramado e pelo pátio, como se o conteúdo de lixeiras inteiras tivesse sido despejado ali. A casa estava suja. Enrolado em um lençol, Jean-Pierre estava deitado em uma cama no primeiro andar.

— Por que a casa se encontra nesse estado? — perguntou Pascal, que não conseguia compreender.

Jean-Pierre lhe roçou a testa com um beijo rápido e respondeu com desenvoltura:

— São os seus vizinhos.

— Meus vizinhos? — repetiu Pascal.

— Sim — disse Jean-Pierre —, eles querem que você se mude daqui. Dizem que você é a vergonha do bairro. Todos os dias eu tenho que brigar com eles.

Pascal correu até a casa de sua mãe. Ele também não a via desde sua prisão. Ela o cobriu de beijos e perguntou:

— Seu tempo na prisão não foi duro demais? Eu estava fazendo circular uma petição exigindo sua liberdade imediata. Não pensei que fosse vê-lo tão cedo. Quando cheguei na cadeia, me disseram que você não tinha direito a visita, diante da gravidade do seu crime. No entanto, eu sabia que nenhuma acusação poderia ser feita contra você.

Pascal não tinha ido até lá para falar de si, nem de sua prisão, pois não pretendia revelar sua ligação ardente com Albertine. Ele perguntou, voltando à sua ideia fixa:

— O que você acha de Judas Éluthère? A conduta dele não parece surpreendente?

— Por que diz isso? Judas Éluthère foi ferido no atentado — disse ela. — Ele quase perdeu o braço.

— E por causa disso teria sido recompensado — zombou Pascal —, e indicado à direção da empresa?

Fatima pareceu se chocar com aquelas palavras.

— Foram os próprios funcionários da empresa que exigiram sua promoção — afirmou ela. — Ele sempre fez o bem por onde passou.

Pascal entendeu que tinha feito mal ao compartilhar sua suspeita e lhe deu as costas.

— Você já vai? — Ela se chocou.

Com a impressão de ter sido abandonado, Pascal voltou para casa.

No início da tarde, ele não aguentou mais e decidiu ligar para Judas Éluthère. Uma voz feminina, uma secretária, sem dúvida, disse que ele estava em reunião e que não poderia ser incomodado. Apesar da frieza dela, deixou o nome. Depois disso, ligou aos seus discípulos para dizer que estava de volta e lhes convidar para uma visita. Marcel Marcelin e José Donovo não esconderam sua alegria e foram logo a Marais Salant.

Ele fez a pergunta ritual para eles:

— O que acham do comportamento de Judas Éluthère?

Mas eles também não pareciam surpreendidos.

— Judas Éluthère — disse Marcel Marcelin —, não o vejo desde o dia do atentado. Simplesmente acho que ele se recusa a falar mal dos mortos e, assim, aumentar o caos em que a empresa se encontra. Além disso, foi graças a ele que todos os salários foram aumentados e que os intrusos que não tinham direito aos alojamentos oficiais foram expulsos de lá.

Marcel Marcelin e José Donovo se recusaram a ficar para comer. Pascal e Jean-Pierre jantaram sem apetite um fricassé de polvo com feijão vermelho que tinham pedido no Mont Ventoux, depois foram dormir.

Na manhã seguinte, quando abriu as portas grossas, Pascal descobriu perplexo que toda a fachada da casa havia sido pichada em vermelho, com uma só palavra: Assassino. Sob essa acusação injuriosa, cruzes foram desenhadas. Uma delas tinha a seguinte frase: "É o que você também merece."

Pascal ficou boquiaberto, ele se sentia como um navegador que de repente enxergava as ondas do mar se erguendo numa tempestade para bater contra sua embarcação frágil. Infelizmente, não foi o fim de suas tristezas. Na manhã seguinte, quando abriu as portas, um cheiro nauseabundo o fez recuar para dentro de casa. Desta vez, parecia que tomates podres haviam sido despejados junto com penicos; no dia seguinte foi ainda pior. Um porco com a garganta cortada fora amarrado pelos pés acima de um balde, que se encheu de sangue. Parecia uma paródia cruel do destino reservado aos porcos no dia de Natal, quando açougueiros voluntários se preparam para fazer morcilha em abundância. Desta vez, Pascal temeu por sua vida.

Foi então que ele se lembrou da caixeta vermelha que Espíritu ou seu sósia lhe havia dado, pronunciando as seguintes palavras misteriosas:

— Se você precisar de ajuda, aperte esse botão e me chame.

Ele correu até o escritório, procurou o objeto misterioso e apertou com todas as suas forças.

Pouco antes da meia-noite, quando Pascal respirava com tristeza o odor nauseabundo que emanava de seu jardim, ele viu um táxi parar e um homem descer. Quem era? Espíritu ou seu sósia? Era Espíritu, que lhe deu uma cutucada afetuosa, exclamando:

— Por que você me chamou?

Pascal lhe explicou ansiosamente o que acabara de acontecer: o atentado, sua prisão, os insultos que se seguiram.

Espíritu não parecia nem um pouco comovido pela narrativa.

— Você sabe, no nosso país, a memória é esquecida. Basta que você fique tranquilo por alguns meses e ninguém dirá mais nada. No entanto, se você quer que eu o ajude, estou à sua disposição.

No silêncio que se seguiu, Espíritu pegou a mão de Pascal.

— Não quer saber as novidades sobre seu pai? Ele não é importante para você?

— Eu é que não sou importante para ele — disse Pascal, com tristeza.

— Você não entendeu nada — constatou Espíritu. — Seu pai não quer influenciar o seu livre-arbítrio. Há três perguntas que um homem digno precisa se fazer: De onde eu venho? O que estou fazendo nesse mundo? Para onde vou?

Pascal concordou, sem entusiasmo.

— Talvez você tenha razão.

SEGUNDA PARTE

24.

Em mil seiscentos e dez, um navio negreiro, batizado de *J'espère en Dieu*, parou neste país para desembarcar um carregamento de mondongues, capturados nos arredores da cidade de Abomé, na África Ocidental. Quinze homens, igual número de mulheres e crianças cujos braços e corpos delgados os fazendeiros ocidentais adoravam. Naquela época, o simples nome "mondongue" causava terror, pois eram considerados cruéis e sanguinários. Era porque seus deuses fundadores, os gêmeos Mahou e Mahia, adoravam sangue humano. Eram também obrigados a lutar constantemente contra etnias vizinhas para obtê-lo. Eles faziam um furo nas costas de suas vítimas, por onde o sangue escorria, e depois de alguns dias, elas morriam de hemorragia.

Os mondongues se recusavam a se submeter à escravização nas plantações que ficavam em volta de Fond-Zombi e de cortejar a cana-de--açúcar. Desdenhando as praias claras e arenosas, eles seguiram para o norte nas encostas mais íngremes do vulcão. Lá, fundaram um reino que batizaram de Caracalla, que em sua língua significa Terra dos Deuses. Lá, mais tarde, se refugiaram os maroons, também apaixonados pela liberdade. Cercaram Caracalla com um muro espesso que cobriram de inscrições e desenhos destinados a repelir todos os assaltantes.

Hoje em dia, sobraram apenas vestígios da história antiga. Alguns mondongues se converteram ao catolicismo. Um entre eles, núncio apostólico, terminou seus dias junto ao papa, no Vaticano. Outros mondongues são muçulmanos. Outros ainda são budistas. Alguns não pararam de honrar seus deuses tradicionais e os nutrem com sangue de aves, agora que não praticam mais sacrifícios humanos.

Não faltavam detratores aos mondongues. Primeiro por conta de seu físico. Eles tinham a pele preta-preta, seus cabelos, de reflexos ruivos, cresciam como conchas ao redor de suas cabeças, suas gengivas rosadas eram cravejadas de dentes brancos como pontas de ossos. Era comum usar a expressão "feio como um mondongue". Mas desde dois mil e dezenove, quando uma jovem mondongue ficou em segundo lugar no Miss Universo, hesita-se muito em usar esse epíteto.

Contudo, é preciso que se diga de verdade que os detratores dos mondongues tiveram motivos para acusações mais sérias. Durante sua história, eles não conseguiram produzir um Robert Badinter e praticaram impunemente a pena de morte. Aqueles considerados grandes criminosos eram conduzidos diante de um pelotão de fuzilamento que os perfurava o peito. No passado, essas execuções eram ocasião de grandes festejos e celebrações para entreter a população. Mas as coisas evoluíram. Hoje em dia os mondongues adotaram a prática estadunidense da cadeira elétrica, mais discreta, como se há de convir.

Assim, os mondongues formavam um povo pacífico. Eles viviam principalmente da manufatura de brinquedos em madeira, pintados em cores vivas, que exportavam para o mundo todo. Atualmente, quando a madeira é considerada uma matéria boa e ecologicamente correta, eles juntaram fortunas. Seu principal cliente era a Austrália, onde tinham um representante permanente na cidade de Perth.

Em Caracalla, não se via nada de céu, a copa das árvores favorecia a penumbra cheia de frescor e que fazia bem para o corpo e para a alma. A colônia era governada por um quarteto eleito por quatro anos por sufrágio universal: um responsável por questões sociais, um responsável por questões administrativas, um responsável pela cultura e um responsável pela economia. Eles ficavam sob a supervisão de um guia supremo chamado Mawubi, que significa Pai Nosso e que ninguém via a não ser nas cerimônias que celebravam a festa nacional.

A colônia de Caracalla era dividida em sete setores, tendo, cada um, um líder que supervisionava um território que se estendia até a falésia recortada sobre o mar. O sétimo setor foi apelidado de Cayenne, pois abrigava a prisão e os edifícios onde as famílias dos detidos viviam.

Maru, que era o responsável pela cultura, olhou Espíritu e Pascal, sentados do outro lado da mesa em seu escritório.

— Nós não vamos pagar um salário — declarou —, nada de salário, você sabe a nossa opinião: acreditamos que o salário é a causa da maioria dos crimes. Mas daremos uma cabana confortável e uma mulher, uma subalterna que cozinhará três refeições diárias e fará a limpeza. Ela fará tudo o que ele quiser.

Disse aquilo com um olhar atrevido, que contrastava com seus traços fortes e severos, o que intrigou Pascal, que queria fazer algumas perguntas, mas Maru continuou:

— Está de acordo? — insistiu.

Espíritu e Pascal se entreolharam e assentiram. Negócio fechado e bem fechado.

Maru então tirou de uma gaveta um maço de documentos que colocou diante de Pascal.

— Este é o seu contrato provisório de integração — disse ele. — Rubrique todas as páginas e assine a última.

Quando acabou, ele pegou o documento, enfiou na gaveta e disse em tom alegre:

— Acho que vale a pena celebrar o nosso acordo, convido vocês para tomar uma.

Espíritu se desculpou. Sempre apressado, ele tinha que pegar o avião para Porte Océane dentro de duas horas. Os três saíram do prédio onde se podia ler em letras maiúsculas: DIVISÃO DE ASSUNTOS CULTURAIS, atravessaram o estacionamento e se separaram. Depois de se despedirem de Espíritu, os dois foram atrás de um depósito de bebidas.

Depósito de bebidas, os mondongues tinham proibido o álcool, e preferiam esse nome ao de bar ou boteco. Tinham substituído o rum seco e o ponche, tão queridos no país, por todos os tipos de sucos, chás e infusões. É assim que eles faziam excelentes chás de cúrcuma, saborosas infusões de buganvílias e rosas Cayenne.

Pascal redescobriu com alegria uma sensação que tinha esquecido: o anonimato. Desde o momento em que entrara no depósito, ninguém olhou para ele. Quando Maru o apresentou para alguns clientes sentados em suas mesas, era evidente que nunca tinham ouvido falar de Pascal Ballandra. Maru e Pascal escolheram dentre inúmeras bebidas, Maru pediu um suco de cajá, enquanto Pascal engolia um suco de goiaba, que ele já conhecia. Depois de esvaziarem seus copos, Maru o levou até sua casa, no número cento e dois da rua Nelson-Mandela, no setor quatro.

Como Caracalla era uma colônia igualitária, era preciso principalmente evitar a armadilha dos bairros bonitos, desses lugares que exibem sua riqueza ao lado de outros menos privilegiados. Por isso, a propriedade privada era proibida e o governo mondongue alugava as habitações que ocupavam. Eram todas parecidas: casas pintadas de verde e compostas de duas peças espaçosas sob um sótão, o qual se alcançava por meio de uma escada espiral. Aqueles que tinham família numerosa alugavam duas ou três cabanas, como lhes convinha. Chegando no número cento e dois, na rua Nelson-Mandela, Maru apertou a mão de Pascal à moda dos mondongues:

— Amanhã você janta na minha casa — convidou ele —, quero lhe apresentar minha mulher.

Desde que deixara Marais Salant, Pascal experimentava um profundo sentimento de liberdade: ninguém mais esperava dele ações das quais ele ignorava o essencial. Principalmente, não havia ninguém para desprezá-lo, ou mesmo odiá-lo por atos que ele não havia cometido.

Começou a organizar suas coisas. Ao fim de uma hora, ouviu alguém bater à porta e foi abrir. Era uma jovem de dezesseis ou dezessete anos, um tanto redonda, como costumam ser nesta idade. Ela parecia diretamente saída de um romance de Margaret Atwood com sua saia vermelha pesada até os pés calçados de sandálias e sua jaqueta da mesma cor, estampada com a palavra *subalterna*.

— Mestre, eu sou Amanda — disse ela. — Eu sou sua subalterna, fui designada para lhe servir e lhe agradar.

— Se quer me agradar — respondeu Pascal —, não me chame de mestre. Eu não sou mestre de ninguém, nem de mim mesmo. Poderia me chamar de Pai, pois tenho idade suficiente para ser seu pai. Isso seria melhor.

A menina deu uma gargalhada, revelando os dentes miúdos e muito brancos:

— O senhor não quer que eu o chame de mestre, como o senhor quer que eu o chame, então?

Pascal sacudiu a cabeça.

— Me chame de Pascal, é ainda mais simples.

Ela aquiesceu e retomou a fala.

— O que quer para o jantar?

Pascal, que nunca se interessou pela cozinha, não soube o que responder.

— Faça o que quiser — disse ele.

Ela insistiu.

— Filé de pargo e um gratinado de inhame seria bom?

— Eu já disse: faça o que quiser — repetiu ele.

Duas horas depois, ela lhe serviu uma refeição feita com excelência.

Em Caracalla não havia recepção dos canais da televisão nacional, pois esta era considerada uma distração vulgar e feita para emburrecer o povo. De noite, peças de teatro e concertos de música aconteciam na praça central, chamada praça Derek-Walcott. Pascal foi para lá sozinho. Diante de um público esparso, é verdade, um trio acompanhava uma cantora guineense que o encantou.

Quando voltou para casa, Amanda estava adormecida numa cadeira e acordou com o barulho da porta se abrindo.

— Por que me esperou? — exclamou ele. — Vá logo dormir!

Mas ela o olhava fixamente, espantada, quase em choque:

— Quer que eu vá dormir? Não precisa mais dos meus serviços?

O que ela queria dizer com aquilo, se perguntou Pascal, entrando em seu quarto e se preparando para ir para a cama. O que ela queria que eu pedisse depois da meia-noite? Ele adormeceu com um sentimento estranho.

No dia seguinte, eram só sete horas quando bateram à porta. Era um instrutor de esporte, pois os mondongues acreditavam no ditado que dizia: corpo são em mente sã, *mens sana in corpore sano*. O instrutor era um homem pequeno e feio como um mondongue, isso se podia dizer, os cabelos eriçados como uma estopa. Durante duas horas, os dois se entregaram a todos os tipos de atividades: alongamento, abdominais, flexões, halteres, barras paralelas. Depois, como se não tivesse sido o bastante, o professor de educação física fez Pascal subir e descer toda a rua Nelson-Mandela. Por fim, ele lhe disse sorrindo:

— Até amanhã, mesma hora.

25.

Depois dessas atividades, Pascal se dirigiu ao liceu Sekou-Touré, onde tinha a tarefa de ensinar filosofia para uma turma do último ano. O grupo escolar, batizado A Vida Feliz, se estendia por quilômetros. Tudo existia em dobro: dois liceus, dois colégios de ensino fundamental, duas escolas primárias, dois jardins de infância e duas creches, pois os mondongues não acreditavam na educação mista. As meninas eram cuidadosamente separadas dos meninos. Aquilo chocou Pascal profundamente, pois ele sempre considerou a convivência como um progresso que demonstrava que os sexos eram iguais e deveriam receber o mesmo tipo de instrução, de acordo com diretivas idênticas.

Quando, perto das dez horas, ele entrou na sala dos professores, um homem que parecia estar esperando por ele se levantou alegremente ao vê-lo. Jovem, usando um boné de beisebol, parecia muito ianque. Se apresentou:

— Eu me chamo Joseph Serano. Você chegou a Caracalla ontem como eu, mas espero que não tenha vindo de tão longe.

— De onde você vem? — perguntou Pascal, apertando a mão estendida.

— De Menlo Park — respondeu Joseph. — É uma cidadezinha perto da universidade de Stanford, onde fiz meus estudos e onde ensino.

— Você é de Stanford? — perguntou Pascal, pasmo e admirado.

O outro lhe estendeu um maço de cigarros e sorriu.

— É uma longa história. Há muitos anos, meu pai, um mondongue, se apaixonou por uma jovem estadunidense loira, que tinha vindo ensinar inglês em A Vida Feliz e quis casar-se com ela. Um casamento entre um mondongue e uma estadunidense branca, essas coisas causam desagrado. Como, depois de cinco anos, ele não conseguiu obter a autorização para casar-se com ela, emigrou para os Estados Unidos, onde pôde contrair núpcias com sua amada. Apesar dos pesares, minha mãe e ele me criaram na nostalgia de Caracalla. E eis que vim para cá ver se o que diziam era verdade.

Joseph Serano escondia as verdadeiras razões de sua presença em Caracalla. Ele vivera uma infância mimada, estragada pela família de sua mãe, que não achava chocante ter esse pequeno mestiço em seu seio. Para ele, naquela época, não existia cor. Foi quando tinha oito anos, num dia quatro de julho, quando ele estourava fogos de artifício com meninos de sua idade, que a polícia o abordou. Foi seu primeiro contato com a violência do Estado. A polícia o arrastou para a delegacia de onde saiu com dois dentes incisivos a menos e um gosto de sangue na boca. A partir de então, as coisas foram de mal a pior. Na faculdade, seu quase irmão, Malcolm, um gigante gentil e descontraído, foi preso e condenado a uma pesada sentença por supostamente tentar passar dinheiro falso em um supermercado.

Depois disso, um presidente de cor foi eleito, mas não pôde mudar grande coisa quanto à condição dos pretos. Um presidente branco, também eleito democraticamente, o sucedeu e abriu a caixa onde se tinha escondido o racismo. Parecia que estavam andando para trás no tempo, quando Billie Holiday confundia corpos de homens linchados, pendurados nas árvores, com frutos estranhos. Foi então que Joseph decidiu procurar outro lugar para ver se a vida tinha um gosto tão ruim assim.

Pascal e Joseph não demoraram a se tornar amigos inseparáveis: durante a manhã, faziam boxe juntos e trocavam *uppercuts* dignos dos melhores atletas. Ao meio-dia, almoçavam na cantina de A Vida Feliz, onde, curiosamente, nunca ninguém se aproximava da mesa deles. À noite, eles jantavam na casa de Pascal, pois Joseph, por razões desconhecidas, havia devolvido sua subalterna. Amanda fazia, todos os dias, pratos tão saborosos quanto aqueles de Marthe em Marais Salant.

Às vezes, Najib, irmão de Amanda, se juntava a eles; era um menino taciturno, encarregado da limpeza das ruas de uma parte da cidade; talvez essa profissão desagradável fosse a causa de sua tristeza. Uma vez por mês, Pascal e Joseph eram convidados para jantar na casa de Maru, de quem os dois gostavam muito, assim como de sua esposa, Jezebel.

Maru era um verdadeiro mondongue. Ao contrário de Joseph, ele nunca havia saído de Caracalla, onde nascera e conhecera Jezebel, filha de um instrutor de ginástica. O infortúnio do casal foi a falta de filhos. Então viviam cercados de sobrinhos, sobrinhas, afilhados e filhos adotivos.

O trio Pascal, Joseph e Maru se dava muito bem. Joseph só irritava Maru quando ele se permitia criticar Caracalla. Ele zombava da proibição do álcool:

— São hipócritas — garantia. — Todo mundo sabe que, chegando a noite, os homens se embebedam, como em todo o país. Além do mais, são os machos que recusam o ensino misto. Isso demonstra que eles não acreditam na igualdade dos sexos.

Pascal não interferia neste debate. Ele não tinha uma opinião definida sobre o assunto. Ele deixava que Maru tomasse a defesa daqueles a quem admirava cegamente.

*

Pascal tinha reencontrado em Caracalla a vida rica e estudiosa que conhecera brevemente em Marais Salant. Ele não quis mais escrever sobre O Deus Oculto, pois agora julgava que sua estada tinha ficado ofuscada por seu amor obsessivo por Sarojini. Tudo o que ele poderia produzir de valia sobre o assunto seria um livreto sobre como perder uma mulher pela qual se está apaixonado de corpo e alma. Em Caracalla, ele se debruçou sobre a escrita de uma autobiografia na qual se interrogava sobre sua verdadeira origem e procurava definir a natureza da sua missão. Com frequência, ele pensava naqueles a quem abandonara: Fatima, Maria, Marthe e Lazare, seu velho pai, que talvez ele não voltaria mais a ver com vida e, principalmente, Albertine, para quem ele não explicou o motivo da partida.

Por outro lado, ele não negligenciava os exercícios do corpo. Além das lições com o treinador esportivo, ele tinha se inscrito em uma associação que fazia caminhadas na floresta. Uma vez por semana, ele se embrenhava na montanha. Às vezes, chegavam no cume do vulcão, cuja última erupção, em mil novecentos e treze, havia destruído centenas de hectares de terra boa. Pascal adorava essas caminhadas na penumbra e no frescor das alturas. Em uma palavra, sua vida era relativamente feliz.

Tudo mudou de forma abrupta. O Natal se aproximava, festa que só os católicos comemoravam. Diante da indiferença geral, Pascal se lembrava com emoção do fervor do tempo passado, dos cânticos natalinos nos bairros e, principalmente, da missa da meia-noite quando ele era criança e vivia com Eulalie e Jean-Pierre. Agora o *foie gras* era evidentemente considerado um símbolo da sujeição do animal ao homem e o champanhe estava proibido. No entanto, umas poucas lojas ousavam pôr na vitrine blocos de *foie gras*. O vinte e cinco de dezembro não tinha qualquer glamour: nada de ceia, nada de morcilha e, principalmente, nada de álcool. Pascal não estava de forma alguma preparado para o turbilhão que viraria sua vida de cabeça para baixo.

Uma noite em que se encontrava com Joseph na praça Derek-Walcott durante um show de reggae, tipo de música que os dois gostavam muito, um comando de homens vestidos com togas brancas com grandes cinturões azul-marinho invadiu o palco onde deveria estar a orquestra. Um deles veio à frente, armado de um megafone, e disse:

— Vão para casa. Esta noite não haverá show, Maru, o gestor cultural, foi demitido.

Começaram as perguntas:

— Demitido! Por quê? Que crime ele cometeu?

— Que crime? — respondeu um membro do comando. — Ele embolsou o pagamento de encomendas de oito países da América Latina que compraram brinquedos para as crianças.

Pasmos, Pascal e Joseph correram até a casa de Maru. Lá, deram de cara com estranhos, os novos inquilinos provavelmente, instalados com seus móveis novos. Não puderam responder às perguntas que Pascal e Joseph lhes fizeram. Alguns dias antes, o município havia simplesmente informado que aquela casa estava à disposição e que o inquilino anterior havia sido preso. O que ele tinha feito? Eles não sabiam de nada.

Pascal e Joseph se encontraram na rua fria e úmida, pois a noite tinha caído e, com ela, um vento acre começara a soprar. Se Pascal permanecia quieto, arrasado pela rapidez desses eventos, Joseph vociferava:

— Preso! Aposto que ele não teve julgamento! Mas é bem um costume dos mondongues. Se for preciso, eu mando vir advogados dos Estados Unidos que vão adorar defender essa causa. — Ele esboçou um plano rapidamente. — A partir de amanhã, vou circular um abaixo-assinado, exigindo que Maru tenha um julgamento.

Com a chegada do fim de semana, nada aconteceu. Pascal e Joseph não recolheram nem um punhado de assinaturas no abaixo-assinado que eles fizeram circular, como se todo mundo zombasse da sorte de Maru. Não puderam fazer perguntas aos responsáveis pelo setor sete, ou melhor, pela divisão de assuntos culturais que tinha sido dirigida por

Maru. Também não conseguiram marcar um horário com seu substituto para discutir os erros cometidos por seu predecessor. Impotentes, uma noite, na praça Derek-Walcott, eles assistiram à posse do novo responsável, que parecia ter ocupado um cargo importante em um dos projetos teatrais oficiais da metrópole. Seu excelente discurso foi convincente.

Em seguida, a vida aparentemente retomou seu curso. Para Pascal, no entanto, nada era como antes. Ele não parava de pensar em Maru. Seria ele o que diziam dele? Um ladrão? Logo Maru, que parecia tão respeitoso às instituições de Caracalla; ele, que pensava que a colônia era um modelo, que tudo o que ela produzia era bom e bonito, agora passava a ser considerado um traidor.

26.

Dali em diante tudo foi de mal a pior. Pascal começava a se recuperar daqueles acontecimentos quando tomou um segundo golpe, ainda mais brutal que o primeiro. Começou a correr o rumor de que Joseph declarara em aula que o comunismo era a última ilusão e que Stálin tinha matado tantos homens quanto Hitler. Diante dessa monstruosidade, seus alunos o denunciaram. A título de represália, suas aulas foram suspensas e uma retratação pública de sua parte foi exigida.

— Nunca — esbravejou, desconsiderando as tímidas objeções de Pascal, que atordoado, insistia:

— Talvez você devesse ter empregado o modo condicional, talvez devesse ter dito que o comunismo era uma esperança frustrada e não o fim absoluto das ilusões.

— Não vou fazer nada disso — afirmou Joseph, brutal.

Depois de sua recusa categórica, o que tinha que acontecer aconteceu. Suas aulas foram suspensas e, da noite para o dia, ele foi banido de

A Vida Feliz. Logo, se encontrou privado de um salário e de moradia. Uma manhã, enquanto dormia, um punhado de militares foi lhe tirar da cama e ele se viu obrigado a encontrar refúgio na casa de Pascal, seu único amigo. Tal situação não poderia perdurar e, ao fim de alguns dias, decidiu seguir o único caminho que se abria diante dele: partir.

Negociou fervorosamente sua reintegração em Stanford, onde, por sorte, ele tinha amigos e onde a maioria dos professores o admirava. Quando recebeu a carta de aceite, disse a Pascal:

— Você não conhece os Estados Unidos, não é? Eu o convido, quando você quiser.

Na véspera de sua partida, Amanda se superou: lagostas cubanas cozidas em um molho de cogumelos negros.

Pascal não dormia mais. O que pensar sobre a expulsão de Joseph após a prisão de Maru? Praticava-se a justiça em Caracalla ou uma forma de despotismo? Um professor não tinha o direito de expressar ideias divergentes? Que crime havia em buscar a verdade?

No dia seguinte, ele acompanhou seu amigo que pegava o avião em Porte Océane. A paisagem naquela parte do país era esplêndida. À esquerda, o tecido azul ondulado do mar, salpicado de manchas luminosas; à direita, as montanhas se erguiam em direção ao céu, como uma muralha cortada de um modo irregular. Mas nem Pascal nem Joseph tinham olhos para o espetáculo que os cercava, mergulhados nos pensamentos mais sombrios. Eles se separariam.

Pascal nunca gostou de Porte Océane. Enquanto Fond-Zombi possuía um charme antiquado e aristocrático com seus cais e suas ruas cercadas de amendoeiras com folhas que se alternavam em tons de vermelho e verde, suas praças públicas cravejadas de fontes, de onde escorria uma água límpida, Porte Océane queria ser o templo da modernidade. As ruas faziam ângulos retos, as casas pareciam meio como cubos de cimento com sacadas apertadas onde as plantas murchavam nos vasos.

Pascal e Joseph se sentaram em um dos bares do aeroporto e pediram ponche. Fazia um ano que Pascal não bebia rum. A quentura que descia por seu peito o deixou tão alegre que ele pediu um segundo e depois um terceiro. Ele tinha menos tristeza e sentia que pouco a pouco voltava à vida. De repente, compreendeu a canção popular que falava de rum: "Não sou nem rei nem rainha, mas faço o universo tremer."

Se ele estivesse pensando em outra coisa que não nos benefícios do rum, teria notado que ninguém estava olhando para ele, teria se dado conta de que ninguém prestava atenção nele. Espíritu tinha razão, a memória é esquecida. Foi depois que Joseph desapareceu por trás dos portões do aeroporto, que toda a sua dor voltou. Ele nunca soube como conseguiu voltar a Caracalla em segurança.

Amanda o aguardava na varanda.

— Ele se foi?

Pascal fez que sim com a cabeça. Ela tinha engordado muito nos últimos tempos, parecia um pote de guardar tabaco. Um pensamento atravessou a mente de Pascal: estaria grávida? Ele afugentou a ideia rapidamente. Quando terminava de servir o jantar, ela subia direto para o quarto, onde dormia sozinha. Quando não estava ocupada em cozinhar, ela bordava, em ponto-cruz, roupinhas de criança, que vendia para uma loja na cidade. O único homem a quem via, além de Pascal e Joseph, era seu irmão.

Em pouco mais de um ano vivendo em Caracalla, a relação de Pascal e Amanda foi ficando mais clara. Foi o fim da cegueira ingênua que ele sofrera nos primeiros tempos. Ele acabou percebendo que se tivesse tomado Amanda como amante, ninguém se ofenderia. Subalterna: uma palavra reservada às meninas sem escolaridade ou que não tiveram a sorte de pertencer a um ambiente protegido. Tudo isso fez nascer no coração de Pascal uma afeição exigente e um sentimento de culpa. Ele se culpava de não ter pegado a mão de Amanda para ajudá-la a traçar um caminho para a vida.

Na verdade, o pai dela, empregado da limpeza urbana, como seu filho depois dele, morrera quando Amanda tinha apenas alguns meses de vida. Ela fora criada por sua mãe, que permaneceu sozinha, e vendia carvão no mercado. Por que carvão? Porque as montanhas espessas que cercavam Caracalla abrigavam um tesouro: uma árvore cuja madeira queimava de um jeito luminoso, o pau-campeche.

Amanda, aos doze anos, fora enviada para um centro de artes do lar, onde ensinavam culinária, costura e bordado. Muito cedo, ela se tornou excelente nos domínios da cozinha e, ao sair do centro, ao final de uma cerimônia suntuosa, recebera o título de subalterna, que significava que ela podia se juntar às famílias mais exigentes. Infelizmente, ela não encontrou trabalho permanente e tinha somente sido convidada para preparar refeições de festas aqui e ali, até seu estabelecimento na casa de Pascal.

Este último bem que tentou fazê-la pegar gosto pela leitura. Sem sucesso. Ela achou os livros de Émile Zola muito volumosos, os de Jean-Paul Sartre e Simone de Beauvoir muito intelectuais, os de Aragon muito engajados, os de Stendhal tão italianos que não se reconhecia entre Fabrice del Dongo, La Sanseverina, o conde e a condessa de Mosca. Quando ela decretou que *Madame Bovary* era um romance tedioso, no qual não acontecia nada de mais, Pascal desistiu de seus esforços.

Dizer que depois que Joseph partiu a vida ficou triste é um eufemismo.

Pascal teve a impressão de mergulhar em um vazio sideral. Não tinha mais interesse por nada. Ele se deitava e se levantava mecanicamente. No liceu, dava suas aulas aos alunos que o escutavam cada vez menos, era visível. Quanto às suas refeições, não as tocava praticamente e se perguntava por que Amanda continuava criando tantos problemas para ela mesma.

Uma manhã, ele se surpreendeu ao vê-la descendo a escada que levavam ao sótão, vestida com seu uniforme escarlate, com uma maleta de eucatex na mão. Ela declarou:

— Grande irmão — (era a expressão com a qual eles tinham acordado se tratar) —, eu vim lhe dizer que estou indo embora.

— Você vai embora? Para onde? — disse ele.

— Estou cansada, preciso repousar.

— Repousar! Mas você pode repousar aqui o quanto quiser.

Ela sacudiu a cabeça em negativa.

— Não, eu prefiro voltar à casa de minha mãe.

— E você vai voltar? — perguntou Pascal, tomado de uma repentina intuição.

— Honestamente, não sei.

Quando estava quase na porta, ela voltou rapidamente para junto de Pascal, pegou sua cabeça com a palma das mãos e lhe deu um longo beijo nos lábios antes de escapulir.

Naquele dia, Pascal deu seus cursos ainda mais mecanicamente que o de costume e almoçou um sanduíche no refeitório de A Vida Feliz. Tinha compreendido: se ninguém se aproximava quando Joseph e ele estavam sentados, era porque eles eram muito diferentes. As pessoas de Caracalla sentiam que eles eram peças avulsas que não se encaixavam com aquelas que eram apreciadas na colônia.

Naquele dia, ele dormiu bem cedo e teve um sono inquieto, cheio daqueles mesmos sonhos: o que aconteceu com Joseph? O que ele estava fazendo em Stanford? Ele recebera, em todo caso, uma carta rabiscada onde o amigo não dava nenhum detalhe da sua vida.

Devia ser em torno de cinco horas da manhã quando o telefone tocou. O hospital Bon-Pasteur o informava que sua subalterna, Mademoiselle Amanda Normand, acabava de dar entrada com uma hemorragia severa.

— Uma hemorragia severa? — repetiu Pascal meio dormindo.

— Sim — respondeu a voz do outro lado da linha. — Ela perfurou o útero ao tentar se livrar da criança que carregava.

Pascal foi brutalmente trazido para a realidade. Ele tinha acertado. Amanda estava grávida.

27.

O hospital Bon-Pasteur era a glória de Caracalla. Um prédio ultramoderno, construído graças às doações de um casal de estadunidenses que admirava os mondongues e que lhes deixara sua considerável fortuna. O jardim abrigava as essências mais raras. Apesar da hora matinal, estava cheio de uma multidão de parentes inquietos.

Pascal correu ao segundo andar. Em um quartinho, encontrou Amanda, deitada numa cama, de olhos fechados, uma máscara de cera cobrindo seu rosto. Junto dela estava sua mãe, Eudóxia, uma velha obesa, que chorava todas as lágrimas de seu corpo e do corpo de seus parentes. Najib, o irmão, abatido e com o rosto cansado, fumava um cigarro depois do outro. Evidentemente, o tabaco era proibido em Caracalla, mas se fabricavam substitutos de cigarro, feitos com diversos pós de gosto muito bom.

Najib disse Pascal:

— Grávida! Ela estava grávida. Ela furou o próprio ventre para se livrar do feto.

— Mas quem é o pai? — perguntou Pascal.

— Ainda não sabemos — respondeu Najib.

No entanto, em seus olhos cheios de ódio se podia ler uma terrível acusação.

Naquele momento, um residente entrou e proferiu uma enxurrada de palavras tranquilizadoras. Mademoiselle Normand perdera muito sangue, era fato. No entanto, ela era jovem e forte. Ela não tinha perfurado o útero como temiam, isso era o principal. Logo voltaria para casa. Apesar dessas palavras apaziguadoras, Pascal ainda tinha a impressão de que a história estava só começando e que um monstruoso epílogo se preparava.

No dia seguinte, Amanda voltou para casa como o residente tinha previsto. No outro dia, estava morta.

As circunstâncias de sua morte são ao mesmo tempo impressionantes e dolorosas. Pela manhã, quando levava para a filha uma infusão de cúrcuma, feita para colocá-la de pé, Eudóxia encontrou a cama vazia e o quarto deserto. Em pânico, correu até o primeiro andar e atravessou o jardim para avisar a vizinha, até que topou com o corpo da filha, caído entre as plantas ornamentais.

Ela já estava rígida. Tinha sucumbido à absorção de um veneno muito forte e bem conhecido: a maria-cecília, que crescia no alto da montanha. A polícia não soube dizer se ela tinha bebido voluntariamente a preparação ou se alguém lhe havia feito beber.

Em Caracalla, como em outras partes, os pobres são tratados com muita leviandade. Muito rápido, essa morte foi registrada entre enigmas não solucionáveis e, depois de alguns dias, o corpo de Amanda foi devolvido à sua família.

O velório não reuniu nem trinta pessoas. Alguns parentes, com ares de pena, cercavam a mãe, que não parava de chorar havia dias. Najib também parecia estar à beira da morte.

O enterro aconteceu no início da tarde. Entre os credos dos mondongues, figurava aquele da igualdade perante a morte. Rabecões idênticos e coveiros do Estado conduziam os caixões dos defuntos ao cemitério chamado A Última Morada, onde túmulos brancos e quadrados, todos semelhantes também, davam para o mar.

No passado, Caracalla contava com um segundo cemitério, situado nas proximidades da montanha, que se chamava Campo Semeado de Estrelas. Para ser enterrado lá, era preciso ter honrado a colônia; fosse tendo vivido uma vida exemplar, fosse tendo escrito uma obra importante: um romance, poesia, ensaio; fosse tendo pintado um quadro formidável; fosse tendo composto música.

Sob o reinado de Mawubi XIV, tudo mudou. Mawubi XIV ainda levava a alcunha de O Libertário. Foi ele quem decidiu que todos os mondongues valiam o mesmo e que não era preciso atribuir um status particular aos artistas, como se costuma fazer. Eles não eram de modo algum responsáveis pelos dons que carregavam. Eles os carregavam e às vezes os expressavam bem, apesar de si mesmos. Essa briga em torno da criação durou anos. Finalmente, Mawubi XIV ganhou a questão e o Campo Semeado de Estrelas foi fechado. A partir de então, frequentavam o lugar apenas grupos de alunos acompanhados por professores que lhes ensinavam sobre o passado de Caracalla.

O enterro de Amanda terminou, Pascal se sentou em um túmulo e pôs a cabeça entre as mãos. Pela primeira vez, ele quis deixar Caracalla. Todos os seus amigos, um após o outro, tinham sido eliminados: Maru estava preso, Joseph teve que fugir, Amanda se suicidou. O que restava a ele? O que fazia naquele lugar de angústias? O que ele esperava? Parecia que aquela colônia que, a princípio, parecia tão virtuosa, proibindo o dinheiro, o álcool e a propriedade privada, não trazia felicidade aos seus habitantes.

Alguém tinha se aproximado de Amanda, e a tinha seduzido, condenando-a assim à morte. Alguém tinha entregado para superiores as propostas de Joseph em sua aula, obrigando-o ao exílio.

Quando a brisa ficou fresca demais, Pascal se levantou e voltou a pé para casa. Naquela hora, as ruas estavam desertas à espera do movimento em direção às praças públicas onde aconteciam os concertos. A partir das dezenove horas, as pessoas se apressavam, pois queriam ocupar os primeiros lugares e não ficar em pé nas ruas transversais. Os filmes estadunidenses com suas cenas de sexo e violência eram proibidos. Um conselho composto de vinte membros, escolhidos a dedo, selecionava o que convinha à população. Assim, foram selecionados principalmente comédias leves, sentimentais, intrigas policiais água com açúcar, que, no final das contas, não interessavam a ninguém.

Nos dias seguintes, Pascal perdeu a noção do tempo, ele não compreendia mais por que o dia iluminava os jardins, as árvores e as fachadas das casas, por que a noite caía, e punha sua veste de luto, enquanto a lua brincava de esconde-esconde no céu.

Uma manhã, quando se preparava para ir ao liceu, ele recebeu uma visita de Najib, vestido com seu deselegante uniforme de gari: camiseta e calças de cor neon, boné de lona, apertando os cabelos.

— Eu lhe devo desculpas — declarou ele quando a porta se fechou novamente atrás deles. — Eu estava convencido de que você era o culpado pela morte da minha irmã ou que o culpado era um dos seus amigos, por exemplo aquele que se mandou para os Estados Unidos. Aquele lá não me saía da cabeça. Na verdade, havia outro homem. Arrumando as coisas de Amanda, encontrei por acaso uma correspondência ardente que ela mantinha com esse homem e que não teve tempo de apagar de seu computador; e então, descobri um detalhe importante: Amanda tinha hora marcada com Madame Dormius, a matrona, a fazedora de anjos, se preferir. Tudo está claro agora.

— Mas quem era esse outro homem? — perguntou Pascal, chocado.

— Era o responsável pelo setor quatro. Ela costumava cozinhar na sua casa — respondeu Najib. — Faz alguns meses que ele se casou em grande estilo com a filha de um dignitário, como ele. Dá para imaginar que ele não sabia muito o que fazer com o bastardo que minha irmã carregava. Mas não vai ficar assim. Vou procurá-lo e obrigá-lo a fazer justiça para Amanda.

Pascal já tinha ouvido palavras semelhantes da boca de Joseph, depois da demissão de Maru. Ele quase deu de ombros, sabendo que tudo não passava de bravatas e fanfarronices.

28.

Na semana seguinte, no colégio, na hora do recreio das dez horas, aquele que é o mais longo e que permite que os alunos, principalmente os meninos, escolham entre diferentes bolinhos e doces de coco oferecidos pelos vendedores instalados em volta do prédio, uma picape azul parou em frente ao portão e oito policiais desceram.

Depois de negociar com o velho porteiro de cabelos grisalhos aureolado por um chapéu de palha que usava em todas as estações, eles atravessaram o pátio, todos no mesmo passo cadenciado. Quando eram vistos, paravam os cochichos, as vozes, as gargalhadas e as correrias. Tudo ficou imóvel, tudo parecia petrificado.

Como se conhecessem Pascal, os policiais se dirigiram direto a ele, largado num banco, onde tinha acabado a leitura de *Contrato social*, obra que ele deveria discutir na hora seguinte com seus alunos. Um dos homens perguntou:

— Monsieur Pascal Ballandra?

Com a resposta afirmativa, ele abriu uma pasta e, de dentro, retirou uma folha azul datilografada.

— O senhor está sendo intimado -- disse ele. — Amanhã, às dez horas, se apresente perante o responsável do setor quatro.

— Do que se trata? — perguntou Pascal aturdido.

O policial tinha um sorriso:

— Nós não sabemos de nada. Apenas sabemos que se trata de um assunto que lhe concerne.

Em seguida, se retirou com seus colegas pelo mesmo caminho por onde haviam entrado.

Um assunto que me concerne, disse Pascal a si mesmo aterrorizado. Em todos os lugares, a polícia parece sempre a mesma. Eles, com seu jeito durão e sóbrio, seus uniformes deselegantes e seus quepes enfiados, meio tortos, pareciam com aqueles que o prenderam em Marais Salant. Um assunto que lhe concerne! Não podia se tratar da morte de Amanda, sua subalterna. Quando tocou o sinal que indicava o fim do recreio, Pascal não tinha vontade alguma de discutir o *Contrato social*, e, em vez disso, passou um questionário escrito para os alunos.

Conforme as horas passavam, alguma coisa crescia nele, alguma coisa que levava o nome de medo. O que queriam? O que o responsável do setor quatro lhe perguntaria? Era um fato, Amanda fora sua subalterna, mas ele nunca tinha pedido a ela nada além da faxina e da cozinha.

Com o coração acelerado, ele correu até a casa de Najib. Assim que a porta foi aberta por um homem segurando vários pregos na boca, ele compreendeu a situação. Era a repetição daquilo que tinha acontecido na casa de Maru no ano anterior, novos inquilinos! Uma mulher foi até ele: não, ela nunca tinha ouvido falar de Najib Normand. Dois dias antes, tinham recebido uma notificação de que a habitação funcional, que esperavam havia anos, estava enfim disponível. Eles nem acreditaram.

*

Perplexo e desorientado, Pascal saiu da casa e fechou a porta atrás de si. Suas pernas tremiam, ele mal tinha se virado quando um desconhecido veio em sua direção e lhe sussurrou:

— Você está procurando Najib Normand — murmurou ele. — Ele foi detido ontem.

— Detido? — repetiu Pascal atônito.

O desconhecido assentiu com a cabeça.

— Sim — disse ele —, detido e jogado na prisão.

— Mas o que ele fez? — exclamou Pascal.

— Isso eu não sei dizer, só sei que é uma história suja. Quanto à velha mãe dele, ela foi levada para uma casa de repouso. Eu aconselho que você não se meta nesse assunto, pois cheira mal.

Assim, soltando o braço de Pascal, ele se afastou.

Pascal ficou se perguntando se não estaria sonhando. Não tinha mais nada a fazer a não ser pegar o carro e ir embora o mais rápido possível. Durante todo o caminho, pareceu-lhe que a polícia ia emboscá-lo: aquele que fingia ajudar as crianças a atravessar a rua, aquele que segurava uma velha, aquele que organizava a circulação do trânsito. Todos eram iscas, engodos cuja verdadeira missão era espioná-lo.

Depois de chegar em casa, ele passou a tarde tremendo e sobressaltando-se com qualquer barulho. O que queriam dele? Estava obcecado por esse pensamento. No fim da tarde, sem conseguir ficar mais sozinho, ele foi até a praça Cheikh-Anta-Diop, onde havia um show de música *country*. Geralmente, não gostava desse gênero musical, mas aquilo o fazia se lembrar de seu amigo Joseph. Deveria fazer o mesmo que o amigo e fugir da colônia? Ele, que acreditara que Caracalla era seu novo lar, encontrava apenas o terror. Precisava voltar para casa, se deitar e dormir.

Às cinco horas da manhã, já estava em pé, revirando as mesmas interrogações na cabeça. Desceu para tomar seu café da manhã no jardim atrás de sua casa. Amanda tinha o costume de empilhar ali os utensílios de faxina: lata de lixo, vassouras, escovas, panos. Havia um cheiro acre e pouco agradável. Mal se sentou e teve a impressão de que uma nuvem azul avançava em sua direção. Três policiais. Essa gente entra na sua casa sem pedir permissão. Pascal reconheceu aqueles que tinham trazido sua intimação no dia anterior.

— Fique à vontade para tomar o tempo que precisar — declarou o mais velho com um sorriso desagradável —, tivemos que vir buscá-lo, pois não está fácil encontrar estacionamento no setor quatro.

Pascal perdeu a fome e os seguiu para fora. Na calçada, eles se juntaram a três outros policiais, também vestidos de azul.

— Pegue o seu carro — aconselhou um deles —, nos siga que vamos conduzi-lo ao estacionamento.

Pascal se convenceu de que já estava preso. Todo o seu corpo parecia inerte, como se feito de gelo. Sem dúvida, colocariam em suas costas a culpa pela morte de Amanda.

A estação de serviço do setor quatro era uma mistura de prefeitura com centro cultural. No salão de honra figurava uma foto do responsável, um homem jovem, com traços regulares, aparência arrogante com os cabelos cortados e escovados e o bigode bem-feito. Talvez fosse ele o assassino de Amanda. Em todo caso, tinha alguma relação com o drama que acabava de acontecer.

Pascal e os policiais subiram a escada e chegaram num pequeno escritório onde se encontrava uma secretária com o ar sonolento.

— Esperemos um pouco — disse um dos policiais. — Achamos que o responsável não lhe fará aguardar muito tempo.

— Onde é o banheiro? — gaguejou Pascal, contorcendo-se como um garotinho.

Quando chegou ao fim do corredor que lhe apontaram, ele viu uma escada que descia à esquerda. Sem saber muito bem o que fazia, ele desceu em disparada e chegou ao jardim. Seu carro não estava estacionado muito longe, no estacionamento Salvador-Allende. Ele se jogou para dentro e ligou o motor, se deixando guiar por uma força que não podia controlar.

Normalmente, é difícil sair da colônia. Ele se dera conta disso alguns meses antes, quando acompanhara Joseph até Porte Océane. A entrada era protegida por guardas armados, a quem é preciso mostrar os documentos, dizer os motivos da saída e a hora aproximada do retorno. Naquela hora da manhã, os guardas, que não tinham nada para fazer, dormiam. Um deles tinha a boca aberta, mostrando caninos amarelados e tortos, o outro roncava como uma foca.

Durante uns dez quilômetros, ele andou como um louco seguindo o caminho de circunvalação, depois virou à esquerda para encontrar a estrada federal. Abruptamente, perdeu as forças e estacionou no acostamento da rodovia, se deixando cair sobre o volante.

Quanto tempo ele ficou inconsciente? Uma hora, duas horas? Ele não poderia dizer. Imagens rodopiavam em sua cabeça. Sempre as mesmas, cruéis como as de um pesadelo. Amanda, assim que a conhecera, jovem e um pouco rechonchuda, sorrindo com todos os seus belos dentes. Amanda, quando ele se despediu, uma máscara de cera amarelada posta sobre suas bochechas. Amanda, antes do funeral, vestida com o único vestido bonito de popelina que sua mãe encontrara.

Abruptamente, dois golpes contra o vidro o tiraram da inconsciência.

29.

Pascal viu um homem de idade madura que batia contra o vidro. Ele parecia familiar. Poderia se dizer que ele já o tinha visto em outro lugar. Seu jeito era estranho, com se escondesse alguma coisa nas costas: uma corcunda? Não, não era Espíritu. O que ele estaria fazendo naquela rodovia? Por que ele estaria vestido como um mendigo? Pascal baixou o vidro rapidamente e o homem o repreendeu:

— Não é prudente dormir assim no carro. Os caçadores ilegais podem pegar você — continuou o velho. — Tem muitos deles por aí pelos cantos, por causa do campeche.

Pascal fez sinal para que se sentasse perto dele.

— Entre — disse. — Não quer que eu o deixe em algum lugar?

O velhote não fez cerimônia:

— Me leve até a minha casa. Não é longe, são alguns quilômetros.

Depois de um silêncio, ele perguntou:

— Você vem de Caracalla, não é?

Pascal faz que sim com a cabeça.

— Você viu — prosseguiu seu passageiro — o que os homens fazem quando eles querem mudar o mundo como bem entendem? Eles acreditam que basta multiplicar as proibições, enquanto Deus, por outro lado, sempre respeita o livre-arbítrio de cada um. O maior presente que Ele nos deu foi a liberdade.

Parecia que Pascal já tinha ouvido aquilo em algum lugar, mas não fez nenhum comentário.

O velho se apresentou:

— Eu me chamo Nestor. É um nome bem comum, mas foi o nome que meu pai me deu. Para ganhar a vida, eu faço carvão de campeche com meu filho, que também se chama Nestor, pois meu pai me deixou muitos hectares desse bosque. Contudo, minha verdadeira vocação era ser criador de pássaros. Tenho perto de uma centena que voam em volta da minha casa. Às vezes, eles obscurecem o brilho do sol. De manhã, gorjeiam com toda a força para que eu vá e os alimente. Tenho pássaros de todo tipo: beija-flores-verdes, rolinhas, tordos, melros e os meus favoritos, as araras que vêm da América tropical.

Pascal ouvia aquela voz tão suave como um canto, como o canto de um pássaro, veja bem!

Eles andaram por uns dez quilômetros, quando deram com uma placa com letras grosseiramente desenhadas que indicava: "Harmonie, cento e dezoito habitantes." O velhote fez um sinal para que Pascal parasse. Eles começaram a descer por uma trilha, seus pés pisando o tapete de coentro-bravo e capim-mombaça cortantes.

A cabana de Nestor apareceu em um desvio, escondida por uma cortina de árvores ébano nanicas. Não estava pintada, era construída com madeira marrom, como a madeira da Guiana, e tinha a forma de um sino ou de uma gaiola amassada, sob seu pesado teto baixo. Ao redor dela, voavam dezenas de pássaros, alguns empoleirados nas alamandas amarelas ou nas dracenas do jardim, outros por fim bicando o chão.

Quando viram Nestor, se puseram a gorjear mais forte e se precipitaram em sua direção, alguns pousaram em seus ombros e em sua cabeça.

— É que estão com fome — Nestor riu enquanto eles se batiam. — É a hora em que eu dou comida. Antigamente, eles comiam coisas da terra, insetos, raízes, todo tipo de porcaria. Mas pouco a pouco, eu os fiz compreender que devemos respeitar toda a vida e meus passarinhos se tornaram vegetarianos.

Disse aquilo dando uma grande gargalhada. Em seguida, deu um chutão na porta, que se abriu rangendo.

A cabana tinha dois aposentos espaçosos. Um tinha móveis de vime: poltronas, cadeiras, uma mesa grande. O outro era cheio de colchões. O que era mais estranho, de todo modo, era que as divisórias estavam cheias de nichos fechados com telinhas.

— É o meu hospital, minha clínica, pois ninguém sabe como os pássaros, que simbolizam a liberdade, na realidade, são ameaçados.

— Você é um mágico? — perguntou Pascal.

Nestor soltou uma gargalhada.

— Eu — exclamou ele —, um mágico? Não, é aqui que moro com toda a simplicidade, eu e meu filho. Eu sou um homem feito da mesma carne que você. Vem comigo. Siga-me, em vez de ficar fazendo perguntas sem pé nem cabeça. Eu estava dizendo a você que ninguém pode imaginar como os passarinhos estão ameaçados. As crianças os perseguem com pedras ou os prendem com cola. Os homens, quando a temporada de caça começa, atiram neles com suas espingardas. Eles os matam e os comem, chupando até ossinhos. É terrível!

Pascal se sentou em uma das poltronas, surpreso com o peso que, novamente, caía sobre suas costas.

— Eu tinha dois tordos — continuou o velhote —, eles não conseguiam andar. Felizmente, consegui curá-los.

Pascal colocou a cabeça nas mãos. Por um lado, ele estava satisfeito de ter se salvado de Caracalla, por outro, tinha uma sensação desagradável de ter abandonado Najib e, principalmente, de ter sido infiel à memória de Amanda.

Nestor desapareceu por um instante no cubículo que servia de cozinha e reapareceu com um bolo feito de uma farinha de cor ocre e coberto de açúcar mascavo. Quando os dois estavam restaurados, Nestor se levantou e esfregou as mãos e os antebraços de Pascal, que sentiu um calor agradável retornar a seus membros.

— É assim que se pega resfriados e todas as doenças possíveis. Você não quer se deitar? Parece que você precisa recuperar suas forças.

Quando Pascal acordou, já tinha anoitecido. O grande olho zombeteiro da lua aparecia na janela, enquanto um murmúrio de vozes lhe chegava do cômodo vizinho. Ele se espantou ao de repente sentir-se tão forte, tão alerta, e empurrou a porta.

Uns doze homens e mulheres estavam sentados no chão, em círculo, ao redor de um garoto que tocava gaitinha de boca. Ele era idêntico a Nestor, só que mais jovem, sem o cabelo e os bigodes grisalhos.

— Como está se sentindo? — perguntou Nestor. — Esse é o Nestor II, meu filho. Infelizmente, sua mãe nos deixou faz alguns anos. Ela não aguentava mais essa vida de miséria, o cheiro de cocô e as penas de passarinhos que respirava da manhã até a noite. Eu desejo que, onde quer que ela esteja, tenha encontrado a felicidade.

Todas as cabeças estavam viradas para Pascal que, dominando sua timidez, se apresentou desajeitado:

— Eu adoro música — ele sorriu —, mas devo avisar que não toco nenhum instrumento.

— Parece que você vem de Caracalla? — perguntou um dos homens presentes. — Eu tentei ser admitido naquela colônia. Infelizmente, não me aceitaram.

*

Pascal ficou uma semana na casa de Nestor. À tarde, ele passeava sozinho pela floresta, reconstituindo os acontecimentos que tinha vivido em Caracalla. O que ele deveria concluir? Ele aprendeu que, em uma sociedade, não basta banir certos elementos que supostamente fazem mal: álcool, dinheiro, tabaco, é preciso mudar o coração dos homens, mas ele não tinha aprendido como fazê-lo. Ao seu redor, os troncos das árvores estavam lisos e retos como dedos de uma mão e a folhagem frondosa bloqueava os raios de sol. Em certos lugares, a luz conseguia se infiltrar e descia ao longo das cascas e formava lagos cintilantes sobre a terra oleosa e marrom.

Depois desses passeios na floresta, Pascal se juntava aos dois Nestores para um jantar vegetariano, porque eles conheciam o segredo: ervas, grãos, raízes. Depois eles iam terminar a noite na casa de um de seus amigos onde aconteciam concertos de música: flauta de bambu, gaita de boca ou acordeão. Pascal adorava essas sonoridades que não deformavam a noite, mas pareciam brotar das profundezas de sua intimidade.

As pessoas o tratavam com uma mistura de respeito e familiaridade. Ele sabia que, pelas costas, tinha sido apelidado de *Cardamomo*, o nome de um tempero que colocavam na comida. Aquilo o divertia muito e ele, ao mesmo tempo, se perguntava o que faltava em sua vida para que ela tivesse um gosto melhor.

Foi na manhã seguinte de uma noite memorável, na qual um músico tinha tocado músicas da Nigéria, que Pascal se despediu de seus amigos e tomou o caminho para Marais Salant.

30

Quando, exausto, chegou ao seu destino, depois de um trajeto de quase dez horas, não sabia da comoção que sua presença causaria. Espíritu não o havia assegurado: "A memória é esquecida. Se você fica tranquilo, depois de algumas semanas, ninguém vai saber quem você é."

A princípio, aquilo parecera verdade, ele não fora reconhecido quando chegara em Porte Océane acompanhando Joseph que partia para Stanford. Ele estava obcecado por um só pensamento: como explicar seu silêncio de mais de um ano para aqueles a quem deixara para trás: Maria, Marthe, sua mãe Fatima e, principalmente, Albertine, que havia se entregado para ele de corpo e alma. Ele encontraria seu velho pai Jean-Pierre ainda vivo?

Aquela que é chamada de A Grande Estrada do Norte se estendia direita e bem-cuidada, nenhum buraco, nenhum sulco entre bananeiras de folhas tão lisas que a mais leve das rajadas de vento poderia derrubar.

Frequentemente, se passava por pontes instáveis sobre rios com nomes saborosos, tais como: Grota Madame, Grota dos Padres, Grota do Enforcado, e Pascal bem imaginava a mãe d'água, Maman Dlo, sentada em uma grande rocha, penteando seus longos cabelos de mulata, cantando para atrair os homens.

Quando enfim chegou em casa, ele se deu conta de que um grupo de rastas tinha erguido barracas brancas e azuis no jardim. Os rastas, numerosos no país, se confinavam no sudeste, uma região inóspita, onde a polícia não ia procurá-los com muita frequência. Sua planta rainha, a ganja, crescia em toda parte e tinha substituído os canteiros de hibiscos e buganvílias dos jardins. Mulheres amamentavam suas crianças na galeria, espaço fechado por três paredes feitas de compensado de madeira, a fim de formar um abrigo onde havia um grande retrato de Hailé Sélassié, chamado em outra época de o ras Tafari.

Pascal advertiu aquele que parecia ser o líder do grupo, um rapaz que o olhava fixamente com os olhos arregalados, grandes como faróis. Como ele era bonito, esse líder! Muito bonito, com sua pele negra, sua coroa de cabelos com pequenas tranças. Ele não parava de murmurar, com as mãos cruzadas na altura do peito:

— É você! É você!

Pascal não ouviu suas palavras e disse a ele, seco:

— Reconheço que fiz mal em deixar essa casa vazia durante tanto tempo, a ponto de fazer crer que estava abandonada. Mas agora que estou de volta, eu peço que se retirem tranquilamente, assim que possível.

— Não se preocupe — garantiu o jovem, sacudindo a cabeça. — Nós não queremos ficar contando histórias. Partiremos assim que encontrarmos outro lugar. Mas as pessoas disseram que você tinha ido encontrar seu pai e subido ao céu!

Pascal ficou muito triste ao ouvir aquelas palavras.

— Tudo isso é bobagem — retrucou ele. — Mas por acaso você sabe o que aconteceu com o velho que vivia aqui? Ele era o meu verdadeiro pai.

Uma expressão de tristeza contorceu o rosto do rapaz.

— Era o seu pai? Neste caso, tenho uma notícia bem triste para dar a você: ele morreu tem alguns meses.

O coração de Pascal foi estraçalhado pela dor. Aquilo que ele temia tinha acontecido, Jean-Pierre morrera sem que seu filho estivesse por perto para fechar seus olhos.

— Não se preocupe — respondeu com doçura o líder do grupo —, havia muitas pessoas no enterro, pois era um homem que todo o país amava e admirava. Quanto a nós, minhas mulheres Maggy e Domitiana gostavam muito dele. Elas lhe davam comida pela manhã e à noite e cuidavam dele de todas as maneiras possíveis. Ele partiu feliz por poder reencontrar sua mulher falecida há alguns anos.

Pascal não conseguia ouvir mais nada e, com passos pesados, se dirigiu à casa da mãe do outro lado da rua. Será que ele descobriria que ela também estava morta?

Àquela hora tardia, embora a casa enorme estivesse mergulhada na escuridão, ele não hesitou em bater à porta. Os velhos empregados domésticos tinham desaparecido, substituídos por um casal jovem que, por sua vez, arregalou os olhos ao vê-lo. A mulher fez até o sinal da cruz, como se tivesse acabado de ver um escorpião ou um animal perigoso.

— Eu gostaria de ver a minha mãe, Madame Fatima — disse Pascal.

Depois de hesitar, o casal o informou que ela estava na metrópole. Desde o desaparecimento inexplicável de seu filho, ela passava lá a maior parte do tempo e quase nunca voltava ao país. Aparecia com frequência na televisão. Como não paravam de circular os rumores sobre a responsabilidade de Pascal no atentado que custara a vida de Norbert Pacheco, ela contratou os serviços de um dos melhores escritórios de advocacia de Paris, que jurou resolver a questão. Martirizado, Pascal se retirou. Só lhe restava ir para a cama. Ele dormiu muito cedo.

Quando acordou, o sol já estava alto no céu e jogava seu pó de ouro sobre as árvores, as casas e as estradas. Pascal abriu a janela e encheu seus pulmões de um cheiro vivificante, pois, em um país como aquele, cada região possuía seu cheiro particular, feito da sua distância do mar, do húmus que cobre seu solo e da natureza de sua vegetação. Em Caracalla, ele era um completo estrangeiro; em Marais Salant, se encontrava em casa.

A colônia de rastas não parecia nem de longe pronta para levantar acampamento, como lhe prometera o líder. Um lençol secava sobre os arbustos da cerca viva, as crianças corriam umas atrás das outras tropeçando. Uma delas caiu estatelada e chorou tão alto que sua mãe veio acudir correndo. O líder ia e vinha tranquilamente, o nariz enfiado no jornal, como se quisesse imitar um padre lendo seu breviário.

Pascal desceu à cozinha e preparou uma xícara de café. Já eram dez horas! Ele não teria mais o dia todo para fazer o que estava pensando em fazer. Para começar, pôr as mãos em Maria, Marte e Lazare.

Essa empreitada, que parecia simples, se revelou das mais complicadas. Quando ele chegou na cidade de Beausoleil, onde o trio morava, pelo que ele se lembrava, encontrou a portaria hermeticamente fechada, com um aviso: "fechado para férias na metrópole".

Fechado para férias na metrópole... o que isso quer dizer?, pensou Pascal aborrecido. Aliás, o que significava aquela palavra, "metrópole"? Quando ele entrou no imóvel e os jovens do lugar já meio loucos, passando um baseado no hall de entrada, não puderam lhe ajudar, sua exasperação aumentou.

Como lembrava que o trio morava no terceiro andar, tomou a escada — o elevador estava quebrado. Apartamento A ou apartamento B? Confiando na sorte, bateu no primeiro. Logo, uma velha, agasalhada com um pesado robe de flanela, apesar do calor, abriu a porta e fez um gesto de espanto com o qual ele estava começando a se acostumar.

— Não — explicou ela —, elas não moram mais aqui.

— A senhora saberia onde poderia encontrá-las?

— Não sei, mas eu acho que na Arca da Nova Aliança você poderia conseguir algumas informações.

— Arca da Nova Aliança — repetiu Pascal com escárnio. — E que que é isso agora?

A velha fez um ar de surpresa:

— Não sabe o que é isso! É o templo ou a igreja, se preferir, que elas criaram para os que pensam como elas se reunirem em cerimônias semanais.

Em seguida, rabiscou um endereço num papel que entregou a Pascal. Ele não perguntou mais nada e desceu a escada.

A Arca da Nova Aliança ficava no velho e tranquilo bairro do cais, em um prédio elegante, entre uma loja onde se vendia bacalhau salgado e uma outra onde se vendia vinho ordinário. No primeiro andar, havia um balcão ao redor, sobre o qual se espalhavam vasos de plantas. A porta do térreo estava bem aberta, como se espera de um espaço público, e Pascal não precisou avisar que estava entrando.

Marthe e Maria, sentadas atrás de duas pequenas escrivaninhas, entulhadas de papel, estavam ocupadas escrevendo. O que irritou Pascal foi que uma foto sua ocupava quase a totalidade de uma das paredes.

— Você? — exclamaram as duas juntas, enquanto Marthe caía de joelhos, fazendo o sinal da cruz.

— Mestre — murmurou Maria —, você voltou!

Furioso, Pascal a interrompeu:

— Sou eu quem você chama de Mestre? Você não me reconhece mais, eu, o homem com quem você dividiu a cama e que lhe deu todo o prazer que você desejou?

Foi Marthe quem explicou:

— Nós pensávamos que você tinha voltado para perto de seu Pai, pensamos que você tinha desaparecido por esse motivo.

— Eu não desapareci — protestou Pascal cada vez mais furioso —, eu estive ausente, talvez por tempo demais, o que permitiu a vocês elaborar tantas besteiras.

— Não são besteiras! — exclamou Maria.

Ao se levantar, ela abriu um móvel e retirou de dentro uma brochura. Pascal arrancou-a de suas mãos. Era um livreto com sua foto que se intitulava *Vida e ensinamentos de Pascal*. Ele o folheou com ira: Marcel Marcelin, um de seus antigos discípulos, contava como eles tinham se conhecido e os milagres que Pascal tinha feito até o dia de seu desaparecimento.

— Marcel Marcelin! Traga-o aqui agora!

— É isso que eu quero fazer — respondeu Maria, se atirando ao celular, enquanto Pascal, para se acalmar, acendia um de seus queridos Lucky Strikes.

Logo, um carro parou na porta e Pascal reconheceu seus antigos discípulos: Marcel Marcelin e José Donovo. Em vez de lhe dar um abraço carinhoso, os dois homens permaneceram cerimoniosos, de pé, e, para cumprimentá-lo, juntaram suas mãos na altura do peito:

— Nós temos que fazer de seu retorno inesperado um evento — declarou Marcel. — O país inteiro deve se curvar.

— Por que você quer que meu retorno seja um evento? — protestou Pascal. — Lá onde eu estava, não aprendi mais nada. Não sei como arrancar o mal do coração dos homens. Mas me digam, em vez disso, onde está Judas Éluthère, eu quero vê-lo.

Marcel e José brigaram para tomar a palavra e explicar a Pascal o que tinha acontecido durante sua ausência. Judas Éluthère não tardou em revelar sua verdadeira face. Ele tinha eliminado aqueles que dividiam com ele a direção da Le Bon Kaffé. Pior ainda, dissimulando cuidadosamente suas preferências sexuais, ele manipulou pessoas e chegou à presidência do conselho regional. Quando seu momento chegou, Judas

Éluthère se tornou um déspota que nenhuma greve ou manifestação conseguia desbancar. Como era amigo do ministro do Interior, ele comandava a polícia e os guardas que mantinham a ordem estabelecida. Pascal declarou que tudo aquilo era previsto. Ele não tinha tentado alertá-los sobre seus temores?

Naquele momento, Lazare apareceu no cômodo. Pascal teve dificuldades para reconhecê-lo. Estava mais forte, pele bronzeada e com uma barba bem-cuidada, não parecia mais o idiota que era depois de sua "ressureição". Na verdade, não morava mais com as irmãs e fora contratado por uma clínica de cuidados paliativos, e era encarregado de convencer os pacientes de que a morte não é nada assustadora, mas apenas uma passagem que leva a outra vida.

Lazare se jogou sobre Pascal e deu-lhe um forte abraço, o que encheu o coração do segundo de alegria.

— Onde você estava? Ouvi dizer que você tinha voltado a Marais Salant, porque os rumores circulam na vila. Assim que soube, vim correndo me pôr à sua disposição, caso seu inimigo queira fazer mal a você. Vou lhe dizer, se não sabe o nome dele ainda, Judas Éluthère, pois ele é inimigo de todos nós. Nunca acreditamos que ele fosse seu amigo.

Pascal deu de ombros:

— Que mal ele poderia me fazer? Depois do atentado, eu fui preso, depois liberado, e estava limpo, sem nenhuma acusação que pudesse ser feita contra mim.

Marthe, empurrando uma pequena mesa com rodinhas à sua frente, saiu do aposento ao lado. Havia preparado um daqueles lanches que só ela sabia fazer e que parecia dos mais saborosos: empadas crioulas de caranguejo e copos cheios de uma mistura de sua autoria, suco de cajá, rum e suco de maracujá.

— Eu também fiz *gratons* — disse ela, descobrindo um prato. — Você se lembra do que uma vez nos disse: *toda vez que comerem isso, pensem em mim, e eu estarei com vocês.*

Pascal se serviu do ponche com deleite.

— Tenho uma ideia — interveio Marcel. — Em duas semanas é o seu aniversário, pois é no domingo de Páscoa, não é? Vamos marcar este dia com uma cerimônia que ninguém esquecerá.

Nem José Donovo nem Lazare ficaram sem dar sugestões sobre a festa que planejavam, enquanto Pascal protestava:

— Isso tudo é um absurdo! O que querem que eu diga?

A discussão ruidosa e apaixonada durou toda a tarde.

31.

Tinha uma visita que Pascal não queria perder. Ele queria ver Albertine. Como explicar a ela sua partida, sua ausência e principalmente seu longo silêncio? Ele não parava de se perguntar. Sabia que ela tinha alugado de Jean-Pierre, seu pai adotivo, o barracão onde ele havia passado sua infância. Ela morava lá com os seis filhos, de idades entre dois e catorze anos, e com a mãe, ainda bonita apesar dos cabelos grisalhos, e a quem pedia que cuidasse da comida, da faxina e do jardim, além de supervisionar a educação de seus filhos.

Com uma emoção infinita, Pascal atravessou o jardim e desceu até a cabana onde, trinta anos antes, ele havia sido encontrado aos pés de um burro, como em um quadro das Santas Escrituras. Ele não se esquecia das descrições ditirâmbicas que Eulalie lhe havia feito daquele momento: *Você era lindo, tão lindo quanto um reizinho ou um príncipe. Era evidente que você era feito de um material precioso diferente da maioria dos humanos. Quando eu segurei você, você abriu os olhos e me olhou bem na cara. E neste dia me tornei sua serva.*

Ao se lembrar daquelas palavras tão lisonjeiras, Pascal pensava a cada vez que uma mãe não deveria ser uma serva. Ao contrário, era ela quem deveria repreender, guiar, castigar, fustigar e conduzir seu filho à perfeição ou ao que se aproxima dela. Era por isso que ele sempre havia criticado Eulalie: uma mistura de adulação e severidade por coisas insignificantes. Além do mais, seu amor por ela sempre foi misturado à culpa.

Ele parava de tempos em tempos para colher e cheirar um botão de flor. Não havia rosas Cayenne nem as rosas Tété Négresse naquele espaço, essas últimas cresciam nas estufas mais à esquerda. Quando chegou na varanda, Albertine saiu da casa, vestindo um conjunto ao mesmo tempo elegante e original que lhe caía perfeitamente.

— Você! — gritou, ao notá-lo, com um misto de estupefação e raiva.

Pascal se jogou aos pés dela, abraçando seus joelhos.

— Sei que minha conduta parece odiosa — declarou ele. — Eu parti sem dar explicações, depois não escrevi a você. Mas vou explicar o que me aconteceu, e você vai compreender. Guarde um lugar para mim no coração.

Ela lhe fez um carinho nos cabelos, como costumava fazer antes, e disse com doçura:

— Não o quero mais. Como eu poderia? Mas antes de tomarmos uma decisão, eu quero que você conheça alguém.

Então, ela obrigou Pascal a se levantar e o fez entrar na casa. Eles passaram por diversos cômodos, sem muitos móveis, para dizer a verdade, e chegaram a um quarto com cortinas cuidadosamente fechadas. Lá, havia um berço no chão. Dentro dele, uma criança dormia, pálida e delicada.

— Não, não é nosso filho — disse Albertine para Pascal, que, emocionado, tinha se debruçado sobre o berço. — Depois da sua partida, fiquei muito magoada. Parecia que minha vida tinha acabado. Eu não tinha mais gosto por nada. Um homem, que eu conhecia há muito tempo e que sempre recusei, se aproveitou do meu sofrimento e me seduziu. O pai dessa criança é ele.

Ele não sabia o que pensar daquela confissão. Por um lado, seu coração estava despedaçado pelo ciúme, ao saber que outro homem tinha seduzido Albertine e lhe feito um filho. Por outro, ele via, naquele doloroso imbróglio, a consequência do abandono que tinha provocado e sobre o qual não se cansava de se culpar. Ele a abraçou e disse com ternura:

— Seu filho é meu filho. Eu vim lhe pedir que esqueça o que aconteceu e que venha morar comigo.

Assim, a partir daquele momento, Pascal viveu com Albertine, deslocando-se entre a casa dela e a casa em Marais Salant. No entanto, não demorou muito para que ele se arrependesse dos períodos que passava na casa dela, pois tudo rapidamente se tornou insuportável. Primeiro, seus filhos. Sempre brigando, gritando quando jogavam futebol no jardim, berrando quando empinavam pipa. Desse jeito, vorazes e mal-educados. Pascal tinha que admitir para si mesmo que o mais odioso era o caçula, o menino nascido quando ele estava em Caracalla. Quando se jogava sobre o peito, cobrindo-o de beijos babados, chamando-o de papai, Pascal não podia evitar um estremecimento de nojo. A criança se chamava Igor.

Seu pai estava na Rússia, era um desses brancos perdidos, aos montes no país. Durante anos ele arrastou seus mocassins por Fond-Zombi, sem que ninguém soubesse exatamente o que ele fazia. Alguns argumentavam que ele era traficante de drogas, outros, que escrevia artigos para o *Pravda*, embora se soubesse que esse jornal já não existia mais. Havia apenas um ponto de concordância: ele tinha abandonado Albertine quando a barriga dela começava a despontar, e deixou como legado ao filho nada além de um par de esplêndidos olhos azuis.

Em breve, era a própria Albertine quem ele não podia aguentar. Diferentemente do divino Marcel, ele não poderia ter escrito uma obra intitulada *Albertine reencontrada*, pois, precisamente, não havia o que reencontrar. Para onde foram o amor e o desejo que sentia por ela? Ela não tinha nenhum assunto. Apenas se gabava dos filhos, a quem mimava escandalosamente. Até mesmo de sua Rosa, uma adolescente com seios pesados, que Albertine sequer considerava um modelo de beleza.

Como ela não gostava nem de ar-condicionado nem de ventilador, as noites com Albertine eram penosas. Pela janela aberta, ele via o grande olho da lua e estava convencido de que ela ria dele. Por que ele tinha aceitado tão facilmente a criança? Um homem não deveria se impor e recusar certas coisas? Albertine percebia a mudança nos sentimentos de Pascal? Em todo caso, ela não deixava transparecer e a vida seguia de mal a pior.

Felizmente, quando estava em Marais Salant, sua inspiração voltava e, trancado no escritório, ele trabalhava tremendamente. Tentava dar forma à experiência que tinha vivido em Caracalla. Escolhera a autobiografia que lhe permitia dizer a verdade sobre o que tinha acontecido na colônia, pois a verdade é um grande problema para o romancista. Quem é aquele cujas experiências e aventuras são contadas? É o próprio romancista ou um personagem imaginário ou os dois ao mesmo tempo? Apesar dessas dificuldades, Pascal encontrara um título para sua obra: *O livro dos justos*. Às vezes ele se perguntava se os leitores iriam gostar. Com certeza, as pessoas detestavam e criticavam os mondongues, mas o medo era de que o público não apreciasse um livro em que a experiência deles fosse pura e simplesmente descrita como um fracasso.

Enquanto isso em Marais Salant, os rastas não davam o menor sinal de que iriam se mudar e se tornavam cada vez mais invasivos. O líder do grupo se permitia familiaridades. Cada vez que via Pascal, bloqueava seu caminho e ficava elogiando os atrativos da religião rasta, o que Pascal ficava ouvindo, enquanto rangia os dentes. Um dia, o líder foi longe demais. Quando Pascal voltava da casa de Albertine, ele o parou com um sorriso malicioso.

— Nos forçaram a adorar um deus branco, judeu, mais especificamente. Depois disso, os nossos adoraram um deus árabe; alguns, enfim, um deus indiano que abriria as portas para o Nirvana. Com os rastas, é a primeira vez que veneramos um deus da mesma cor que a nossa.

— Da mesma cor? — disse Pascal exasperado.

— Sim — disse o líder rasta. — Hailé Sélassié era preto como a gente.

Pascal se conteve e manteve o silêncio até o dia em que aquele homem repetiu mais uma vez:

— Os rastas, como eu já disse, são os primeiros que fizeram de um negro o seu ser supremo.

Pascal deu de ombros e replicou:

— E as religiões tradicionais africanas, o que fizeram?

32.

Contudo, não cessaram de ocorrer certos acontecimentos desagradáveis em que, com ou sem razão, Pascal via a mão de Judas Éluthère. Certa manhã, enquanto degustava um café saboroso, alguém bateu à porta. Era um homem ainda jovem, com cara de lacaio, vestido com um elegante terno azul-marinho mesclado. Ele se apresentou:

— Meu nome é Déodat Lafitte, sou advogado. Preciso ter uma palavrinha com o senhor. Poderia passar no meu escritório? Eu gostaria de discutir o atentado e consequências dele na sua vida.

— Por que quer discutir o atentado depois de tanto tempo? — resmungou Pascal com aborrecimento. — Não há nada mais a dizer. Fui preso, depois solto, pois nenhuma acusação foi mantida contra mim.

— Nenhuma acusação? — disse o advogado. — É precisamente aí que o calo aperta, para dizer vulgarmente. Os policiais erraram na transcrição da identidade do sem-teto que testemunhou ao seu favor. Apesar das buscas incessantes, ele não pôde ser encontrado.

— Era um sem-teto — zombou Pascal —, isso significa sem domicílio fixo, não é? É normal que, depois de tantos anos, vocês não o encontrem.

Ao ver a expressão séria de seu interlocutor, Pascal fez uma careta e prometeu passar para ver o advogado em seu escritório. Os aborrecimentos recomeçavam.

Alguns dias mais tarde, Pascal se encontrava diante do senhor Lafitte, como tinha sido solicitado. Foram repetidas apenas coisas que já haviam sido ditas. O advogado fez algumas perguntas que Pascal ouvira em Marais Salant:

— Você não sabe qual filme de Alfred Hitchcock viu? Se foi *Marnie, confissões de uma ladra* ou *Os Pássaros*?

Pascal não se lembrava de nada, e declarou num tom de desculpas:

— Esses dois filmes têm a mesma atriz, eu acho. Para mim, uma mulher loira é uma mulher loira.

Quando saiu do escritório do advogado tinha o coração apertado, com um pressentimento ruim.

O segundo assunto desagradável aconteceu alguns dias depois, quando recebeu a visita de policiais que o advertiram que ele não tinha autorização para deixar o país.

Nesta conjuntura, Marcel Marcelin e José Donovo foram detidos e presos por perturbação noturna. Perturbação noturna? O que tinha acontecido? Pascal soube que, todas as noites, depois de seu retorno, Marcel Marcelin e José Donovo reuniam os vizinhos no jardim para lhes contar sobre o evento que estavam preparando: a cerimônia de Páscoa, que seria celebrada com grande pompa na Arca da Nova Aliança. O encontro também tinha a função de enfatizar a volta de Pascal. Para dar uma solenidade maior à proposta deles, uma noite eles chamaram uma orquestra africana que se apresentava no estádio Félix-Éboué. Foi uma loucura com balafom e kora, alternando com urros. Os vizinhos se queixaram. No meio da noite, dois camburões pararam no portão do jardim. Um deles cheio de policiais, que desceram e prenderam Marcel e José.

Quando Pascal ficou sabendo das más notícias, correu até a prisão. Foi informado de que, dada a gravidade de seu crime, Marcel Marcelin e José Donovo não tinham direito à visita no parlatório. Gravidade de seu crime, umas notas musicais... Depois disso o que mais faltava?

Não tinha acabado: alguns dias depois, um incêndio aconteceu na sede da Arca da Nova Aliança. Se não fosse a intervenção dos vizinhos notívagos que avisaram os bombeiros, o fogo teria alcançado os andares superiores do prédio, pois os últimos demoraram um bom tempo para chegar, deixando as chamas à vontade para devorar os panfletos de *A vida de Pascal* e a grande fotografia que ornava uma das paredes.

Depois de todos esses acontecimentos, Pascal decidiu entrar em contato com Judas Éluthère, coisa que não tinha ousado até então. Ele não imaginava que seria tão difícil conseguir marcar um horário. A secretária, sempre a mesma, bem pouco amável, lhe respondia que Judas Éluthère se encontrava na metrópole, depois anunciava que ele estava no norte do país, onde seus primos iriam se casar, em seguida, o informava que ele estava com dengue, em decorrência de uma epidemia vinda de Cuba que fizera um número incalculável de vítimas da doença e, por consequência, Judas não receberia ninguém. Pascal insistiu e, ao fim de quatros semanas, acabou conseguindo um horário. No entanto, a secretária não o convidou a vir ao palácio do conselho regional, mas sim ao escritório da própria empresa, o que fez Pascal refletir muito. Judas Éluthère queria uma conversa mais amigável e simples?

Numa terça-feira, então, ele tomou o caminho de Sagalin. Durante o trajeto, a lembrança de todas as horas que tinha passado na empresa, cheio de fé no futuro e convencido de que seria fácil mudar o mundo, preencheu seu espírito. A cidade de Sagalin não tinha mudado: sempre muito suja com qualquer coisa rude e austera ao mesmo tempo. Cocô de macaco e de cães abandonados por todos os lados.

Na empresa, o escritório de Judas Éluthère ocupava agora um andar inteiro. Pascal se sentou na sala de espera, onde música de elevador ninava seus ouvidos. Por mais de uma hora, ele ficou encarando líderes mundiais: Mahatma Gandhi, Nelson Mandela, Barack Obama e Kwame Nkrumah, que sorriam nas paredes. Ele pensava em ir embora quando, por fim, uma secretária veio buscá-lo.

Judas Éluthère não tinha perdido nada de sua beleza e elegância. Como sempre, seus sapatos estavam bem limpos, feitos de couro envernizado, macios como um tecido ricamente trabalhado. No entanto, ele parecia cansado. Principalmente sua voz, rouca e irregular, deixando com dificuldade sua boca um pouco vermelha demais. Pascal se lembrou dos sentimentos ambíguos que tinham um pelo outro, sem admitir. Como estavam longe de tudo aquilo agora!

Quando o viu, Judas Éluthère se levantou, animado, contornou sua mesa e veio dar um beijo afetuoso na bochecha de Pascal, no qual se sentia toda a hipocrisia. Um beijo de Judas, sim! Depois ele apontou para uma poltrona:

— Eu soube que você tinha voltado para Marais Salant — disse ele com um sorriso oleoso. — Para minha surpresa, você não veio me ver.

Sem levar em conta essa reclamação injustificada, Pascal também sorriu para ele:

— Pelo contrário, quando voltei, tentei marcar um encontro com você, mas a sua secretária multiplicou os obstáculos. Não é culpa minha, sim? Você não acha mesmo que eu tenha qualquer envolvimento com o atentado! Eu não gostava de Monsieur Pacheco, mas você também não gostava, se é que tenho boa memória.

Judas Éluthère, que estava sentado atrás de sua mesa, se levantou e foi oferecer um cigarro a Pascal.

— Eu sei que Lucky Strike é o seu preferido e que você não fuma nenhum outro. Nunca pensei que você tivesse qualquer relação com o atentado. No entanto, é normal que o interroguem sobre o caso, visto que todos sabiam do ódio que você nutria por Norbert.

— Por qual motivo você mandou prender Marcel Marcelin e José Donovo? Por que tem tanto ódio no olhar? É você, não é, que está por trás de tudo isso? — perguntou Pascal secamente.

Judas Éluthère sacudiu a cabeça e se perdeu em negações. Pascal, sabendo que ele não conseguiria mais nada, prosseguiu:

— Quando fui até a prisão para vê-los, fiquei espantado ao saber que eles não tinham direito ao parlatório. Onde está a justiça? Me falaram de crimes, quando se tratava de coisas tolas.

Judas Éluthère fez um gesto evasivo.

— Pois eu lhe digo que não tenho nada a ver com esse assunto. Por que você se importa tanto com eles? Por que perde tempo com aqueles homens? Leu o opúsculo que escreveram sobre você? É completamente idiota e quer imitar um dos Evangelhos de Nosso Senhor Jesus Cristo, o de Marcos, creio eu! Eu já disse, eles não têm nada na cabeça e só vão causar problemas para você.

Pascal deu uma baforada de seu cigarro e Judas continuou:

— Eu já disse: há duas categorias de homens, os ganhadores e os perdedores. Há aqueles cuja vida é um caos e há aqueles que conseguem se organizar. Os primeiros são os *losers*, como se diz em inglês.

— Você parece cansado — comentou Pascal. — É por ter entrado para a política? Vou mandar para você uma infusão muito eficaz, a passiflora. É uma planta que meus pais cultivavam n'O Jardim do Éden e que faz muito bem, eles diziam.

Judas Éluthère fez um gesto de agradecimento e Pascal continuou insistindo:

— Você se tornou presidente do conselho regional. Esqueceu que dizíamos que a única via para sobreviver era aquela da independência.

— Independência! — exclamou Judas Éluthère. — Essa é uma palavra que não quer dizer mais nada. Precisamos acompanhar nosso tempo. Hoje, nenhum país é independente. A China depende dos Estados Unidos; a Arábia Saudita, de outros países do Golfo. Eu vou repetir para você como fez Norbert Pacheco: o que é preciso garantir a todos os homens é um bom salário, uma boa habitação e uma boa educação para as crianças. Ele tinha razão, mas nós não queríamos escutar.

— Nem só de pão vive o homem — resmungou Pascal, sem saber o que dizer.

— Por que está falando de comida? — disse Judas Éluthère. — Vou levar você à ilhota Bédier, descobri por lá um pequeno restaurante Au Bec Fin, de uns indonésios. Você sabe que, no nosso país, encontramos de tudo. Na semana passada, um navio desembarcou uma centena de japoneses, mas eles não se ocupam de restaurantes, são da área de informática. No Au Bec Fin, fazem o melhor *nasi goreng* do planeta.

Pascal hesitou. Ele não conseguia suportar a arrogância de Judas Éluthère e seu ar de satisfação. Ao mesmo tempo, lhe parecia um imperativo manter boas relações com o homem. Então, acabou aceitando e os dois saíram juntos da empresa Le Bon Kaffé. Agora, Judas Éluthère tinha um reluzente conversível azul-marinho. Eles se sentaram, Judas cumprimentou o velho zelador, de quem Pascal se lembrava e que não havia mudado nada.

33.

Para chegar na ilhota Bédier, era preciso tomar uma estrada sinuosa e depois ir em direção à capitania de Sagalin, situada a quase dez quilômetros. Lá, marinheiros fantasiados de gondoleiros venezianos conduziam duas lanchas até o restaurante Au Bec Fin. Demorava uma hora para entrar no mar, mas como Judas Éluthère era conhecido, eles embarcaram antes dos outros. Quando estavam a bordo, Pascal, deixando Judas se afundar em uma das poltronas de couro vermelha da área de fumantes, subiu até o convés e olhou ao redor.

O mar não se parece com a morte. Está vivo, alegre e risonho. Muda seus contornos para agradar o céu que o domina lá de cima. Para agradá-lo, às vezes ele se veste de verde ou de cinza. Ele se veste de preto apenas quando os ventos marítimos vêm dos países do Sul onde faz muito calor. Encrespa-se de ondas, mostrando seus dentes de espuma. Apesar de seus ares pacíficos, seus ares alegres, o mar é um cemitério, uma lápide. De tempos em tempos, ele viu afundar: navios negreiros com sua carga de madeira de ébano, galeões espanhóis com seus tesouros de pedras preciosas e diamantes, barcaças carregadas com drogas lucrativas dos países da América Latina e transatlânticos abrigando em seus flancos as joias de turistas abastados. Dizem que suas profundezas são azuis e sempre frias, dizem que abrigam formas de vida cuja origem exata é ignorada. São feras? Como chegaram aonde estão? De todo modo, parecem felizes, brincam e dançam livremente no grande silêncio do fundo do mar. Os animais favoritos são o tubarão-branco e o tubarão-pedra-lunar. Ao contrário do que se pensa, eles não se aproximam dos humanos, pois não gostam nem do cheiro nem do gosto de sangue; são inofensivos, inocentes como as crianças. Depois deles, o mar adora os polvos, que agitam seus longos e delgados braços. Também gosta dos peixes pequenos com formas delicadas: bagres, peixes-lua e principalmente os peixes-voadores que, com suas vestes de luz, saltam para fora da água. Bem no fundo estão dispostas as conchas, como caixas ornamentadas, cujos preciosos reflexos avivam a escuridão. O mar é rico em tesouros que os olhos humanos não conhecem.

Depois dessa visita a Sagalin, a relação entre Pascal e Judas Éluthère foi retomada de modo episódico e superficial. Nada mais era como antes. Às vezes, Pascal se perguntava se Judas não tinha se aproximado dele para melhor o observar e destruir os projetos que ele acalentava.

Primeiro exemplo: conforme as semanas se passaram, ele se encontrou perdido em sua casa em Marais Salant, com sua dezena de cômodos e o imenso jardim, pois, enfim, a colônia rasta havia partido. Pascal decidiu criar ali um refúgio para imigrantes, pois sempre tinha admirado os imigrantes, esses homens e mulheres que confiavam suas últimas economias a atravessadores e que arriscavam suas vidas nos braços do mar atroz. Pascal nunca havia feito nada por eles. Seu pedido de autorização recebeu como resposta um bilhete de um subordinado do conselho regional que lhe informou que toda demanda daquele gênero era recusada, pois os imigrantes eram todos terroristas perigosos. Segundo exemplo: ele decidiu então fazer dessa casa um centro esportivo. Graças aos filhos desocupados de Albertine, não seria necessário contratar monitores. De novo, sua demanda foi recusada.

Decepcionado, mergulhou novamente em seus escritos. Enviou a Judas um exemplar do *O livro dos justos*, que ele acabara de publicar por conta própria em uma pequena editora parisiense. Enviou também um pacote de passiflora, que ele sempre esquecia de botar no correio. Alguns dias mais tarde, a secretária, dessa vez amável, convidou-o para um debate no palácio do conselho regional. Dois filósofos de grande renome, de visita no país, dariam suas opiniões sobre o livro. Ele cometeu a fraqueza de se sentir lisonjeado. Quando contou essa novidade para Albertine, ela fez cara feia.

Ela tinha tido um sonho que trazia maus augúrios para aquele encontro, segundo ela. Pelo contrário, aquele compromisso era um prelúdio de perigos maiores. Pascal se recusou a escutar. Na verdade, Albertine, como Maria, fazia parte da triste espécie daqueles que analisam seus sonhos de forma incansável. No começo do seu amor, como acordavam muito tarde, ela não tinha tempo para aquela análise, mas, passadas algumas semanas, as confabulações sem fim com sua mãe tinham começado a se repetir.

— Você sonhou com sangue? — perguntava ela. — Isso quer dizer afronta. Presta bem atenção nas pessoas que vai encontrar hoje.

Quanta bobagem, pensava Pascal, determinado a não se deixar influenciar por ninguém. Resoluto, tomou o caminho para Porte Océane.

O palácio do conselho regional era a joia de Porte Océane. Ele fora construído depois do terrível ciclone de mil novecentos e vinte e oito, conforme o projeto de um arquiteto sueco, que viera passar as férias no país e que por ele se apaixonou. Era uma construção bastante elegante, com escadaria dupla, na qual os turistas adoravam fazer fotografias.

A sala onde deveria acontecer o debate estava lotada, cheia dessas pessoas que não têm nada melhor para fazer de tarde. As discussões começaram de um modo muito animado e duraram quase duas horas. Infelizmente, ficou evidente para Pascal que os dois filósofos, a despeito de sua cortesia, não acharam nada de bom no livro e fizeram o que podiam para atrair os leitores para si mesmos. Decepcionado, Pascal foi embora antes da recepção.

Ele tinha acabado de chegar em sua casa em Marais Salant, quando soube pela televisão que o senhor presidente do conselho regional havia sido vítima de um grave acidente de carro, enquanto voltava de Porte Océane. Ele havia escapado da morte por milagre, mas seu conversível ficara completamente destruído. A jornalista explicou que Judas Éluthère dormira no volante.

Tomado por um pressentimento sombrio, Pascal não pregou o olho naquela noite. Na manhã seguinte, ele recebeu um telefonema do senhor Lafitte, perguntando por que ele havia dado a Judas Éluthère um pacote de passiflora.

— Dei passiflora a ele — respondeu Pascal — porque meus pais consideravam como um potente remédio restaurador.

— Pode ter sido isso que o fez dormir ao volante, não acha? — insistiu o advogado, zombeteiro. Pascal jurou que aquela era uma ideia absurda.

Contudo, por mais incrível que pareça, espalharam-se os rumores de que ele havia dado ao presidente do conselho regional um remédio para dormir. Discutia-se o assunto nas varandas, nas salas de estar, nas salas de jantar, nas cozinhas e, principalmente, nos quartos. As línguas encontraram a felicidade: dizer que Pascal estivera envolvido no atentado que tinha causado a morte de Norbert Pacheco. Eis que naquele momento talvez fosse o culpado de uma tentativa de assassinato do presidente do conselho regional.

*

Pascal foi obrigado a receber a visita de Monsieur Joyau, uma pessoa da metrópole, que escrevia um livro sobre plantas medicinais locais. Este chegou na hora do almoço, usando camiseta e bermuda, desfilando aquele visual que estrangeiros muitas vezes usam sob nossos céus. Pascal explicou-lhe que a passiflora não apresentava perigo algum de sonolência e que ele mesmo havia bebido litros e litros quando criança.

— Litros e litros — repetiu o visitante. — Por que seus pais davam isso para você beber?

— Eles me davam — respondeu Pascal — sempre que eu me sentia cansado.

Naquele momento, os Renoux, vizinhos da direita, que tinham acabado de construir uma piscina com borda infinita e estavam convidando seus amigos para almoçar, deram um bom-dia. Era verdade que já o haviam tirado de Albertine, durante as suas aparições no bairro. Aos poucos, Pascal voltou a ser um pária. Bastava aparecer no bar da esquina para que metade dos clientes fosse embora, enquanto a outra metade ficava lançando olhares furibundos para ele. A atmosfera tornou-se irrespirável.

O que o torturava foi que Judas Éluthère ficou ausente do país por várias semanas. Sua secretária, agora bastante fria, comunicou-lhe que Judas tinha sido chamado pelo próprio presidente da República para dar a sua opinião sobre o comunitarismo, que tanto mal fazia à nação.

34.

No meio de todas essas preocupações, uma manhã, Pascal viu na calçada um homem cujos traços lhe pareciam familiares. Não era Espíritu? Sim, era mesmo Espíritu, fumando um pequeno charuto brasileiro. Ele foi até Pascal e abraçou-o afetuosamente. Pascal, muito sem graça, aceitou aquele abraço e lhe perguntou de modo seco:

— O que faz aqui? — Pascal estava convencido de que Espíritu, fingindo vir em seu socorro e despachando-o para junto dos mondongues, na verdade tirava um sarro com sua cara e o lançara conscientemente na boca do lobo.

O outro, ao que parecia, indiferente a todos esses pensamentos, o arrastou para dentro da casa. Quando eles se sentaram diante de duas canecas de café, Espíritu afirmou:

— Vim lhe dar uma notícia importante: seu pai vai partir. Eu acho que você deve ir vê-lo antes de sua partida, senão vai continuar dizendo pelo resto da vida que ele o abandonou e se perguntando o porquê.

— Ele vai partir para onde? — perguntou Pascal.

Espíritu fez um gesto evasivo.

— Para todos os lugares por onde o chamarem. Onde ele for necessário. Você deve assumir seu lugar na sucessão.

— Sucessão? — exclamou Pascal. — O que quer dizer? Ninguém me explicou o que esperavam de mim.

— Mas já lhe disseram que a sua missão era mudar o mundo — retrucou Espíritu. — Torná-lo um lugar mais tolerante, mais harmonioso.

— Torná-lo um lugar mais tolerante e mais harmonioso! — berrou Pascal. — Mas como vou fazer isso sozinho?

Pascal estava cheio de sentimentos contraditórios. Deixar Marais Salant, isto é, deixar Albertine, só poderia ter vantagens. Seria uma forma mais ou menos elegante de se despedir.

— Falaremos sobre tudo isso outra hora. Não estou pedindo a você que tome sua decisão imediatamente — disse Espíritu num tom conciliatório. — Estou apenas pedindo que você pense nessa eventualidade.

De repente, Pascal se deu um tapa na testa, ele tinha se esquecido de alguma coisa:

— Mas eu não posso sair daqui. Prometi à polícia que não deixaria o país. E eles confiscaram o meu passaporte?!

Espíritu não pareceu se abalar por aquela novidade e soltou uma grande gargalhada:

— Um passaporte? Mas você não precisa de um passaporte e vou lembrar o que eu disse, eu tenho um jatinho particular e farei a rota que desejar, na hora que desejar. É assim que eu viajava com seu pai e é assim que chegávamos aos países onde acreditávamos que as coisas iam mal: África do Sul, por conta do apartheid; Índia, por conta dos intocáveis e das condições para as mulheres; Iraque, Irã... eu conheço todas as torres de controle e quero ver quem tem coragem de me pedir documentos.

A ideia ficava cada vez mais tentadora. Pascal nunca havia se resignado a não conhecer seu pai e a não saber exatamente de onde ele vinha, mesmo que essa seja a condição da grande maioria dos mortais.

Para tornar a comunicação mais fácil, Espíritu se instalou na casa de Albertine, onde as crianças o cercavam como se ele fosse um pai. Eram provocações, brincadeiras, jogos sem fim. Não demorou para que essa efervescência incomodasse Pascal, pois os filhos de Albertine, exceto Igor, sempre lhe trataram com grande frieza. A mãe de Albertine também parecia sensível ao charme do recém-chegado. Ela lhe preparava pequenos pratos e lhe servia rum com cinquenta e cinco graus de teor alcoólico que guardava em sua reserva. Espíritu não descansava. Ele carregava seus cestos quando ela ia ao mercado e, às vezes, a acompanhava até a casa de amigos. Quanto à Albertine, ela também parecia ter sido conquistada por esse tio caído do céu.

As coisas se arrastaram por dias, talvez semanas, Pascal não conseguia tomar uma decisão, quando Espíritu, dando-lhe o braço como ele adorava fazer, lhe propôs:

— Gostaria de ver o jatinho particular em que viajaremos ao Brasil?

Eram duas horas da tarde e o calor estava intenso. Nas ruas desertas, as sombras se repetiam sob os pés dos raros passantes. Como saíam de um farto almoço na casa de Albertine, sem dúvida teria sido mais agradável fazer a sesta num quarto com ar-condicionado, mas, com Pascal, a curiosidade prevalecia. Ele assentiu e os dois pegaram estrada.

No início do século, o aeroporto de Valmodon fora o palco de proezas aéreas dos filhos dos abastados, dos proprietários de terra e de grandes negociantes. Um deles, Philippe de Laville-Tremblay, graças às suas façanhas, era destaque nos guias turísticos do país. Hoje em dia, o aeroporto era conhecido, pois abrigava festivais de esportes de grande renome: torneios de pingue-pongue, corridas de bicicleta, lutas de boxe. Tinha a forma de um amplo triângulo isósceles ladeado pelo azul do mar e, do outro lado, por árvores majestosas: açacu, mogno, copaíba.

O Gulfstream G650 que pertencia a Espíritu estava estacionado em um amplo hangar. Pascal o examinou com espanto e admiração. A cabine podia transportar dez pessoas, a julgar pelo número de poltronas dispostas em torno de elegantes mesinhas. Um tapete vermelho que parecia macio cobria o chão e uma televisão de tela plana ocupava uma das paredes. Pascal, acostumado às características básicas da segunda classe dos aviões de voos comerciais, não acreditava.

— Vamos a Miami e Nova York, antes de descer no Brasil — declarou Espíritu.

— Nova York? — perguntou Pascal perplexo, pois tinha sonhado muitas vezes com aquela cidade. — Mas não é o caminho do Brasil, o Brasil fica bem mais ao sul, me parece.

Espíritu fez que sim com a cabeça.

— Sim, é claro, mas são cidades que, na minha opinião, você deveria conhecer. Você não viajou muito. Quantas vezes saiu do país? Você não teve oportunidades suficientes para esfregar e polir seus miolos contra o dos outros.

— Nós vamos a Nova York? — insistiu Pascal.

— Juro e prometo! — disse Espíritu.

Neste dia, Pascal tomou sua decisão. Os dois foram ao bar do aeroporto e selaram seu acordo bebendo um ponche.

Os dias seguintes passaram muito rápido. Com um profundo sentimento de liberdade, Pascal contou a Albertine que deveria acompanhar seu tio ao Brasil. Ela chorou, fez cena. No entanto, ele tinha se convencido de que sua partida não a desagradaria. Entre eles, não existia mais nada.

Pensando bem, nada o segurava no país. Ele tinha ficado impressionado pela falta de lógica daqueles que o cercavam. Principalmente, não se conformava de ter suas questões com Judas Éluthère. E pensar que por algum tempo achou que os dois eram parecidos! Ele se lembrava das vezes em que Judas cantava com sua voz bela: "Eu sonhei com outro mundo, onde a Terra seria redonda..."

Alguns dias antes de sua partida, Pascal decidiu fazer uma visita a Maria e Marthe. Depois do incêndio que devastou a Arca da Nova Aliança, elas tinham se abrigado em uma cidade populosa, A Cidade das Maravilhas, e ganhavam a vida com a produção de metros de tecido azul índigo que tingiam com um processo africano. Quanto ao homem da metrópole que um dia havia compartilhado a cama com Maria, ele desapareceu, sem dúvida de volta para a metrópole. Pascal nunca via Maria sem um forte sentimento de consciência pesada. E pensar que haviam se amado tanto. E pensar que ele acreditou ter encontrado nela a mulher que tanto o realizaria que ele não desejaria nenhuma outra. Ele estava convencido de que o amor não era apenas um pássaro rebelde, como diz a famosa ópera, é um deus caprichoso que só faz o que lhe dá na telha.

Ele foi então informar Maria e Marthe da decisão que tinha tomado. Marcel Marcelin e José Donovo, marcados pela prisão arbitrária e pela temporada atrás das grades, tinham voltado a procurar trabalho na metrópole.

— Você vai partir de novo! — exclamou Maria em tom de repreensão. — Você conhece o provérbio: *pedra solta não cria limo*. Seja paciente, um dia seu calvário terminará e você inundará o mundo com sua luz.

— Que luz? — perguntou Pascal, descontente.

Maria não respondeu a essa pergunta. Em vez disso, ela emendou com uma voz animada:

— Em Nova York, temos muitos adeptos da Arca da Nova Aliança na comunidade francófona, vamos avisá-los da sua ida, eles ficarão muito felizes em recebê-lo, com o respeito que você merece.

Essa declaração também não agradou Pascal. No entanto, ele não deixou nada transparecer e honrou as bebidas preparadas por Marthe.

35.

Espíritu, exausto das longas horas de pilotagem, não demorou para dormir no banco traseiro do táxi que os esperava em Nova York, com a boca aberta, mostrando seus dentes caninos. Que corpo esquisito o de Espíritu, com seus olhos grandes e fervilhantes de ironia e suas palavras que nem sempre se conseguia compreender o sentido. Pascal não parava de se perguntar, no fim das contas, se segui-lo tinha sido mesmo uma boa ideia.

Ele estava sentado no banco do carona, ao lado do motorista, pois ignorava como nos Estados Unidos as pessoas são tagarelas e não têm qualquer escrúpulo em bombardear seu interlocutor com questões frequentemente muito indiscretas. O motorista era haitiano, a pele curtida como um couro velho, o rosto atravessado por um bigodinho ralo. Fazia tempo que ele vagava pelo país, e não falava praticamente nada além de inglês. Em sua boca, desajeitado e com suas hesitações, o francês soava como uma língua estrangeira. Ele exclamava:

— Como assim?! Você nunca visitou Porto Príncipe? Absurdo! Você não conhece Nova York? Como assim?! Você nunca visitou Paris?

Pascal se via obrigado a responder àquelas perguntas estúpidas, quando teria preferido se concentrar na cidade.

Enquanto Miami parecia-lhe uma metrópole sem grandes interesses, embelezada sobretudo pela proximidade com o mar e pelo calor do sol, tudo o que descobria em Nova York parecia precioso, raro, inestimável: os táxis amarelos, a multidão multicolorida e variada que preenchia as ruas se cruzando em ângulos retos, os arranha-céus, principalmente os arranha-céus, ele que nunca tinha morado mais alto do que um terceiro andar. Que efeito que aquilo teria sobre ele, se encontrar lá no alto? Parecia que sobre os telhados se cultivavam verdadeiras hortas: com verduras, legumes, frutas, e as pessoas se alimentavam daquelas raízes do céu. É possível atravessar Nova York em diagonal, de uma ponta à outra. Conforme avançavam, a tarde caía. Quando chegaram na ponte do Brooklyn, a noite estava preta. De cada lado do rio, os postes de luz se acendiam, como balões cintilantes.

O hotel Belo Horizonte, cinco estrelas, onde tinham reservado dois quartos, era muito conhecido por empresários brasileiros, para quem ofereciam todo tipo de distração. No período do carnaval, por exemplo, a equipe se fantasiava e todos dançavam *salsa*. Para o jantar, Espíritu, que parecia conhecer o lugar como a palma de sua mão, levou Pascal a um restaurante mexicano situado não muito longe: La Rosita. Via-se bem, pela elegância e beleza, que as garçonetes não estavam ali apenas para trocar os pratos e encher os copos. Elas seguramente deviam acompanhar os clientes a lugares mais reservados. Pascal e Espíritu pediram um prato que Pascal nunca tinha comido: um ragu de porco com molho de chocolate e que veio regado de muita tequila.

*

Deixando Espíritu, que se dizia cansado, voltar sozinho ao hotel, Pascal se lançou à cidade. Ele atravessou ruas e avenidas cujos nomes ignorava. Às vezes a luminosidade o inundava, vinda de espaços que ficavam acima de sua cabeça, às vezes os quadrados de sombra se sucediam. Ele passava assim da claridade do dia à escuridão da noite. Seu cérebro febril o guiava como um cego aqui e acolá. De repente, se encontrou à beira de um rio. Um barco feericamente iluminado descia devagar em direção à foz. Pois era para lá que ele se dirigiria, sem dúvida. Pascal teria adorado estar a bordo e brindar à amizade e à partilha.

Ele seguiu uma pequena multidão que entrava em um prédio. Era uma boate, The Blue Cacatoes. Uma mulher negra usando um vestido branco cantava. Toda a desesperança do passado estava em sua voz. Ela arrastava consigo a servidão nas plantações do Sul, a segregação, os linchamentos, os corpos, estranhos frutos, suspensos nos galhos das árvores. Ao mesmo tempo, ela estava cheia de esperança, com um vibrato robusto que dava fé e coragem. Talvez aquela fosse os Estados Unidos dos Negros: tribulações que não impediam uma determinação profunda que permitia vencer os obstáculos e manter os sonhos intactos. Quando os primeiros casais se abraçaram, Pascal se retirou e voltou para o hotel. Era perto de duas horas da manhã.

Para sua surpresa, um raio de luz escapulia por baixo da porta do quarto de Espíritu. Pascal pensou ter ouvido duas vozes, uma mais alta, cristalina. Espíritu estava com uma mulher? Pascal não queria ofender Albertine, mas ele nunca se iludiu sobre a natureza do que acontecia entre a mãe dela e Espíritu. Uma tarde, ele praticamente os flagrou se abraçando. Estava rindo disso quando se perdeu na água sem fundo do sono.

Ele ainda ria na manhã seguinte quando Espíritu veio acordá-lo. Os dois se sentiram restaurados com o enorme café da manhã que tomaram no restaurante do hotel, depois tomaram um táxi num ponto que ficava num estacionamento não muito distante. Rapidamente, a euforia que preenchia Pascal na noite anterior, descobrindo Nova York, deu lugar a um desencantamento estupefato. Para onde tinham ido a riqueza e a beleza que ele pensou ter visto na noite anterior? A manhã estava suja e cinza. As ruas estavam abarrotadas, cheias de gente com roupas sem graça, todos de gorro ou com bonés sem elegância, correndo atrás dos ônibus ou descendo a escada do metrô. Depois de um trajeto de quase uma hora, o táxi parou diante de um pequeno prédio na forma de um templo com colunas que se erguiam no meio de um jardim decadente.

Quando estavam entrando, se deram conta de que umas cinquenta pessoas os esperavam: homens, mulheres e até crianças. Quando os viram, todos se levantaram e os cumprimentaram cheios de humildade, o que Pascal tanto detestava: cabeça baixa, mãos postas repousando na altura do peito. Um pastor, vestindo uma túnica azul, que atendia pelo nome de Edison e que os beijou e abraçou de um modo familiar, subiu no púlpito e começou sua pregação.

Pascal estudara inglês no colégio, mas não se lembrava de nada, fazia parte dos assuntos que lhe convinha esquecer. Eis que naquela manhã, para sua surpresa, ele compreendeu perfeitamente aquele homem e todas as pessoas que falavam inglês. Mais surpreendente ainda, ele mesmo se exprimiu em inglês e disse:

— Vocês não sabem quem eu sou, porque eu mesmo não sei. Me parece presunçoso crer que eu seja de uma origem diferente da de vocês. O que fiz para merecer essa atenção? Toda a minha vida foi um longo aprendizado. Descobri que a maioria das perguntas que eu me fazia não tinham respostas.

Alguns levantaram a mão e intervieram em espanhol, língua que Pascal nunca tinha estudado, mas que ele também compreendeu naquele dia. Aquela interação amistosa e sorridente durou perto de duas horas. Ao fim da conversa, o público começou a cantar um hino que parecia familiar, depois o pastor Edison pediu-lhes uma última tarefa: dar alguns autógrafos, beijar as crianças e escrever seus pensamentos no livro de ouro.

Foi então que uma mulher mais velha dirigiu-se a eles com a mão estendida e os convidou para o almoço.

— Eu moro a alguns passos daqui — sorriu ela. — Se aceitarem, será um grande prazer.

Com a resposta afirmativa, fez sinal para que uma jovem e bela garota, que se parecia muito com ela mesma, se aproximasse, depois se virou para o pastor Edison:

— Se o senhor também aceitar se juntar a nós, reverendo, será uma bênção para mim.

Esta mulher se chamava Denim e era do Tennessee. Sua filha se chamava Norma. Denim tinha muito orgulho de Norma. Criando-a sozinha, sem marido, sem ajuda dos pais, conseguira que a filha se tornasse professora, lecionando em uma das melhores escolas do Brooklyn. Além disso, Norma tocava flauta transversal com perfeição e fazia parte de um conjunto que começava a ser conhecido.

— Você sabe, eles conseguiram um contrato com a Motown — garganteava a mãe.

Quando o pequeno grupo saiu do templo, a vista da rua estreita, ladeada por imóveis carcomidos com a fachada rajada de escadas de incêndio enferrujadas, apertou o coração de Pascal. Eles entraram em um prédio com pouca luz e subiram a escada, coberta por um tapete puído, pois não havia elevador. No terceiro andar — surpresa! —, a porta se abria para um salão exíguo, mas agradável. Ondas de luz entravam pelas janelas. Sobre a mesa de centro, havia fotos de Martin Luther King e de sua mulher Coretta, e, em uma das paredes, ficava um imenso retrato de Malcolm x.

— O que achou da sua manhã? — perguntou Espíritu, que conhecia as opiniões de Pascal. Sem responder, para não levantar uma polêmica, Pascal se limitou a dar de ombros. O almoço foi excelente: feijão, costelinhas de porco condimentadas e cobertas de um tempero desconhecido, raízes estranhamente gostosas.

— Depois de Nova York — perguntou Denim —, para onde vão?

— Para Recife — respondeu Espíritu, para a grande surpresa de Pascal, que estava convencido de que iriam para Asunción.

— Ah é? Não iremos a Asunción? — disse Pascal em voz baixa.

— Não diretamente — respondeu Espíritu.

— Onde exatamente está o meu pai? — perguntou Pascal, que sentia a raiva o invadir.

— Eu já não disse? — falou Espíritu.

Não convinha que brigassem naquele lugar. Assim, Pascal escolheu se calar e se concentrar no cigarro que fumava.

Cada vez mais se construía nele um medo de que estivesse metido em uma farsa. Não deveria ter desconfiado de Espíritu? Para onde teria ido seu pai? Estaria morto? Não parava de se perguntar. Depois de um delicioso café, Denim pediu a Norma que tocasse flauta para encantar as visitas. Isso foi feito de bom grado e foram momentos de perfeita harmonia.

Quando eles deixaram a casa de Denim, a noite já tinha caído. Misericordiosa, ela escondia as feridas da cidade e devolvia a beleza que o dia tinha roubado.

36.

A estada de Pascal em Nova York foi muito agradável. Enquanto Espíritu se entretinha com interlocutores misteriosos, ele saía para descobrir a cidade. Voltava à noite, tão exausto, tão acabado, que mal tocava no jantar. Ele merecia uma medalha de ouro porque visitou os lugares dignos de figurarem num itinerário turístico perfeito: a Ilha Ellis, o Empire State, o Audubon Ballroom, o museu da Black Star Line, o Edifício Dakota... Contudo, suas visitas a esses lugares não obedeciam a uma injunção puramente turística, porque cada um deles evocava memórias pessoais.

A Ilha Ellis, por exemplo. Quando criança, ele descobriu, na cômoda de Eulalie, a foto de um grupo de jovens das Antilhas em trajes tradicionais, sendo interrogado pelo serviço de imigração. Algumas palavras escritas no verso indicavam que a foto havia sido feita no dia seis de abril de mil novecentos e onze. Por que aquelas jovens tinham decidido se instalar nos Estados Unidos? Eulalie não sabia, ela só sabia que uma delas era amiga de sua avó e que também vivera no Panamá. Pascal se surpreendia com a coragem e a determinação que aquelas moças tão jovens, originárias de um pequeno país, precisaram ter para ir tão longe de suas casas, sem marido, sem um homem para sustentá-las.

Audubon Ballroom: foi lá que assassinaram Malcolm x diante dos olhos de sua família. Malcolm x lhe parecia bem próximo, ele poderia ter sido pai de Eulalie, com sua pele amarelada de *chabin* e seus cabelos arruivados.

Quanto à Black Star Line, foi ela que primeiramente, graças ao sonho de Marcus Garvey, conduziu os negros estadunidenses à liberdade.

O Edifício Dakota: diante daquele prédio John Lennon foi assassinado. John Lennon tinha se tornado seu ídolo. De início, ele não gostava das aulas de piano que Eulalie o obrigava a ter com o Monsieur Démon. Parecia ser apenas uma tarefa enfadonha que fazia parte do figurino de criança bem-comportada, segundo os padrões pequeno-burgueses de sua mãe adotiva. Depois, os poderes da música agiram e ele se tornou, mesmo sem querer, um apreciador. Para ele, não havia diferença entre música clássica e música popular, conforme lhe ensinaram, e amava todas as formas de harmonia.

Uma noite, quando voltou ao hotel, o pastor Edison lhe telefonou: será que ele poderia encontrar um visitante que tinha feito uma viagem considerável, apenas para conhecê-lo? Os dois marcaram um encontro para o dia seguinte. Quando desceu até o hall do hotel, Pascal descobriu que já o esperavam. Os dois faziam um contraste perfeito. Enquanto o pastor, baixinho e rechonchudo, vestia sua etérea túnica azul, o recém-chegado, magro e esguio, estava envolto em um pesado casaco de pele de camelo, embora fosse apenas o início de setembro, e seu rosto estava envolto por um grosso lenço branco.

O pastor Edison apresentou o desconhecido:

— Este é meu amigo, o doutor Saül. Eu lhe disse que ele veio de muito longe para conhecê-lo. Ele vem de Damasco.

— Damasco? — Pascal se surpreendeu.

— Sim, vim de Damasco e sou o diretor da Nova Aliança no nosso país.

— Vocês têm uma Nova Aliança por lá? — disse Pascal, pasmo.

— É uma longa história que certamente vai lhe interessar. Pertenço a uma família muito rica e muito católica. Eu tinha apenas quatro anos e meus pais já me falavam da vida eterna e dos meios de me preparar para ela. Seria por esse motivo que, pouco a pouco, conforme fui crescendo, tomei horror a essa ideia? Ao contrário, me pus a sonhar com um mundo sem deus. Adorar uma divindade me parecia revelar a fraqueza do coração humano. Eu sonhava com um mundo onde, guiados somente pela razão, todos tomariam cuidado de não fazer mal ao próximo. Fundei uma associação de ateus, de livres-pensadores, sempre prontos para criticar e incomodar os devotos. Não é que um dia, quando eu voltava de Damasco, um vozeirão me interpelou e me fez cair do cavalo: "Saül, por que me persegue?" Ouvi vibrar em meus ouvidos.

— Essa história me lembra de alguma coisa — disse Pascal, rindo —, já ouvi em algum lugar.

— Não me surpreende — respondeu Saül —, ela é muito conhecida. Você já viu o quadro de Caravaggio, intitulado *A conversão de São Paulo*?

Pascal confessou que lamentavelmente não sabia nada sobre a pintura.

— Se quiser, vamos ao MOMA. Nova York tem os melhores museus do mundo. Depois de ouvir aquela voz, minha vida mudou radicalmente. Voltando a Damasco, me casei com a mulher com quem eu vivia em concubinato havia anos. Desde a mais tenra idade, os filhos que ela me deu foram para escolas religiosas. Há algum tempo, fundei com entusiasmo a Arca da Nova Aliança, onde temos muitos adeptos. É isso que me traz hoje até você. Ficaríamos muito felizes se nos visitasse. Infelizmente, o pastor Edison me contou que você não pode me acompanhar.

*

Pascal estava cheio de questionamentos: como ele tinha ouvido falar da Arca da Nova Aliança, proveniente de um país obscuro e sem notoriedade? O que ele sabia de Corazón Tejara? Um estranho pudor tomou conta de Pascal e ele deixou seu interlocutor contar histórias e mais histórias.

— Um dia — contou Saül — me chamaram ao leito de uma mulher que acabava de sofrer um terrível acidente de carro. — Ele era médico. — Fui chamado um pouco antes do padre que faria os últimos sacramentos. Mas bastou que eu colocasse as mãos sobre seu peito e dissesse em voz alta: "Pascal, Pascal"... Esse é o seu nome, não é? E aí ela se pôs a trotar como uma jovenzinha.

Ou ainda:

— Uma manhã, pais desolados me fizeram ir ao leito de seu único filho. Ele tinha engolido sementes de lichia e estava engasgado. Coloquei minhas mãos sobre sua garganta. Ele se endireitou e se pôs a falar com a voz clara.

Ao término da visita, sem saber se ele estava à altura do personagem que esperavam, Pascal acompanhou o pastor Edison e Saül até o metrô. Quando estavam para fazer o cumprimento tradicional, Pascal os interrompeu dizendo:

— O que quer dizer esse cumprimento? Eu sou irmão de vocês, não mestre, nem messias, apenas um irmão.

Quando não tinha mais nada de interessante para descobrir, Pascal se deixou levar pelo ritmo da cidade e seu coração vivaz, que batia descontrolado e não conhecia descanso. Depois da meia-noite, ele se encontrava ensurdecido pelo barulho dos carros, perdido na multidão que ia sabe-se lá para onde. Na véspera de sua partida, ele achou a The Blue Cacatoes, a boate que havia procurado sem sucesso nas noites anteriores. O público era sempre muito grande. Mas a cantora havia mudado, substituída por uma mulher mais velha e acima do peso. No entanto, as melodias que saíam de sua boca eram as mesmas, mistura de desespero e fé inabalável. Pascal a ouvia comovido como nunca, enquanto bebia seu uísque Glenfiddich: *Sometimes, I feel like a motherless child.*

Quando decidiu ir embora, trombou na calçada com um velho negro, que não pedia nada a ninguém, mas cujo rosto era triste e solitário. Ao tirar sua carteira do bolso, Pascal pegou um bolo de notas de dólares que estava lá dentro e deu ao velho, que ficou pasmo. Desta vez, era ele quem sairia ganhando, disse a si mesmo ao voltar ao hotel.

37.

Quando chegaram em Recife, perto das onze da noite, o aeroporto ainda fervilhava de atividades e estava feericamente iluminado. Nos últimos momentos da viagem, Espíritu tinha ligado o piloto automático e deitado sobre um divã, não demorou para encher a cabine com o barulho de seu ronco. O coração de Pascal ficou apertado, com uma angústia crescente, pois parecia que, a qualquer momento, ele poderia se perder na escuridão e chegar à margem na qual ninguém deseja se ver antes da hora.

Abruptamente, alguns instantes antes da chegada, Espíritu acordou de seu sono e conduziu a aeronave a um pouso seguro. Pascal sentia uma estranha tristeza ao se separar daquele jatinho particular que os tinha transportado tão fielmente, ao deixá-lo com uma equipe de mecânicos, ainda que aparentassem ser sérios e competentes. Cada vez mais, ele entrava em um desconhecido que não dominava.

*

A noite já ia tarde, agitada por um ventinho frio. A imigração e a polícia acolheram Espíritu com uma familiaridade respeitosa e palavras de boas-vindas, como se o filho do país voltasse depois de uma longa ausência. Por outro lado, os viajantes o olhavam com muito espanto. As crianças, principalmente, não hesitavam em encará-lo rindo. Pascal nunca quis falar sobre o aspecto inusitado de Espíritu; não eram apenas suas roupas — um terno de lona listrado com corte meio antiquado, abotoado até em cima, botas de couro envernizadas com grandes abas —, era sobretudo seu jeito: a corcunda que ele parecia carregar escondida nas costas. O próprio Espíritu não parecia se importar com a impressão que causava e andava a passos largos, com sua maleta na mão, como se nada acontecesse. Uma fila de táxis se organizava do lado de fora do aeroporto e os dois se enfiaram num Mercedes.

Os Tejara moravam em Mangistu, bairro elegante e rico. Ocupavam a mesma casa desde o século XVII, época em que um Tejara se destacava como defensor dos pobres. A mansão era uma sucessão de cômodos espaçosos, decorados com quadros de mestres da pintura. Dois empregados os saudaram e abraçaram Espíritu com familiaridade. Falavam um francês perfeito e se viraram para Pascal.

— Fizeram boa viagem? — perguntaram.

Espíritu fez as apresentações:

— Essa é Margarita, esse é Hermenius.

Embora fosse relativamente tarde, eles ofereceram um jantar, mas os visitantes não quiseram. Pegando no braço de Pascal, Espíritu o conduziu ao primeiro andar.

Tinham acabado de abrir a porta de um quarto confortável com um sofá-cama coberto por uma grossa colcha laranja quando Pascal, curiosamente, sentiu pairar uma presença. Ao se virar para Espíritu, ele perguntou:

— Meu pai morava aqui, não é?

— Sim — respondeu Espíritu —, esse era o quarto dele até seus dezessete ou dezoito anos. Depois, uma de nossas tias viveu aqui, mas amanhã é outro dia. Amanhã começaremos a tratar dos assuntos sérios.

Sozinho, Pascal saiu para a pequena sacada que ficava junto ao cômodo e dava para a imensidão do jardim. Não se via a lua, escondida por nuvens escuras que se apinhavam no céu. O vento estava ainda mais frio e Pascal teve o pressentimento de que aquela viagem não seria bem como ele imaginava. Ao mesmo tempo, tal frescor, tal opacidade o apaziguavam. Na véspera de sua partida, não tinham os vizinhos, mais uma vez, jogado lixo nos canteiros de flores do jardim? Depois de fumar muitos Lucky Strikes, ele se resignou a entrar e dormir.

Na cabeceira da cama, sobre uma mesinha, havia uma foto de um adolescente muito bonito, de cabelo encaracolado e olhos amendoados com brilho e inteligência. Ele estava vestido de um jeito moderno e não se podia dizer com certeza a época em que aquela foto tinha sito tirada. Quem era? Era Corazón Tejara? Pascal encontrou certa semelhança entre aquele desconhecido e ele mesmo. Nunca tinha visto um retrato dele. Na sua cabeça, Pascal dava ao pai os traços que lhe convinham. Às vezes bonito, às vezes feio e com um bigode ridículo, como Sarojini havia sugerido. Quando arrumou suas roupas no armário, encontrou álbuns de fotografias numerados de um a quatro e os abriu rapidamente. Lá encontrou todos os Corazón Tejara que poderia desejar. Primeiro bonitão, um pouco cafajeste, sempre flanqueado por uma garota atraente. Depois intelectual, enfiado em um traje maoísta de quatro bolsos e carregando uma maleta pesada. Por fim, era o mago enrolado em uma toga frouxa. Estavam todos lá.

Pascal dormiu radiante, pois tinha a impressão de finalmente conhecer melhor aquele que o gerou. Naquela noite, ele teve um sonho que Albertine não teria desaprovado. Ele se encontrava diante de uma alta montanha coberta por uma vegetação densa e não sabia como atravessá-la. Subir uma montanha, teria dito a mãe de Albertine, num tom sentencioso, isso significa esbarrar em um obstáculo intransponível.

Perto das dez da manhã, Espíritu veio interromper seus sonhos e se sentou na beirada de sua cama, com um dos seus eternos charutos grudado no canto da boca.

— Faça um esforço para me compreender — disse ele. — Faz semanas que seu pai partiu e o deixou livre para sucedê-lo, se você assim desejar.

— Quer dizer que eu não o verei durante minha estadia? — perguntou Pascal, fazendo um esforço para não ceder à raiva, porque ele esperava por aquele encontro havia muito tempo.

Como o outro não respondeu, ele insistiu.

— Eu exijo que você me explique o que você entende pela expressão: "seu pai partiu". O que você quer dizer com isso? Ele simplesmente foi embora de Recife? Ele morreu?

— Eu poderia responder com uma afirmativa — disse Espíritu. —Teria algum significado? Porque eu já lhe disse: tudo depende do sentido que damos a essa palavra de morte. Para alguns, é apenas uma separação provisória, para outros, é entrar em outro estado. Um poeta escreveu *os mortos não estão mortos*. É um poeta africano, creio eu, que se chama Birago Diop. Você conhece esse poeta, não?

— Basta de papo-furado! — exclamou Pascal, rude. — Responda sim ou não.

— Sim, não, eu repito que, neste domínio, isso não quer dizer nada — insistiu Espíritu —, mas se isso o agrada, eu respondo que sim.

Pascal se levantou, lutando contra uma vontade forte demais de massacrar Espíritu com socos e pontapés, e saiu para a sacada. O que ele faria agora? O que ele se tornaria? Eis que ele se encontrava largado em um país desconhecido, cuja língua e os costumes ignorava. Para quem ele correria? Quem poderia vir em seu auxílio? Ele decidiu voltar para dentro do quarto.

Espíritu não tinha se mexido. Esparramado na cama, acolheu Pascal com um daqueles sorrisos que só ele sabia dar.

— Vai ser melhor — declarou ele — se descermos para tomar o café da manhã. Como você vai ver, a cozinha brasileira é das mais saborosas. Margarita, para nossa grande alegria, há anos nos presenteia com pratinhos deliciosos. Veja bem, ela foi amante do seu pai por um tempo e se sente um pouco em casa aqui.

Sem responder, Pascal o seguiu, e eles foram para o térreo.

A sala de jantar, também elegante, estava decorada com buquês de flores violáceas que Pascal nunca tinha visto. Ele se sentou numa cadeira colocada perto de uma mesa de vime verde e branca. Durante o café da manhã que se seguiu, Espíritu não parou com sua falação, uma verborragia vazia, superficial, cujo único objetivo era preencher o silêncio e impedir Pascal de exprimir sua raiva e sua decepção.

— Veja — dizia Espíritu —, essa geleia de manga. É preciso saber colher as frutas no ponto correto, antes de que fiquem completamente maduras, pois assim elas dão um purê sem muito sabor.

Era perto do meio-dia quando Pascal saiu para conhecer a cidade. Recife tinha muitos encantos, sua grande beleza eram as árvores com folhagens espessas e que pareciam envernizadas como se em um quadro de Françoise Sémiramoth. No entanto, ele estava insensível à vista. Perguntava-se não seria melhor voltar para casa. Algo lhe dizia que sua aventura ainda não tinha terminado. Ainda havia algum drama para viver, um ponto final a alcançar.

O centro de Recife, curiosamente, fica em uma ilha que pode ser alcançada por uma série de pontes. Pascal tomou uma delas e, debruçado no parapeito, olhou a água que borbulhava debaixo dele, depois retomou sua rota sem objetivo real. Após um tempo, ele chegou a um bairro que o surpreendeu pela feiura. Ele concluiu que se tratava de uma favela, única palavra que conhecia em brasileiro. Aturdido, ele contemplou as árvores atrofiadas ao longo das calçadas, as fachadas carcomidas das construções erguidas com materiais diversos. Madeira com ferro, com placas de cimento e plástico. Pelas ruas estreitas e mal pavimentadas se movia uma humanidade em farrapos; mulheres faziam fila em bicas d'água como nos países subdesenvolvidos, crianças jogavam futebol na esperança de um dia ser o Pelé. Sobre aquela miséria, o sol indiferente derramava seus raios com força, como é seu costume nos países tropicais, e estava quente como um forno. Na manhã seguinte, Pascal pegou a estrada para Asunción com Espíritu.

38.

Pascal tinha guardado uma imagem triste do *ashram* O Deus Oculto. Em sua lembrança, era uma construção sem graça, retilínea e com o teto plano que abrigava ao mesmo tempo os quartos particulares e os auditórios para concertos de música, palestras e conferências.

Em alguns anos, tinha sido completamente modificado, depois de donativos consideráveis feitos por um estadunidense de Nevada, também desejoso de mudar o mundo. Desde então, pavilhões alegres de um ou dois cômodos erguiam-se sob árvores bem podadas e eram cercados por canteiros de flores multicoloridas. O principal desta reforma era uma fonte esculpida em vidro espesso de cor azul, cuja água iridescente era despejada em uma bacia em forma de concha.

Espíritu acompanhou Pascal até o sobrado onde ele estava alojado, um chalé elegante que se abria para um jardim por uma grande porta de vidro. O interior estava decorado com os inevitáveis retratos de Nelson

Mandela, Mahatma Gandhi, do papa João Paulo II, entre outros que haviam sonhado com um mundo melhor.

Depois, eles se dirigiram à recepção. O novo diretor, que se chamava Sergio Stefanini era, apesar do sobrenome italiano, um nativo de Asunción. Ele tinha porte de atleta, o que não surpreendia, pois nas horas vagas era treinador de uma equipe de natação, composta de adolescentes de ambos os sexos. Os Pinguins tinham adquirido uma excelente reputação pelo Brasil. Ele também falava francês perfeitamente, o que deu a Pascal um notável sentimento de inferioridade, pois não sabia falar uma palavra de português.

Sergio lhes disse, obsequioso:

— Então, você é o filho do nosso falecido patrono, mal posso esperar para ouvi-lo transmitir sua mensagem.

Falecido, pensou Pascal. Ele estava dando a prova de que Corazón Tejara estava realmente morto? De que mensagem ele falava? Ele não tinha feito nada ainda.

Naquele momento, como que para dar razão a Sergio, um grupo de homens e mulheres, visivelmente indianos, invadiram o saguão da recepção. Depois de cochichos e de olhares de soslaio, eles cumprimentaram Pascal com respeito, e da maneira tradicional que ele detestava tão profundamente. Por sorte, eles saíram depressa da recepção e foram para uma das salas de reunião.

Como de costume, Espíritu estava apressado e tinha que voltar a Recife o quanto antes. Deixados sozinhos, Pascal e Sergio atravessaram o jardim até o bar-restaurante La Porte Étroite, que era uma novidade muito apreciada. Havia nórdicos com cabelos lisos e compridos até os ombros, latinos morenos e atarracados, todos os tipos de mestiços que se podia imaginar. Nessa mistura figuravam até africanos vestidos com longos *djellabas* muçulmanos e sandálias de couro macio. Pascal e Sergio se sentaram em uma mesa separada.

— Você gosta de natação? — perguntou Sergio sem preâmbulos. — Se gosta, vou insistir que me acompanhe ao treino da minha equipe.

— Onde é o treino? Em Lagon Bleu?

— Lagon Bleu — exclamou Sergio, achando graça. — Você conhece o lugar? É lá mesmo que vou levá-lo.

No caminho para Lagon Bleu, Pascal se lembrou com emoção das horas que outrora tinha passado naquela mesma estrada quando estava com Sarojini. Ele revia o velho que, pedalando num triciclo, oferecia raspadinhas com sabores de xarope de amêndoas; se lembrava de que lá morava um apicultor que se orgulhava da qualidade de seu mel num imenso cartaz. Lagon Bleu não tinha perdido seu charme. Três piscinas de água azuladas se sucediam à beira do mar, uma delas estava reservada ao nado sincronizado e garotas faziam movimentos graciosos lá dentro.

Pascal e Sergio entraram nos vestiários onde um pequeno grupo de adolescentes os esperava.

— Aqui estão minhas crianças — declarou Sergio, apontando-as com a mão.

A equipe Os Pinguins tinha como capitão um menino que se apresentou com tamanha segurança que desagradou Pascal:

— Eu me chamo Jorge, como o escritor Jorge Amado. Minha mãe o adorava e nós lemos todos os seus livros e vimos todos os filmes que os estadunidenses dirigiram sobre eles. Imagino que o conheça, sim? Senão aconselho que faça uma parada na primeira livraria que encontrar.

Pascal não gostou daquela brincadeira mas não deixou nada transparecer.

Com Sergio, ele seguiu a equipe que se dirigia até uma das piscinas e eles se sentaram sob uma árvore que os protegia do calor do dia. Os dois homens ficaram tanto tempo na Lagon Bleu que, quando estavam indo embora, a noite já começava a cair. Era a hora preferida de Pascal, quando a noite pousava seus dedos suavemente sobre sua testa e quando o vento começava a cantar em seus ouvidos.

*

Dali em diante, sua vida se desenrolou segundo um esquema imutável. Ele acordava tarde e tomava um café da manhã que lhe servia também como almoço. Tornou-se um frequentador do La Porte Étroite, pois na sexta eles serviam uma excelente feijoada. À tarde, suas aulas atraíam tal multidão de estudantes que os retardatários eram obrigados a sentar no chão.

Do que tratavam seus ensinamentos? Pascal tinha encontrado seu tema depois de muita hesitação: era, uma vez mais, uma reflexão sobre a experiência que ele tinha vivido em Caracalla. Ele tentava explicar por que tinha fugido de lá. Seria por temer ir à justiça e ser condenado? A imagem de sua morte o teria enchido de terror? Por que tantos esforços, da parte dos mondongues, para construir um mundo melhor não tinham alcançado qualquer resultado plausível? Talvez eles não soubessem como conseguir. Seria apenas uma questão de construir um mundo sem álcool, sem cigarros, sem propriedade privada, sem adultério, onde todos os homens seriam iguais perante a morte? Não tinham se esquecido do essencial? Mas no que consistia o essencial? Era a questão que ele não sabia responder.

As perguntas dos estudantes eram muitas e cheias de paixão. Eles também não compreendiam por que Pascal tinha fugido de Caracalla e por que ele não tinha procurado expor o nome do responsável pela morte de Amanda. Eles pensavam que Pascal tinha dado prova de covardia e ele era incapaz de se defender, pois, quanto mais o tempo passava, mais concordava com essa opinião e fazia a si a mesma censura. Os alunos poderiam estar certos. Ele devia ter defendido Amanda, lançado luz sobre aquele triste evento.

Depois de seus cursos, ele assistia a concertos musicais, o que o lembrava das noites em Caracalla, quando, acompanhado de Joseph, ele ia assistir a shows de rock, ópera ou conjuntos de música popular: zouk, compás, highlife, reggae.

Desde que chegara a Castera, também pensava muito em Sarojini. E dizer que ela não tinha respondido nenhuma de suas cartas! Ele revia sua beleza sempre explosiva e não conseguia esquecer sua voz. Lembrava-se de suas histórias, ao mesmo tempo cômicas e trágicas. Um dia, contou ela, os intocáveis fizeram uma greve pois não aguentavam mais seus salários tão módicos. As latrinas transbordavam, as matérias fecais se sobrepunham nos penicos dos quartos, enquanto um cheiro pestilento se espalhava por toda a cidade. Mas não é que em uma manhã, ao acordarem, os habitantes da cidade viram os jardins e os pátios cobertos de rosas que tinham substituído a feiura com seu brilho inesperado. Esse milagre tinha marcado o fim da greve.

Pascal não parava de se perguntar por que o *ashram* não tinha guardado uma lembrança mais viva de Sarojini. Ele apenas tinha ouvido dizer que ela tinha mudado de trabalho, que não era mais enfermeira no hospital de Jaipur, mas tinha se tornado diretora de uma associação que defendia a condição das mulheres, pois não seriam as mulheres intocáveis sempre, em todos os lugares? Nenhum direito lhes é reconhecido, exceto o de sofrer.

Uma noite, desesperado, ele lhe enviou uma carta, mais uma, na qual contou sobre sua presença no *ashram* e na qual recordou os momentos agradáveis que tinham compartilhado.

Como se tivesse pressentido ao se conhecerem, Sergio Stefanini logo se tornou seu amigo. Pascal contou a ele toda a sua vida: como tinha sido injustamente suspeito de ter organizado um atentado, o que o obrigara a fugir de seu país. Sobre Caracalla, onde se refugiara e fora, ainda mais uma vez, injustamente acusado de manter relações ilícitas com a jovem que lhe servia e só escapou com vida por ter fugido, o que podia parecer bastante covardia.

Ele esperava que, ao fazer tais confidências, poderia se enxergar mais claramente e apaziguar o caos que havia tomado conta de sua vida. No entanto, Sergio, ainda que ouvindo-o com uma profunda atenção, tinha apenas palavras muito banais em sua boca:

— É que você é muito sensível à opinião dos outros. Cada um de nós deve fazer aquilo que cremos ser justo sem nos preocuparmos com a opinião alheia.

Os dois conversavam com frequência até o cair da noite. Depois, cruzando o *ashram* na diagonal, eles iam tomar um último gole no La Porte Étroite, onde uma multidão de estudantes se amontoava.

Uma noite, quando voltava para casa, por volta da meia-noite, encontrou sua correspondência enfiada por baixo da porta. Uma carta de Maria, que lhe mandava com regularidade notícias sobre os acontecimentos no país. Ele a abriu sem esperar a bomba que receberia bem na cara: Judas Éluthère havia deixado o país. Ele não era mais o presidente e diretor-geral da empresa Le Bon Kaffé; ele fora nomeado ministro da Coesão Social pelo presidente da República. Coesão social. O que isso queria dizer?, Pascal se perguntou pasmo. Depois se lembrou dos discursos contra o comunitarismo, bem recebidos em Paris. O comunitarismo tinha sido apresentado como um mal absoluto, capaz de destruir a democracia e a união nacional. Seria engraçado se não fosse, na verdade, perigoso. Judas Éluthère estava agora dotado de poderes extremos e podia levar adiante quaisquer atrocidades que quisesse. Maria não parava de contar sobre todas as coisas em que não concordava com o antigo amigo, que de repente revelava sua verdadeira face. Nada daquilo lhe dizia respeito, ele tinha outras coisas para realizar, mesmo que não soubesse exatamente o que esperavam dele.

39.

Logo Pascal não podia mais suportar o respeito — essa palavra é ruim, digamos que seria mais uma devoção — com que o cercavam. Garotos e garotas, velhos e jovens se jogavam no chão para cumprimentá-lo quando o viam. Um de seus estudantes, François, tinha publicado uma brochura intitulada *Os aforismos de Pascal*.

A cada vez que ele folheava suas páginas, era tomado de um sentimento que parecia muito com a vergonha. Será que fui eu, pensava, que pari essas platitudes? "É preciso ter o coração puro, como o de uma criança pequena. É isso que o criador ama." Ou ainda: "Não queira mal a quem lhe fizer mal. Ao contrário, abra bem os braços e os abrace forte."

Apesar de sempre ter se recusado a fazer comentários publicamente, ele foi obrigado a autografar quase mil exemplares.

Era o começo de setembro, início da temporada de inverno. O inverno mais sofrido desde os anos mil novecentos e vinte, conforme dizem os meteorologistas. Os dias eram tão escuros quanto as noites. Chovia sem parar e as pessoas se perguntavam se o céu não se cansaria de derrubar toda aquela água sobre a Terra.

Uma manhã, Pascal recebeu uma nova carta capaz de reacender um sol em seu coração. Desta vez, ela não era de Maria, mas da secretária de Sarojini. Ela perguntava se sua chefe poderia ir até o *ashram*, pois estava organizando uma série de conferências pelo mundo. Na verdade, Barati Mukerjee, de catorze anos, havia sido vítima de um casamento forçado com um velhote de setenta e cinco. Uma noite em que o velho veio exercer seus direitos, ela lhe deu uma facada. O assunto tinha feito muito barulho e estava nas primeiras páginas de todos os jornais. Ela vinha de um processo interminável, de onde Barati havia saído livre como o ar, inocentada pelo júri, que reconhecera a legítima defesa. Não era aquela uma vitória estrondosa para a causa das mulheres, não somente na Índia mas no mundo inteiro? Pascal correu até Sergio, que, folheando seus papéis, informou que tinha recebido uma carta também e se apressaria em responder afirmativamente.

Então Sarojini voltaria a Castera. Dias deliciosos se abriram. Pascal não podia acreditar. Ele se comportava como um doido. Mudou toda a mobília de seu sobrado, substituiu o tapete que tinha por um macio, escolheu reproduções de Matisse para embelezar as paredes e um tecido adamascado para cobrir sua cama. Depois, cheio de dúvidas sobre si mesmo, começou a se preocupar com o físico. Não teria envelhecido durante aqueles anos longe de Sarojini? Não teria engordado e ganhado barriga? Apesar das afirmações de Sergio, que ainda tentava convencê-lo de que era um homem bastante sedutor, ele ia tomar banho em Lagon Bleu todos os dias e retomou suas caminhadas diárias. Finalmente, contratou um treinador que, à força de halteres e exercícios de perna, deveria restaurar sua juventude e uma barriga lisa.

Em sua euforia, Pascal telefonou para Espíritu e o convidou para vir a Asunción, para que participasse daquela alegria que o envolvia. Infelizmente, algumas semanas depois, no meio de seus preparativos, ele recebeu uma nova carta da secretária de Sarojini: desta vez, ela informava que o corpo de Barati, que havia desaparecido de sua casa, fora encontrado nas franjas de uma floresta, parcialmente devorado por animais selvagens. O assassino ainda estava à solta. Pascal pensou que morreria. Ele tentou entrar em contato com Sarojini, mas não conseguiu. Compreendeu que não veria novamente quem esperava ver.

Avisado por Sergio, Espíritu desembarcou em Castera. Ele conseguiu retirar o ar zombeteiro de seu olhar e apagar as linhas sarcásticas de seus lábios. Ele quase tinha um ar de alguém enlutado. Antonio estava ao seu lado, o piloto que trouxera seu jatinho particular até Recife. Um rapaz bonito, muito bonito mesmo com seu sorriso angelical, sua barba comprida e bem penteada, que chegava até o peito. Poderia se dizer que era um arcanjo, o arcanjo são Miguel, por exemplo. Espíritu fez três propostas a Pascal: a de ir com ele a Recife, e as de ficar sozinho no Rio ou sozinho em São Paulo, duas cidades fascinantes adoradas pelos turistas.

Infelizmente, Pascal não tinha a mínima vontade de viajar e recusou as três ofertas de uma vez. Da manhã à noite, ele se afundava em seu luto e estava se perguntando se sua única saída não seria voltar para casa e morar lá anonimamente, quando Espíritu voltou com uma nova proposta.

— Seu pai, Corazón Tejara, tem uma casa em San Isabel. Alguns dirão que é um lugar estranho. A ilha pertenceu a três governos diferentes até que, em mil novecentos e dez, declarou independência. Hoje, não tem mais anda a ver com o Brasil, exceto que se fala português por lá. Corazón não tinha apenas uma casa, era seu feudo, seu domínio. Era para lá que ele ia cada vez que tinha um problema para resolver. Você bem que podia se inspirar nele.

Para a surpresa geral, Pascal aceitou a oferta. Ele havia ficado abalado por tantos eventos diferentes: a ascensão de Judas Éluthère ao cargo de ministro da república e a morte de Barati Mukerjee, protegida de Sarojini.

*

No dia seguinte, ele tomou seu lugar no jatinho que Antonio conduziria com seu tio Espíritu. Graças a Antonio, o medo que ele tinha desde viagens anteriores sumiu. Restava somente a dor que o assombrava. Ele passou as cinco horas do voo deitado em um sofá, onde dormiu profundamente. Uma vez passadas as intempéries, as tempestades e as nuvens negras de chuva, o céu ficou azul como uma roupa recém-lavada. Aos poucos, seu coração se reconfortou. Dessa vez, Espíritu cumpriu o papel de salvador.

Os três chegaram a San Isabel ao cair da tarde. O sol, que ainda brilhava, iluminava uma vegetação rochosa e com arbustos espinhosos que tinham seu encanto. Iluminados pelo pôr do sol, os blocos de pedra adquiriam um tom lilás e parecia que o mar vinha lamber a terra por todos os lados.

A República de San Isabel não guardava segredo sobre suas convicções. Não somente o aeroporto de chamava Corazón Tejara como na sala de espera ficava um grande retrato do benfeitor, grisalho, barrigudo e enrolado em sua eterna túnica azul.

O motorista do táxi que eles tomaram no estacionamento exibia uma cor de pele inesperada naquela região, uma tez negra escura que era diferente das cores bronzeadas ou amareladas que se multiplicavam nos mestiços do Brasil. Pascal, intrigado, não conseguiu deixar de perguntar:

— De onde você é?

O motorista, ligando seu carro, respondeu como se se tratasse da coisa mais natural do mundo:

— De Dakar, é claro.

Um pouco surpreso, Pascal não encontrou nada para dizer.

O táxi andou por uma hora até a vila de San Isabel: lá as casas de pedra azuladas, esmagadas por seus telhados de chapas de metal ou telhas, sorriam por trás de montes de rosas Cayenne ou de alamandas de um amarelo vivo. O conjunto era dos mais sedutores.

*

A casa de Corazón Tejara se erguia em um cenário de sonho: era comprida e baixa, como uma casa californiana, cheia de janelas grandes e cercada por uma varanda na qual um homem e uma mulher, de mãos dadas com uma criança, esperavam os recém-chegados. Os três tinham uma bela tez negra que, mais uma vez, surpreendeu Pascal. Eles seriam senegaleses também? O sorriso iluminava seus rostos como uma lua crescente numa noite escura. Eles se apresentaram:

— Eu sou Saliou, esta é Aminata, e este é Amin, nosso filho. Somos do Senegal.

Amin era uma criança das mais adoráveis. Sua cabeça redonda até parecia marcada em alguns pontos de tanto a mãe acariciá-la, os olhos brilhantes, os dentinhos tortos na gengiva arroxeada eram bonitos como o diabo.

Espíritu, Pascal e Antonio elogiaram o excelente arroz servido por Aminata, que explicou:

— Com o peixe que vendem aqui, eu consigo preparar um *thiéboudienne* quase igual ao que fazíamos na nossa casa.

Pascal fez uma pergunta que o incomodava desde sua chegada:

— Mas como vocês vieram parar aqui?

— É uma longa história — respondeu Saliou. — Precisa de tempo para contar e também para ouvir. Vocês estão prontos?

Com a afirmativa de Pascal, ele começou:

— Tudo estava perfeito. Nosso país era governado pelo melhor presidente da África, um presidente e um poeta incomparável, que se ensinava na escola, até na França. *Mulher nua, mulher negra, vestida da tua cor que é vida, de tua forma que é beleza, cresci na tua sombra, a doçura das tuas mãos cobria meus olhos e eis que no coração do verão, ao meio-dia, eu te descubro, terra prometida, do alto de um alto de um colo calcinado, e a tua beleza me atingiu bem no coração como o rasante de uma águia.* Veja, eu mesmo não esqueci. Infelizmente, depois de sua morte, tudo mudou. Caímos na pobreza das mais extremas. Fomos obrigados a sobreviver de todas as formas e, por isso, saímos do nosso país: de avião, de barco e até em canoas. Alguns morreram no curso dessa travessia, outros tiveram a chance de chegar com vida na Europa. Foi lá que ouvimos falar de uma antiga técnica: no Brasil, outrora, faziam rolhas de cortiça com uma variedade de sobreiro. A técnica havia sido abandonada, mas bastava ser forte e não reclamar do trabalho para ressuscitá-la. Então, nossos homens vieram para o Brasil. Alguns trouxeram suas mulheres e crianças. E é por isso que vivemos aqui, tão longe da nossa casa. Era se exilar ou morrer de fome.

40.

Agora que não pensava mais naquilo, Pascal encontrou a ocasião para realizar um velho sonho: construir uma escola. Na verdade, não havia apenas adultos entre os imigrantes. Havia adolescentes e umas quarenta crianças bem jovens que, obrigadas a seguirem seus pais no exílio e no desenraizamento, se encontravam também com as mãos vazias, pois a imigração é uma desapropriação total, igual àquela que quatro séculos antes assolou o continente africano.

A municipalidade de San Isabel, se pretendendo generosa, tinha atribuído aos imigrantes uma série de galpões desativados, batizados pomposamente de Centro Educativo Gilberto Freyre. Lá, os adolescentes recebiam um ensino diferente dos mais novos. Para esses últimos, se ensinavam os rudimentos do português, fazendo-os assistir vídeos de contos de fadas, sempre os mesmos, os quais não compreendiam quase nada, mas que acabavam por adorar. O favorito era *A Bela e o Monstro:* uma jovem, bonita de se ver, era perseguida por um ogro de quem ela fugia. O ogro se metamorfoseava em príncipe encantado e os dois acabavam por se dar um beijo longo e cheio de carinho. Como se chamava o conto? Nenhuma das crianças era capaz de lembrar o nome, o que não as impedia de clamar por ele aos berros.

Pascal viu a oportunidade de abrir um jardim de infância. Escreveu às autoridades comunicando que queria ensinar francês para esses jovens deserdados, para que soubessem que tinham uma língua materna. Pouco importava a maneira que havia sido adquirida, colonização ou exílio; a língua era deles. Era seu meio de sonhar, de criar, de construir imagens, sons e beleza. Seu pedido foi aprovado por um funcionário preocupado apenas em pôr a documentação em dia.

Foi assim que, sem dificuldade alguma, Pascal recebeu a autorização que esperava. Chamou seu jardim de infância de *Le Blé en herbe* ou *O trigo verde*, não porque gostasse de Colette, que mal tinha lido, mas porque esse nome parecia conter uma promessa de um amanhã mais rico e fecundo. Ele trocou as cantigas insípidas por poemas curtos que achou aqui e acolá: *Mignonne, allons voir si la rose*... Mas, principalmente, se deteve na redação de um livro de leitura dirigida: um pequeno herói percorria o mundo e se admirava com as riquezas de territórios marginalizados.

Ele não tinha o hábito de ter a companhia de crianças: as idealizava e não sabia que encontraria tanta falta de atenção e risos. Apesar disso, tentou passar a elas a imagem mais completa possível do mundo que as cercava. Pascal sempre dizia: é com elas que devemos trabalhar, antes que a idade adulta esclerose seus corações e cérebros.

Escolheu uma moça para ajudá-lo, alguém que até então estava encarregada de colocar giz nas salas de aula e passar pano no chão. Ela se chamava Awa e acabava de comemorar seus vinte anos, mesmo sem parecer ter mais que quinze. Um dia, quando entrou na sala de música, Pascal ouviu o murmúrio de um poema de Verlaine que a jovem tinha musicado sozinha:

— O céu acima do telhado, tão azul, tão calmo.

Ela parou sentindo-se pega de surpresa, como se cometesse algo ruim, e logo se explicou:

— Foi Madame Noël que me ensinou a tocar piano. Em Ziguinchor, era a vizinha da minha mãe. Ela veio da França e dava aula aos pequenos.

Desde então, Pascal e Awa se tornaram perfeitos companheiros de trabalho. Ela musicava os poemas que ele ensinava aos alunos. No entanto, Pascal teve a franqueza de admitir que se a tinha escolhido como companheira foi sobretudo porque se parecia com a falecida Amanda, sempre tão querida, sempre presente, uma lembrança dolorida como um espinho cravado numa ferida que não cicatriza. Ela também, um pouco rechonchuda, com um sorriso que iluminava seu rosto com uma luz surpreendente. Awa tinha vindo para San Isabel com seus dois irmãos mais velhos, Hassan e Cheikh, que sonhavam em ir para Inglaterra e não se conformavam de estar no Brasil.

A cada vez que ouvia falar desse projeto, Pascal batia na testa de um jeito significativo.

— Seus irmãos são completamente malucos. Será que eles sabem da enorme distância entre o Brasil e a Inglaterra?

— É só uma questão de organização — replicava Awa, que não gostava que criticassem seus irmãos amados. Bastava que encontrassem contrabandistas com barcos fortes o bastante para os levar até um lugar seguro.

Pascal insistia:

— Que ideia absurda de ir para a Inglaterra! É um dos países mais racistas que existem!

Awa dava de ombros.

— Todos os países da Europa são racistas. Não é isso que vai nos impedir. Em Plymouth mora o irmão da minha mãe. Nós não estaremos sozinhos e ele vai nos ajudar, como nos prometeu, a encontrar trabalho.

Pascal deixou a discussão para lá, pois ela não levava a nada.

*

Um dia, ele esperou Awa, em vão, na sala de música, onde iriam se encontrar. Como passou uma hora e ela não havia chegado, ele foi embora chateado. Passou por ela no quintal, coberta de suor, com as roupas rasgadas.

— Foram os meninos que me perseguiram — explicou ela aos prantos. — Eles juraram que vão me matar.

Pascal ficou ofendido. Descobriu então que os habitantes de San Isabel detestavam os imigrantes e sempre que possível os mandavam voltar para casa, chamando-os de *escória suja*. A fraternidade com a qual ele sonhava não existia. Em seu lugar, havia o ódio e o desprezo, ainda eles, sempre eles.

A partir dali, Pascal se tornou guardião do corpo de Awa. Ele a acompanhava até a encruzilhada onde ela vendia castanhas assadas, depois a levava de volta para casa. Sobre uma cômoda ficavam organizadas as fotos da família que tinha ficado no Senegal e, toda vez, Awa chorava ao mostrá-los.

— Aqui é a minha avó — dizia ela — que sabia melhor do que qualquer um preparar um arroz com peixe. Aqui é a minha mãe, ela teve seis filhos, mas, veja só, manteve a silhueta de uma jovem. Aqui é meu pai. Depois que caiu de uma árvore, ele não pode fazer mais nada. Passa o dia inteiro deitado em uma esteira.

O que tinha que acontecer aconteceu. Uma noite, Pascal e Awa acabaram na mesma cama. Pascal nunca tinha transado com uma moça tão jovem. Maria e Albertine eram bem mais velhas que ele. Ele não conseguia não ter um sentimento parecido com o de um professor de escola impondo sua autoridade a um espírito jovem e incapaz de se defender. Ele se perguntava se ela não se sentia intimidada por um homem mais velho que ela e cuja vida era bem vivida. Acima de tudo, ele nunca tinha namorado uma jovem tão ignorante.

*

Não era simplesmente que Awa não sabia que a boa e velha Terra tinha vinte e cinco bilhões de anos e que Galileu fora condenado por ter ousado pensar que ela era redonda. Era que ela transfigurava o universo conforme sua vontade, dando-lhe uma vida que o surpreendia, e até o amedrontava em determinados momentos. Acreditava que a noite era povoada de espíritos prontos para se unir aos humanos. Ela sussurrava ao menor barulho, pelo sim, pelo não.

— Você não ouviu esse som estranho? — murmurava.

— Foi um carro que passou na avenida — respondia Pascal.

Ela lia dentro da natureza das coisas ocultas. Quando ele a chamava de *minha pequena fada*, ela protestava.

— Fada? Eu não sou uma fada. No meu país não existem fadas, a rigor, você pode me chamar de *djinn*.

Uma noite, enquanto saía de seus braços, Pascal teve o desejo de falar de si mesmo, de explicar por que se encontrava em um país tão longínquo do seu, um país cuja língua ele não falava, e se pôs a contar as histórias que rondavam sua origem. Ela ouviu com os olhos fechados, como se ouvisse uma narrativa das mais apaixonantes. Quando ele se calou, ela soltou uma gargalhada e exclamou:

— Então, você é o filho de Deus? Isso não me surpreende, todos os homens contam isso: eles são deuses que nós mulheres devemos servir.

Envergonhado, Pascal jurou nunca mais tocar naquele assunto com ela.

Alguns dias depois, foi ela que voltou à história:

— Quer dizer então que seu pai é responsável por todos os nossos males? — perguntou com agressividade.

Pascal não esperava aquele ataque.

— O que quer dizer com isso?! — perguntou ele.

Ela pôs os punhos cerrados nas ancas.

— Meu pai caiu de uma árvore quando eu tinha dez anos. Minha mãe ficou completamente sozinha sem marido, tendo que nos criar, meus irmãos e eu. A palavra miséria não serviria para descrever a situação que vivemos. Quem é o responsável?

Pascal tentou encontrar uma resposta.

— Mas isso não foi o meu pai, veja bem! Você poderia culpá-lo por crimes muito mais graves: por que não culpá-lo pela colonização, já que isso toca a você, pelo exílio, pela desapropriação, pelo racismo?

Mas Awa não queria ouvir nada daquilo.

— Você é o filho de um assassino — repetia ela. — Assassino!

Pascal poderia ter entendido aquelas palavras como uma piada, se não tivesse ele mesmo algumas interrogações. A partir daquele dia, sutilmente, sua relação com Awa mudou. Ele perguntou a si mesmo se ela não era mais lúcida que ele e parou de bancar o professor.

Graças à sua presença ao lado de Awa, ninguém podia lhe fazer mal. Ele a levava até em casa onde encontrava seus dois irmãos, ocupados em esvaziar garrafas de cerveja, porque, por mais muçulmanos que fossem, tinham a goela frouxa. Daqueles dois, Pascal não gostava. Assim, ele subia com Awa direto para o seu quarto, no segundo andar, e lá eles faziam amor até de manhã.

Uma noite, quase às duas da manhã, alguém bateu na porta do quarto que ele ocupava na casa de Corazón Tejara. Era Saliou, com um ar preocupado.

— Aconteceu alguma coisa na cidade — gritou ele —, não sabemos o que é, mas ouvimos sirenes de bombeiro. Pela janela do nosso quarto, vimos aparecer um brilho enorme que iluminou o céu. Será um incêndio?

Pascal se enfiou nas roupas rapidamente e os dois saíram correndo da casa. No jardim, toparam com Aminata, metida num roupão atoalhado, com o pequeno Amin nos braços. Amin, visivelmente arrancado de seu sono, fazia um bico de chateado e enfiava a cabeça nos seios de sua mãe.

— É um incêndio, creio eu — disse Aminata —, vi os caminhões de bombeiros passarem rápidos.

Pascal e Saliou correram, deixando Aminata e Amin sozinhos na noite. Logo souberam que havia um incêndio no bairro Bellavista, onde vivia a maior parte dos imigrantes. Incêndio criminoso ou acidental? Era isso que deveria ser determinado.

Primeiro, a polícia prendeu um grupo de jovens que foram rapidamente liberados por falta de provas. Depois, prendeu dois baianos que também tiveram que ser liberados por falta de provas. A notícia, que havia causado grande rebuliço e que fez as manchetes dos jornais, acabou virando uma notinha na última página. Os migrantes foram realojados em tendas de lona listrada que lembravam a Pascal o acampamento rasta em Marais Salant. Logo não se falou mais deles e a vida voltou ao seu normal.

Curiosamente, Pascal se responsabilizava pelo drama. Uma tarde, quando ele saía de uma aula de música, Awa lhe deu a mão.

— Tenho algo para contar: meus dois irmãos se entenderam com um contrabandista. Eu já tinha contado a você sobre isso, não é? Nós vamos embora para Plymouth depois de amanhã, à noite.

— Você vai com eles! — exclamou estupidamente Pascal.

— O que você quer que eu faça?! — exclamou Awa. — Ficar sozinha aqui, neste país onde eu não conheço ninguém?

Impulsivo, Pascal propôs:

— Eu posso me casar com você. Assim você fica perto de mim.

Em resposta, ela o fitou com uma a sagacidade estranha.

— Casar com você! Não é o que deseja de verdade, diz isso só por pena!

Pascal a acompanhou até sua casa. Nos dias seguintes, tentou voltar ao assunto, mas foi uma perda de tempo.

Pela noite, ele a acompanhou ao píer onde o barco a esperava. *Es o meo salvador* adentrou o mar aberto. Lá ele se despediu.

41.

Awa e seus dois irmãos não foram os únicos a partir de San Isabel. Depois do incêndio criminoso ou acidental, ninguém nunca soube ao certo, as condições de vida dos imigrantes se tornaram absolutamente insuportáveis. Eles foram instalados em um terreno baldio: barracas desconfortáveis, poucos chuveiros, poucos banheiros, sempre transbordando e de uma imundícia repugnante. Foi um verdadeiro êxodo. Os contrabandistas vindos de todos os cantos do país prometiam uma travessia segura até a Europa àqueles com dinheiro suficiente para pagar a passagem.

Essa febre também tinha chegado a Saliou e Aminata. Eles não sonhavam em ir à Inglaterra. Saliou desejava ir a Paris, pois queria conhecer a Torre Eiffel. Expressões como "A Cidade-Luz" ou "a Champs-Élysées é a avenida mais bela do mundo" passavam por sua cabeça. Pascal não se cansava de repetir:

— Paris! Você vai se decepcionar bastante! O que você espera de um lugar como aquele? Você não está bem aqui?

Ele sacudia cabeça em negativa:

— Sem querer ofender, mas nenhum homem nasceu para servir a outro como eu lhe sirvo: trazer o que beber, preparar o que comer, lavar suas roupas, encerar seus sapatos. Na Europa, vou encontrar trabalho, um trabalho digno. Estou pronto para tudo. Além disso, vou lhe contar um segredo: quero que meu filho, Amin, seja médico, que cure os doentes, os pobres e os necessitados. É assim que ele vai me dar a maior alegria do mundo, é assim que vou esquecer todas as dificuldades que eu, pai dele, vivi antes dele.

Em San Isabel, a luminosidade do ar era tamanha que era impossível ficar enrolando na cama pela manhã. Acordado às seis horas, vestindo uma bermuda justa e uma camiseta de algodão, Pascal encontrava Saliou e os dois saíam para caminhar. Evitando as ruas asfaltadas, eles preferiam ir pelas ciclovias onde o cascalho saltava sob seus pés, levantando pequenas nuvens cinzas. Geralmente, iam até o mar, que, grande tela azul, se estendia pelos quatro cantos do horizonte. Chegando à praia, retomavam o fôlego, sentando-se na areia e bebendo litros de água, que Saliou tinha a presença de espírito de levar consigo.

Não havia mais aulas de francês porque restaram poucos filhos de imigrantes. Somente uma dezena tinha permanecido em San Isabel e assistiam, dando risadas, às imagens batidas do mesmo desenho animado. Voltando para casa, Pascal se instalava no pátio e tentava trabalhar, pois ainda não tinha terminado suas reflexões sobre a estada em Caracalla. Quanto mais pensava naquilo, mais distante ficava. Era como se fosse um sonho ruim.

Amin, que brincava por ali, às vezes se aproximava dele e fazia uns discursos misteriosos. Como ele só falava wolof, Pascal não compreendia uma palavra do que ele dizia. Então, passados alguns minutos, a criança decepcionada ia ao encontro da mãe, ocupada em preparar delícias senegalesas na cozinha. Alguns dias, Amin espalhava no pátio seus caminhões, carrinhos de polícia e seus policiais, convencido de que Pascal se interessaria. Como ele ficava mergulhado em seus papéis, a criança dava gritinhos de raiva e se punha a brincar sozinha.

Depois do almoço, Pascal ia tomar o seu café em um bar que tinha descoberto com Awa. Em todos os lugares, cartazes proclamavam: *O Brasil é o maior produtor de café do mundo, experimente o Brasília!* Então, Numa vinha se juntar a ele. Numa, seu novo amigo. Alguns meses antes, um homem de cerca de cinquenta anos, que bebia numa mesa vizinha, abordara Pascal:

— Você não é um Tejara? — perguntou ele com um francês excelente.

— Sim — respondeu —, sou o filho de Corazón Tejara.

— Você é o filho de Corazón Tejara! — repetiu o desconhecido que, em choque, se deixou cair na cadeira que estava na frente de Pascal.

Ele tentou medir as palavras:

— Enfim, sou o filho por assim dizer, pois não conheci meu pai, nunca convivi com ele.

Pedindo um café, o homem explicou:

— No nosso país, onde só o dinheiro e a cor da pele valem, seu pai era um benfeitor sempre pronto a ajudar os deserdados. Ele construiu não sei quantos hospitais, casas de moradia com preços baratos para os mais destituídos de dinheiro. Ele conseguiu organizar quadras de esporte para os adolescentes. Você não pode imaginar o bem que ele fez por onde passou!

— Não é o que soube — respondeu Pascal. — Riram dele e me disseram que ele era um usurpador, um ridículo falsário.

Alguns dias depois, Numa foi buscar Pascal com seu velho Renault Clio, pois ele era taxista.

— Espero que tenha algumas horas para dedicar a mim — murmurou ele, ligando o carro. — Vou lhe mostrar um lado de San Isabel que você não conhece.

Durante uns doze quilômetros, o carro ladeou o mar, rico em seu esplendor habitual. Alguns barcos de pesca voltavam para a costa onde os esperava uma multidão de donas de casa. Por fim, um painel indicava: Fundação Corazón Tejara.

A Fundação Corazón Tejara era uma série de prédios de moradias sociais, esculpidos na pedra escura que caracterizava a região e se espalhando num cenário de flores e verdes. Ao redor de uma clínica e de uma escola se erguiam as habitações reservadas às mães solo e aos casais carentes, assim como quadras de esporte onde seus filhos jogavam futebol. Como tinham a pele muito escura, Pascal compreendia que aqueles eram os desfavorecidos. Naquele país, como em muitos outros países do mundo, a cor da pele é um marcador. Se ela é escura, isso significa que a família vem da pobreza, às vezes, da indigência.

Numa, depois de levá-lo para visitar o conjunto da fundação, o conduziu à clínica e bateu na porta do consultório. Um jovem médico de jaleco branco passeava seu estetoscópio no corpo de uma criança que a mãe segurava.

— É meu filho, Augusto — disse a Pascal. — Sem seu pai, ele não teria se tornado médico. Quando pequeno, só pensava em futebol, queria ser o Pelé. — Numa tinha orgulho na voz. — Não vi você a semana inteira — disse ao filho.

— É porque tem uma epidemia de dengue por aqui — respondeu o médico fitando os dois com seus olhos verdes — e acho que ninguém aqui está desempregado.

A partir daquele dia, a amizade de Numa e de Pascal se aprofundou. Graças a Numa, Pascal descobria um lado de seu pai que lhe agradava. Sem dúvida, talvez ele não fosse um deus, mas era um ser generoso, um mecenas preocupado em fazer o bem por onde passava.

Quando se separavam, Pascal voltava para a casa onde Saliou o esperava para uma aula de música. Na verdade, Saliou tinha uma série de instrumentos tradicionais: koras, balafons, que ele fabricava com couro e madeira, e cabaças.

— Quando eu era pequeno — disse ele a Pascal —, era ruim em matemática, em francês e em todas as ciências naturais, era ruim em todas as matérias importantes! A única em que eu era excelente era música. Eu tocava todos os instrumentos com perfeição.

Pacientemente, Saliou ensinou a Pascal as sonoridades tradicionais. Algumas melodias remontavam a noites antigas, outras eram mais modernas, inspiradas no jazz ou no highlife. Ele colocava os dedos de Pascal em sua kora enquanto um metrônomo batia o ritmo. As lições de música duravam horas pois nenhum dos dois se cansava. Emoções que Pascal acreditava terem desaparecido para sempre ressurgiam em seu coração. Ele revia as mulheres que amara e uma espécie de doçura o atravessava quando se lembrava da beleza delas.

Um dia, Pascal, ao voltar de seu almoço com Numa, encontrou Saliou na porta de casa, com Amin no colo. Ele parecia sobressaltado como se tivesse uma grande novidade para anunciar:

— Domingo! Domingo é o dia do Senhor como você diz, nós estamos indo para a Europa, para a Itália, mais exatamente. Lá, os contrabandistas nos disseram que a imigração é mais fácil. Eu espero que o Senhor nos dê sua bênção.

— Você está brincando! — exclamou Pascal.

Saliou colocou Amin no chão e com a mão fez carinho na cabeça da criança.

— Eu disse, quero que o menino se torne médico. E não é ficando aqui que isso vai acontecer. Enfim, a sorte sorriu para nós.

*

Mas três dias depois, Pascal não teve a coragem de levar seus amigos para o cais: Saliou de chapéu e gravata como ele nunca tinha visto, Aminata, enrolada em um xale como se já enfrentasse o rigor do inverno, e Amin, sobretudo o adorável Amin, com seu abrigo vermelho. Pascal se sentia sem forças, impotente. Ele não soubera como curar seu amigo desse perigoso capricho. O que fariam na França? Esvaziar as lixeiras de Paris por sua livre e espontânea vontade, como disse Pierre Perret? Que ideia absurda ver a Torre Eiffel! Pascal nunca tinha visitado a capital mas sentia uma profunda antipatia pela Torre Eiffel, uma silhueta pesada e desengonçada, afundando seus pés de paquiderme nos escombros do Champ-de-Mars.

42.

Assim que Saliou, Aminata e Amin partiram, Pascal se encontrou novamente sozinho em uma casa grande demais para ele. Ele sentia muita saudade de Amin, e o surpreendia que aquela criança, com a qual tivera poucas interações, ocupasse tal lugar em seu coração. Ele ficava revendo seus gestos, suas mímicas, enquanto brincava ao sol no jardim e, mesmo contrariado, lágrimas vinham a seus olhos. Não adiantou tentar escrever, voltar à sua estada em Caracalla, as horas eram vazias. Logo, pegou o hábito de convidar Numa para comer com ele, pois, como o repreendia Maria, ele não sabia nem fritar um ovo, enquanto o outro se virava muito bem na cozinha, preparava principalmente frango assado, que se comia com farofa.

Porém, Numa se tornou indispensável para Pascal não apenas por causa da culinária mas também por causa das histórias que o distraíam. Eram inesgotáveis. Nas quintas, quando confiava seu táxi a um mecânico encarregado de consertar todos os pequenos problemas que apareciam, tinha tempo livre. Assim, desde a manhã até a noite, ele se abria para Pascal:

— *Lan mizè pa dou*, assim dizia uma amiga de minha mãe que era haitiana. A miséria transforma o cérebro, bem como o coração. Ela faz de você um bicho que não pensa em mais nada a não ser em encher a barriga. Nunca vi um homem do lado da minha mãe. Ela não era, sejamos francos, uma mulher bonita. Suponho que eles tinham um pouco de vergonha e não se deitavam com ela mais do que uma vez, quando a noite caía. Mesmo assim, ela fez dez filhos. Para alimentar todas essas bocas, ela encontrou um trabalho, nada brilhante, sem dúvida, na limpeza urbana. Ela escovava os bueiros das ruas com uma vassoura de crina de cavalo. Daí vem o apelido que os alunos nos deram na escola: *zobalai*. Não ligávamos, porque tudo o que importava para nós era encher a barriga, de água se necessário, porque não tínhamos muito o que engolir. Nada de café da manhã. Somente um almoço. Roubávamos tudo o que encontrávamos, tudo o que nos caía nas mãos. Aos treze anos, entrei pela primeira vez na cadeia e, de certa maneira, não saí até minha maturidade. Roubos, tráfico de droga, violência, passei por tudo isso.

— Como conheceu meu pai? — perguntou Pascal.

— Foi bem mais tarde, bem mais. Eu vivia com Rosy. Ela estava grávida do nosso segundo filho, mas a vida nos escondia reviravoltas amargas: eu não sabia que aquele bebê nunca veria o dia e que Rosy morreria no parto, de uma febre puérpera. Eu me encontrava completamente sozinho com uma criança nos braços. Uma criança que logo fez como eu: roubava, traficava droga quando não estava jogando futebol. Eu já lhe disse, foi seu pai que o pegou pela mão e que o fez ser médico.

Pascal insistia:

— Você acredita que o meu pai tinha uma origem divina? Acredita que ele era o que dizem?

Numa olhava Pascal nos olhos e dizia:

— Seu pai era fora do comum, ele queria impor um outro ritmo para o mundo.

Pascal teria gostado de uma resposta mais definitiva.

*

Uma manhã, antes das sete horas, Numa, com um ar atordoado, invadiu o quarto de Pascal.

— Aconteceu uma coisa terrível — murmurou ele. — Venha comigo.

Eles chegaram até a rua, cheia de gente. Os mais ousados abriam caminho com a buzina de suas bicicletas e motos. Para onde iam?, questionou-se Pascal. Ele não teve coragem de perguntar a Numa, que, com a cara fechada, estava um pouco adiante.

Logo, eles chegaram na praia de Buena Vista. Naquela hora não havia nenhum banhista, o mar ainda estava brumoso. Uma multidão imóvel observava um objeto que repousava sob as amendoeiras. Com o coração preenchido por um estranho pressentimento, Pascal abriu caminho a cotoveladas, até chegar na frente. Uma criança, um menininho, jazia na areia. Estava vestido com um short azul-marinho, nada mais. Seus olhos estavam fechados, mas sua boca, aberta.

Com um estremecimento em todo seu ser, ele reconheceu Amin. O pequeno Amin que o deixara alguns dias antes. Sem conseguir evitar, Pascal caiu na areia. Os olhos cheios de lágrimas, enquanto seu peito era tomado por soluços rascantes. O que teria acontecido com Aminata e Saliou? Se não estavam junto de seu filho, deviam ter desaparecido no fundo do mar.

Ao seu redor, as pessoas se agitavam, se cutucavam e cochichavam. As palavras mais desconcertantes circulavam: fazia alguns dias que o tempo andava bem ruim, isso era consequência de uma ventania que arrastou galhos de árvores e deixou o mar bravo. O barco dos imigrantes devia ter naufragado. Mas quando a municipalidade de San Isabel despachou um exército de mergulhadores e de equipes de resgate para localizar os possíveis destroços, eles não encontraram nada. Nada de nada.

Pascal nem soube quem o levou para casa, provavelmente foi Numa, pois ele mesmo não tinha forças e suas pernas pareciam de algodão. Então Amin, a quem ele tanto amava involuntariamente, estava morto.

Ele, que nunca tivera filhos, que nunca desejara ter filhos, estava inconsolável como um pai.

A morte de Saliou, Aminata e Amin causou grande estardalhaço. O naufrágio apareceu na primeira página de todos os jornais europeus e até mesmo nos da América do Norte e do Sul. Drama como aquele ilustrava o sofrimento dos imigrantes, o terrível destino que os abatia. Em vez de encontrar um trabalho e uma vida decente, eles encontravam a morte.

Um dia, quando Pascal passava o aspirador tristemente, encontrou um pequeno carrinho de madeira escondido debaixo de um dos móveis: era mesmo um brinquedo que tinha pertencido a Amin. Ele chorou durante todo o dia e uma parte da noite. Um sentimento de culpa pesava sobre ele. Parecia que era o responsável pela morte daquele inocente. Percebeu que desgraças maiores que as dele existiam no mundo, ele que nunca conhecera a pobreza, a miséria que obriga a deixar o país onde se nasce e que destrói a pessoa por completo. Amin nunca seria um médico e nunca encheria o coração de seu pai de alegria e orgulho.

Quando tentou voltar aos seus escritos, eles lhe pareceram sem sentido. O que queria provar? O mal estava no coração do homem. O homem não tinha pior inimigo do que ele mesmo. Para que serviam as revoluções políticas? Do que adiantavam as ideologias? Para encontrar uma resposta para essas questões que não paravam de lhe atormentar, passeava pela orla do mar. O mar sempre teve uma influência apaziguadora sobre ele, dando-lhe a impressão do infinito e um senso de sua vulnerabilidade.

Ele telefonou para Espíritu e pediu para que este viesse encontrá-lo, pois se sentia completamente perdido e não sabia mais o que fazer em San Isabel. Espíritu, que não parecia nada tocado pela sorte dos imigrantes, pediu a ele que fosse para Recife. Pascal hesitou por muito tempo. Estava tão frágil que Numa ficou preocupado e o convidou para jantar na casa de seu filho, Augusto.

*

Augusto morava na Fundação Corazón Tejara, em um apartamento mal mobiliado e bagunçado, pois ele era pai de seis crianças agitadas, seis meninas. Ele sempre desejou um menino, mas sua mulher, Lisa, temia que a sorte não lhes sorriria nunca. Ela recusava a previsão das videntes que, conforme o formato da barriga, asseguravam que, daquela vez, ela daria à luz um menino. Lisa vinha da Guiné Bissau. Augusto a tinha conhecido em Lisboa, onde ela também estudava medicina.

O jantar foi agradável, pois Pascal adorava a culinária brasileira. Gostava principalmente de caititu, uma variedade de porco de carne saborosa e perfumada. No fim do jantar, como ele tinha se deixado levar e tomado muitos copos de Frontera, único jeito de encontrar equilíbrio naquelas circunstâncias cruéis que atravessava, se encorajou e, olhando Augusto nos olhos, perguntou:

— Nunca falamos disso. Você nunca me disse o que acha do meu pai. Creio que ele teve grande influência na sua vida.

Augusto colocou a fruta que descascava de volta em seu prato e, com os olhos brilhando, declarou:

— Para mim, ele era um deus. Foi ele quem me deu o desejo de um outro mundo, mais justo, mais tolerante, onde as pessoas não seriam julgadas por sua aparência.

Pascal insistiu:

— E agora, hoje em dia, o que pensa dele? Você acha que ele está morto?

Augusto respondeu com fervor:

— Ele não morrerá nunca, suas palavras e suas ações estão gravadas nos corações.

Pascal se prometeu uma coisa: ao chegar a Recife, pediria a Espíritu alguns esclarecimentos sobre a missão que acreditavam que ele tinha e as informações precisas que o outro sempre se recusava a dar. Quando telefonou pela segunda vez, do outro lado da linha, Hermenius informou que Espíritu não estava lá.

43.

"Este papel vazio com seu branco anseio", foi o que Stéphane Mallarmé escreveu, não é? Pascal estava jogado em sua poltrona, diante do computador, como sempre incapaz de encontrar um pensamento para escrever, quando a campainha da porta soou. Quem vinha numa hora daquelas? Não era quinta. Numa estava trabalhando. Naquele instante, ele devia estar transportando donas de casa carregadas de compras, que voltavam dos vários mercados da cidade.

Sem entusiasmo, cruzou o jardim, admirando a contragosto os canteiros de flores coloridas e as cercas vivas bem podadas que o jardineiro havia cuidado. Atrás da grade, uma verdadeira delegação o esperava: cerca de vinte homens e mulheres de idades e jeitos diversos, desde a jovem atraente enfiada num agasalho branco brilhante até a vovó obesa apoiada numa bengala.

Foi um homem com cabelos grisalhos cortado à escovinha que começou a falar:

— Não queremos incomodar. Temos um problema importante para resolver e queremos contá-lo a você. Eu me chamo Juan Bastos — disse ele com um sorriso largo.

Ele falava um francês lento e precioso ao mesmo tempo, como fazem aqueles que se exprimem em uma língua estrangeira.

Pascal acompanhou o grupo até a casa, onde foi procurar cadeiras na sala de estar, mas, quando voltou, a maioria da delegação estava sentada no chão do pátio mesmo.

— Nós viemos juntos — retomou Juan Bastos — para lhe provar que nossa associação é importante. Ela carrega um nome que você conhece sem dúvida, aquele de um célebre músico argentino: Atahualpa Yupanqui.

Pascal não ousou admitir que nunca tinha ouvido falar daquele músico, e o outro seguiu:

— A maioria de nós não entende francês.

Pascal fez um gesto que significava que aquilo era um detalhe sem importância.

— Parece que os pais do pequeno Amin trabalhavam aqui com você e que você considerava a criança como um filho.

Aquela afirmação não era um exagero e Pascal não contradisse seu interlocutor.

— A associação Atahualpa Yupanqui pediu que o município cedesse um terreno com o objetivo de erguer uma lápide para que o triste incidente da morte de Amin não seja esquecido jamais. Porém, o município recusou o pedido, alegando que esse monumento poderia prejudicar a beleza turística de San Isabel.

Pascal perguntou chocado:

— Como está a relação de vocês com o município?

O homem fez beicinho:

— Nada boa desde a eleição do novo prefeito. É um homem de direita que sempre está metendo o bedelho nas nossas coisas. Assim decidimos circular um abaixo-assinado que contabilizaria aqueles a favor do nosso projeto. Gostaria de assinar? Seu nome trará um peso inegável.

Se fosse só isso. Pascal fez um sinal afirmativo e assinou os papéis que lhe entregaram. Depois, para festejar o acontecimento, foi até a cozinha procurar uma garrafa de Frontera. Infelizmente, a maioria de seus visitantes não consumia álcool e a coisa terminou rápido.

Quando estava indo embora, Juan Bastos deixou escapar:

— Eu agradeço muito o seu acolhimento. Você é o filho digno do seu pai.

O filho digno do meu pai..., pensou Pascal, ao fechar o portão. Ele merecia aquele elogio?

Contou para Numa a visita matinal e o amigo não escondeu sua alegria. Na verdade, ele não compreendia por que Pascal tinha decidido deixar San Isabel e voltar ao seu país.

— Você poderia se tornar presidente de honra dessa associação — propôs Numa. — Há tantas coisas para fazer desde que a administração municipal mudou.

A visita da associação Atahualpa Yupanqui deu a Pascal uma coragem que ele não esperava ter: a coragem de voltar ao lugar onde o pequeno corpo de Amin fora encontrado algumas semanas antes. Até então ele não havia conseguido, a dor o impedia.

À tarde, quando ele decidiu voltar para lá, o céu estava baixo e encoberto. O mar suave e azul acinzentado se alastrava como uma lápide. Para sua surpresa, o lugar quase parecia um parque de atrações. Uma multidão de turistas corria de um lado para o outro. Uns clicavam sonoramente com suas máquinas fotográficas, famintos por aquela lembrança obscena, outros rezavam. Uma mulher estava ajoelhada com os braços abertos em cruz. Uma outra tinha as mãos juntas e chorava copiosamente. Durante esse tempo, um adolescente pedalava e pedalava em seu triciclo, oferecendo raspadinhas dos seguintes sabores: xarope de amêndoa, xarope de menta e granadina.

Pascal não conseguia se curar daquela tragédia, *essa tragédia que não tem perdão*, como disse Albert Camus, *a morte de uma criança*. Se sentiria culpado por toda a sua vida. Com esse pensamento doloroso se somava, fazia algum tempo, uma revolta: quem era o responsável por tanto sofrimento e desperdício? Não eram Aminata e Saliou, certamente, eles queriam dar ao filho a vida que sonhavam. Não, o responsável por este crime, é preciso assumir, era outro. Esse crime vinha de uma vontade mais elevada, era um capricho de um ser cujos caminhos são impenetráveis. A cada dia que passava, pensamentos como aquele o torturavam. Ele se lembrava do sarcasmo de Awa:

— Você é o filho de um assassino.

Ele tinha tomado suas palavras como uma piada de mau gosto. Mas, cada vez mais, percebia sua exatidão. Com o coração pesado, ele voltou lentamente para casa.

Estava em seu terceiro copo de Frontera quando Numa o interrompeu, muito animado. Ele tinha uma grande novidade para anunciar: Lisa tinha dado à luz, e desta vez, era mesmo um menino. Ao ouvir aquela novidade, o coração de Pascal se encheu de desgosto e de uma espécie de raiva: o criador se dedicava a jogos nojentos, ele tirava com uma mão o que dava com a outra. Amin estava morto, mas Augusto e Lisa tiveram um filho.

Os dois entraram em casa e foram jantar, Numa tinha trazido um cozido de coelho e um purê de castanhas. Eles se sentaram à mesa e ligaram a televisão. Pascal olhava as imagens sem ver, quando um pensamento repentino e brutal atravessou sua mente. Onde estava com a cabeça? O que ele tinha feito com a pequena caixeta vermelha que Espíritu havia dado a ele? Não tinha dito quando lhe entregou: "Se precisar de mim, aperte-a e eu responderei assim que você chamar." Correu até o primeiro andar, onde ficava seu quarto e, numa gaveta da cômoda, entre borrachas, canetas Bic e um compasso, encontrou o objeto tão desejado. Apertou-o com todas as suas forças.

Infelizmente, um dia, dois dias, três dias, uma semana inteira se passou sem que Espíritu respondesse ao chamado. Aquele silêncio que não compreendia inquietava Pascal. Ele precisava, impreterivelmente, ter uma conversa com Espíritu em Recife, antes de voltar ao seu país.

Numa e ele não paravam de brigar por causa desse assunto. Numa repetia:

— Por que não fica aqui com a gente? Eu não canso de dizer: o novo prefeito quer destruir tudo o que tentamos construir. Por exemplo, ele está cobrando aluguel de quem mora na Fundação Corazón Tejara e aumentou o preço de todos os serviços públicos.

Pascal fazia ouvidos moucos, Numa não se deixava abater, mas isso não tardou a acontecer.

Uma noite, já tarde, Pascal recebeu a visita de um homem que não reconheceu de início: era Juan Bastos.

— Eu tenho duas notícias para lhe dar — disse ele —, uma boa e uma ruim. Qual das duas você quer ouvir primeiro?

Pascal sorriu:

— Comece pela ruim, se quiser.

— A prefeitura se recusou a nos dar o terreno que desejamos, aquele que esperávamos.

— E a boa? — perguntou Pascal.

— Por outro lado, nós o elegemos presidente de honra da nossa associação. Olhe a lista de todos aqueles que exprimiram o desejo de que você fosse nomeado.

Pascal sacudiu a cabeça e declarou com firmeza:

— É uma pena pois já decidi encontrar meu tio em Recife no fim de semana e não penso em voltar a San Isabel.

Decepcionado, Juan afundou numa cadeira e Pascal, tocado com aquele desespero, mesmo contra sua vontade, perguntou-lhe, voltando às suas preocupações essenciais:

— Você conhecia bem o meu pai, não é?

— Não pessoalmente — respondeu Juan —, ele era muito mais velho do que eu. Ele saiu da faculdade de medicina quando eu entrei. Mas li muito a seu respeito. Sabe, nós, homens latinos, não fomos criados para respeitar as mulheres. A princípio, Corazón Tejara ficou famoso pelo número de suas conquistas. Ele não fazia diferença, filhas de família de bom berço e abastadas, prostitutas, empregadas domésticas, mulheres jovens, velhas. Então, um dia, um sonho revelou a ele o caráter desprezível de sua conduta, enquanto um anjo lhe anunciava que a próxima mulher que ele seduziria lhe daria um filho que deixaria o mundo maravilhado.

— Um anjo anunciou... — comentou Pascal, num tom zombeteiro — ...é uma anunciação às avessas essa que você me conta: eis que ao pai, e não à virgem amedrontada, um anjo vem dar as boas-novas. O que faremos com todos os quadros intitulados *A anunciação à Maria*?

Os dois caíram na gargalhada, unidos por uma repentina cumplicidade.

Houve um silêncio, depois Pascal retomou:

— Na sua opinião, Corazón Tejara era mesmo o que dizem dele?

— Tudo depende — respondeu Juan — daquele que fala. Para uns, é um agitador social que o governo deveria ter posto na prisão, o que aconteceu quando fez uma breve incursão ao Ministério da Saúde. Para outros, é um benfeitor, eu até diria um deus.

Pascal não se atreveu mais a insistir e os dois tomaram um copo de Frontera antes de se separarem. Assim que seu interlocutor foi embora, Pascal sentiu certa alegria. Então, alguns consideravam Corazón Tejara um deus. Talvez eles tivessem razão e isso justificava todos os problemas que tinham revirado sua vida.

44.

De San Isabel a Recife, a distância era curta, menos de duas horas. No entanto, o corredor entre a ilha e o continente é constantemente percorrido por ventos violentos que são o pesadelo de qualquer piloto. Por sorte, fazia um tempo muito bom naquele dia. Diante do sol cintilante que dourava as nuvens. Pascal de repente se sentiu cheio de um calor, como se a vida, que tinha há muito tempo desertado, lhe retornasse. Parecia que o fiasco de sua estada em San Isabel, vindo depois do fiasco de Caracalla, não se repetiria.

A tarde chegava ao fim quanto eles pousaram no aeroporto de Recife. Infelizmente, Espíritu não estava lá para recebê-lo. Ao redor de Pascal, encontravam-se apenas aduaneiros, policiais indiferentes e viajantes apressados, empurrando suas malas. Ele entrou em um táxi e foi até Mangistu.

Lá, as portas e janelas da bela mansão, que tanto o surpreenderam em sua primeira visita a Recife, estavam fechadas. O lugar parecia deserto. O que teria acontecido? Em sua incompreensão, foi bater na casinha do jardineiro. Ele saiu gentilmente para recebê-lo, mas aquele varapau falava francês muito mal e não podia ajudar. Perguntava-se o que teria acontecido, quando os dois empregados de Espíritu, Margarita e Hermenius, apareceram no jardim.

Pascal gritou:

— Meu tio não estava no aeroporto!

Eles não pareciam surpresos e não responderam nada, se limitando a pegar a bagagem e ir em direção à casa. Enquanto Hermenius abria a porta de entrada, Pascal contou:

— Escrevi ao meu tio para avisar sobre a minha chegada. Então, onde ele está? Vocês não sabem?

— Não, não sabemos de nada. Ele sumiu faz um mês sem dar qualquer notícia — disse Hermenius.

Pascal teve certeza de que o empregado estava mentindo e comentou um pouco para si mesmo:

— As pessoas não desaparecem assim. A polícia serve para isso. Ele morreu, está ferido, doente?

Hermenius repetiu:

— Não sabemos de nada, juramos.

Pascal pôs as mãos na cabeça.

— É a mesma coisa que aconteceu com meu pai. Eu nunca soube o que tinha acontecido com ele. Meu tio Espíritu me deu declarações contraditórias.

Hermenius disse:

— Você quer que falemos com a polícia?

Pascal fez um gesto de negativa, pois sentia que se deparava com um mistério que a intervenção policial não seria capaz de resolver.

Naquela ocasião, ele descobriu, sobre o baú da sala de jantar, uma pequena pilha de cartas endereçadas a ele. Desconhecidos escreviam para pedir ajuda e explicar seus mais diversos problemas: os proprietários da casa em que moravam os tinham expulsado, pois não podiam mais pagar aluguel; estavam doentes e não podiam ir ao hospital, pois o valor que deveriam pagar era muito alto; seus filhos tinham sido jogados na prisão arbitrariamente e espancados até a morte... Ao folhear todas essas cartas de desconhecidos, um sentimento inesperado encheu o coração de Pascal. Sim, o mundo era ruim, mas como torná-lo um lugar melhor? A carta que mais chamou sua atenção vinha de Maria, que tinha o costume de enviar as notícias da Arca da Nova Aliança.

Era um boletim em que os jornalistas faziam elogios a Judas Éluthère, pouco depois de sua nomeação ao posto de ministro da Coesão Social. Pascal primeiro ficou pasmo, depois entendeu o jogo do presidente: ele queria dar um grande golpe, quis homenagear um país obscuro ao escolher um de seus filhos como um ministro importante. A foto de Judas Éluthère, bonito como um astro, espalhava-se por todas as páginas do pequeno diário de notícias.

Foi depois das nove horas da noite que Margarita saiu da cozinha e apresentou uma salada saborosa que ela havia preparado às pressas. Os três comeram juntos, sem apetite, cada um absorto em seus pensamentos. Ao fim daquela modesta refeição, Hermenius disse:

— Nossa casa fica do outro lado da rua. Se você precisar de alguma coisa, não hesite em bater na nossa porta.

Não restava mais nada a Pascal, a não ser subir e ir para o quarto que tinha ocupado na sua primeira estada.

Foi nessa hora que aconteceu algo cuja natureza jamais saberemos exatamente. Era um sonho, uma visão, um pedaço da realidade? Pascal não saberia nos ajudar nesse ponto, pois era incapaz de distinguir sua verdadeira natureza.

Diferentemente de seu desaparecimento anos antes, não foi uma lacuna da qual não conseguia se lembrar; ao contrário, ele guardou na memória os menores detalhes daquela estranha conversa.

A noite caía, escura e assustadora como no coração de uma prisão. Ele foi até a sacada. Por quê? Simplesmente porque estava muito quente dentro de casa. Filetes de suor corriam por seu peito encharcando seu pijama.

Abruptamente, ouviu um barulho de motor mas não viu nada. Depois Espíritu apareceu, saído das sombras, com seu eterno sorriso sarcástico retorcendo seus lábios bem apertados enquanto que a protuberância que ele tinha nas costas — era uma corcunda? — tinha desaparecido. Ele parecia mais jovem e mais disposto, com os cabelos cuidadosamente penteados, uma barba bem aparada lhe cobria o queixo.

— Enfim você! — exclamou Pascal num tom de reprimenda. — Por onde andou? Não ouviu meu chamado que significava que eu precisava urgentemente de você?

Espíritu afastou as reprimendas com um gesto.

— Você ainda está falando dessa história dos imigrantes? Você já é bem grandinho para se virar sem mim e saiba que antes de tudo eu preciso obedecer ao seu pai e satisfazer todas as demandas dele. Vou aonde ele quer que eu vá, onde ele precise de mim. Eu desapareço, reapareço de acordo com os desejos dele. Apesar disso, você não deve duvidar jamais do meu carinho por você.

— Você pode me explicar — insistiu Pascal — para onde meu pai manda você e o que ele ordena que faça?

— Não, eu não posso dizer nada sobre isso, tudo depende do momento. Já lhe disse diversas vezes o que penso: o mais belo presente que foi dado ao homem é sua liberdade, liberdade de agir, de sonhar e de interpretar, cada um de acordo com a sua verdade.

Pascal perguntou sério:

— Você não ignora a morte do pequeno Amin?

Ele respondeu:

— Você sabe o que eu penso sobre a morte, é uma palavra que tem um significado diferente para cada um. Quando a usa, você dá sua própria versão dos fatos, isso é tudo!

Espíritu pareceu triste.

— Eu vou repetir que você já é bem grandinho para depender de mim.

— O que isso quer dizer? — gemeu Pascal. — Não posso mais contar com a sua ajuda?

Neste momento, Espíritu lhe deu um abraço carinhoso e desapareceu abruptamente assim como apareceu. Logo se ouviu um barulho de motor.

Pascal ficou arrasado. Mais uma vez não tinha entendido nada das palavras de Espíritu. Não conseguiu pregar os olhos durante a noite, e, pela manhã, tinha um gosto ruim na boca.

Perto do meio-dia, saiu e, mecanicamente, se enfiou no coração da cidade. É uma coisa complexa guardar as cidades na memória, pois elas são compostas de bairros diferentes, até díspares, e não têm uma identidade homogênea. Uma cidade é um pouco como um ser humano, tudo depende do humor e das disposições daquele que se aproxima. Uns se lembram dos bairros bonitos, como diria Aragon: casas luxuosas, calçadas largas e bem pavimentadas; outros preferem as áreas ditas pitorescas, aquelas que datam da época em que a cidade era um ajuntamento de casinhas, uma vila de pescadores onde nada previa a forma que teria no futuro, o esplendor que alcançaria. Por fim, outros preferem bairros de negócios, austeros e retilíneos, como certos bairros de Paris, redesenhados por Haussmann.

Pascal se dirigiu novamente às favelas. Favela: primeira palavra que ele conheceu em português. Como uma cidade tão bonita e tão altiva quanto Recife tinha permitido, em seu seio, o nascimento e o desenvolvimento de tal chaga? Mercados voltados para a venda de ébano e a comercialização de açúcar, as cidades de Fond-Zombi e de Porte Océane, que ele conhecia desde pequeno, não tinham permitido jamais tamanha indignidade. Além disso, a beleza natural sempre corrigia a possível feiura dos lugares.

Como Jean-Pierre e Eulalie não pensavam em mais nada a não ser em ganhar dinheiro e nunca tiravam férias, no verão, Pascal andava com bandos de meninos desocupados como ele. Sempre procurando algo para aprontar, eles enchiam as ruas com seu perigoso ócio; mas não importava o quanto circulavam pela cidade, nunca encontravam nada verdadeiramente feio. Bastava chegar à beira-mar para se deslumbrar.

Um ano, ele foi passar as férias na casa de seu amigo Marcel, cuja família, das mais pobres, morava em uma vila de pescadores. Havia o mar, sempre o mar. Ele se encontrava lá de manhã, desde a hora em que abriam os olhos, coberto de uma espuma branca e desfilando os primeiros enfeites do dia em um azul muito suave. Conforme as horas passavam, ele ia se tornando mais colorido. Às vezes, as ondas surgiam do fundo do horizonte e quebravam fazendo valsar as canoas que se aventuravam por lá. Como ficar sem aquele odor de salmoura e de mar aberto que falava de horizontes distantes? Pascal não tinha percebido a que ponto era apaixonado por seu país, por seus contrastes, suas mudanças.

45.

Depois de errar demoradamente pela favela, Pascal quis recuperar o fôlego e se sentou em um dos bancos de uma pracinha de onde se erguiam magníficas figueiras. Ao seu lado, meninos jogavam bolinhas de gude. Quando era pequeno, ele adorava jogar bolinha de gude. Agora, aquele tipo de brincadeira tinha sido deixado de lado; o computador era o rei, o mundo se dividia em dois, aqueles que tinham acesso à internet e aqueles que não tinham.

De repente, se deu conta de que estava faminto. Eram quase três horas da tarde. Ele se levantou e foi procurar um restaurante. Encontrou, não muito longe, uma lanchonete que não era lá grandes coisas e se chamava: "Tem boa carne". Infelizmente, estava lotada. Homens e mulheres se aglomeravam diante de uma tela de televisão gigante enquanto os mais agitados se sacudiam ao som da música que saía de uma *jukebox*. Na parede, um retrato de uma mulher que ele não sabia o nome, assinado por um tal Waldomiro de Deus, sorria com todos os dentes e parecia acolher calorosamente os convidados.

Ele estava de saída quando um garçom pegou em seu braço de um modo muito familiar.

— Venha — disse ele —, vou ajudá-lo a encontrar um lugar.

Ele conduziu Pascal a uma mesa onde uma jovem passava batom vermelho, olhando em um espelhinho de bolso.

— Você já vai sair, Soledad? — perguntou ele.

— Só um minutinho e já vou. — Ela sorriu.

Meu Deus, como ela era bonita, com sua tez de fruta tropical, os olhos negros como ágatas e seus cabelos cacheados, que arrumava graciosamente! Pascal sentiu despertar nele um sentimento de atração que nunca tinha sentido antes. Enfim, *nunca* é um pouco demais! Contudo, essa desconhecida o fez esquecer de uma vez só as mulheres que tivera em seus braços antes, e seu encanto agiu sobre ele como um ímã. Ele a viu partir, atravessar o restaurante com seu passo ao mesmo tempo miúdo e resoluto, sentindo uma estranha nostalgia. Sentou-se e pediu com tristeza uma feijoada e um copo de cerveja.

Quando foi embora do restaurante, deu a volta no bairro, cheio de gente e sem grandes belezas. Avistou um cinema onde passava um filme antigo que ele adorava. A sala estava metade vazia, fora uns adolescentes que se beijavam e se apalpavam nos assentos. A faísca dessa pequena paixão, que ele não tinha esquecido, produzia o mesmo prazer de outros tempos. Pascal sempre amou o cinema. Quando era criança, passava horas lá, matando as aulas de matemática. À noite, imerso em seus devaneios, não falava nada nem com Jean-Pierre nem com Eulalie.

Quando saiu, depois da sessão, a noite começava a cair. A luz dos postes começava a se acender. Uma humanidade miserável conversava pelas calçadas. Inútil procurar um táxi em tal ambiente. Pascal decidiu tomar um ônibus. Quando voltou pela calçada, passou por uma moça cujos traços lhe pareceram familiares. Soledad, sim, era ela. Ele correu bastante para alcançá-la e gritou:

— Decididamente, o destino não quer que nos separemos!

A moça o avistou, primeiro sem o reconhecer, depois seu rosto se iluminou.

— Você! — exclamou ela. — Eu moro aqui na frente, quer tomar um café?

Soledad morava no quinto andar de um prédio sem elevador, que não tinha uma boa aparência, e abriu a porta de um pequeno apartamento sem beleza nem conforto, onde algumas cadeiras ficavam ao redor de uma mesa baixa de vime. Pascal, que tinha a impressão de estar vivendo um sonho, tirou seu casaco.

— Eu pensei ter ouvido que seu nome era Soledad.

Dentro de si, ele pensava que não havia nome mais mal escolhido, pois ele evocava a solidão e o isolamento enquanto aquela moça tão graciosa e tão atraente era provavelmente objeto de múltiplos desejos.

— De fato, me chamo Soledad Thébia. Sou da Guiana, é por isso que falo bem francês.

— Soledad, esse nome não combina nada com você — disse Pascal de modo galante.

— É que a vida — explicou ela — dá reviravoltas terríveis. Alguns meses antes de eu nascer, meu pai foi morto pela faca de um homem que ele acreditava ser seu irmão. Minha mãe teve que nos criar sozinha, eu, meus irmãos e irmãs. Sou a mais nova, é por isso que ela me deu o nome de Soledad.

Pascal já tinha ouvido narrativas parecidas, mas nunca pronunciadas por uma voz tão encantadora. Soledad revelou ser cantora, profissão ingrata, disse ela, pois, no mundo em que vivemos, a arte não se paga e é preciso se preocupar principalmente em encontrar patrocínio.

Na verdade, devemos esclarecer que Soledad mentia quanto àquele ponto. A pobreza tinha feito com que ela deixasse a Guiana, junto com sua família, para vir ao Brasil, onde encontrou uma única possibilidade: vender o corpo. Felizmente, sua beleza tinha permitido que atraísse clientes e constituísse uma rede generosa que a autorizava a levar uma vida honrada.

Claro que Pascal não duvidou do que dizia Soledad. Quando terminaram de beber seus cafés, caíram nos braços um do outro. A expressão significa bem o que ela quer dizer. Nenhum dos dois soube explicar o que os tinha conduzido a se enlaçar tão abruptamente e a fazer amor mal se conhecendo. Foi um encadeamento de gestos que não queriam fazer conscientemente, uma sucessão de palavras que eles não tinham a intenção de pronunciar. Encontraram-se de repente um apertado contra o outro, Pascal respirando o perfume de Soledad e sussurrando palavras que ele era incapaz de reivindicar.

A noite tinha caído quando enfim se separaram. Soledad olhava Pascal com incredulidade, pois ela só estava habituada a fazer o amor sob cobrança. O que a tinha encantado naquele homem, que não era tão bonito, nem mais sedutor que os outros? Um rosto agradável, sem mais, um torso quadrado, cabelos cacheados, ou melhor, encaracolados, uma tez marrom?

Com um riso, ela deslizou para fora da cama. Pascal, olhando-a pelo cômodo, completamente nua, com suas nádegas empinadas, suas pernas intermináveis e mamilos negros em seus seios, estava convencido de que sonhava. Não estaria recebendo da vida o melhor dos presentes? Por que complicar a existência com questões para as quais era incapaz de encontrar respostas, como construir um mundo mais harmonioso? Como extirpar o desejo de fazer o mal do coração dos homens? Ele não conseguiria sozinho.

Soledad tirou do armário dois copos e uma garrafa cheia de um líquido âmbar.

— É um licor que minha mãe fez — explicou ela —, com gengibre e álcool.

Pascal esvaziou seu copo com aquela nova impressão de estar no sétimo céu, de ser todo-poderoso.

— Eu tenho que ir embora na quinta — sussurrou ele num tom de desculpas —, essa viagem estava prevista há muito tempo e não posso desmarcar, mesmo querendo, mesmo tendo a conhecido. Você vem me ver? Algumas pessoas acham que minha pátria não é um país. Além do mais, só falam dela quando acontece um ciclone ou uma catástrofe natural. Hugo a destruiu completamente. Katrina e Maria a pouparam milagrosamente. Mas eu a amo, apesar de tudo. É como uma criança que se recusa a perguntar coisas para sua mãe. Será que ela é feia? Será que ela é gorda demais? Sua pele está murcha?

Soledad assentiu:

— Sim, eu irei vê-lo se você me pedir, mas eu não tenho muito dinheiro, tente me conseguir um contrato de cantora, algo do gênero.

Pascal prometeu tudo que ela queria, sem conseguir se desfazer da impressão persistente de não merecer o presente que a sorte lhe dava enfim.

Pascal passou os dias que se seguiram com Soledad, trancado em seu pequeno apartamento sem charme nem conforto. Ela o apresentou para uma de suas irmãs que cantava antigas canções de John Lennon, por quem, como ele, nutria uma paixão sem igual: *Imagine there's no countries*. Ela o apresentou a um de seus irmãos e à sua mãe, que vendia raízes no mercado e só se deslocava com uma cadeira de rodas. Quando viu o velho rosto enrugado, uma onda de carinho invadiu o coração de Pascal. Acariciou as pernas disformes e inchadas e ordenou com doçura:

— Levanta e anda.

Com isso, a velha atravessou a praça com um passo claudicante. Alguns dizem que este foi o único milagre que Pascal conseguiu fazer, outros teriam causas mais ou menos confusas.

Depois desse acontecimento, Pascal teve que confiar a Soledad as histórias que corriam sobre sua origem. Ela o escutou com seriedade.

— Eu já ouvi falar muito dos Tejara — comentou ela. — Eles deram seu nome a hospitais, creches, escolas. São mecenas. Mas dizer que têm natureza divina é um pouco demais!

Então soltou uma gargalhada.

— Observe, você é bonito demais para ser um deus!

Inútil dizer como essa conversa terminou. Soledad voltou ao assunto algumas horas depois:

— Ninguém vai conseguir mudar o mundo — disse ela. — Em vez de nutrir esses pensamentos na cabeça, se contente em me amar, pois foi o bom Deus que me colocou no seu caminho.

Sem dúvida, ela tinha razão.

46.

O aeroporto particular Sangue-Grande levava o nome de uma revolta de escravizados que tinha acontecido naquele lugar, a mais sangrenta das rebeliões que já houve. Em uma única noite, dezenas de guardas foram massacrados, enquanto não se fazia ideia do número de escravizados que encontraram a morte. Os senhores ocidentais, para superar esse motim, tiveram que apelar aos franceses, que governavam com punho de ferro o território vizinho da Guiana. Alguns historiadores afirmam que o caráter violento dessa rebelião foi uma das causas da abolição da escravatura decretada no Brasil alguns meses depois.

Pascal tinha um encontro com o jovem piloto Antonio, que fez a gentileza de aceitar levá-lo, mas tinha o coração dolorido de ter que deixar Soledad. Ela tinha prometido que iria vê-lo. No entanto, seria possível confiar naquelas palavras? Com um passo pesado, entrou no bar do aeroporto que abrigava também uma loja de lembrancinhas, com coisas dos mais inesperados países: China, Hong Kong, África do Sul.

Uma mulher gorda vendia até "pedras de lua" vindas da Etiópia, e que permitiam, segundo ela, voltar a acontecimentos passados.

Pascal, insensível a todas aquelas fantasias, estava arrependido de deixar Soledad e se perguntava se voltaria a viver um momento de amor como aquele que viveram juntos. Tinha a impressão de que nenhuma mulher antes dela provocara tamanho sentimento a ponto de fazer com que ele se confundisse sobre o sentido da vida. Quando chegava a hora de voltar para casa, sentia que não tinha tomado uma boa decisão. Repetiria as mesmas experiências sem parar, particularmente aquela de Caracalla? Durante um tempo, recuperar o anonimato parecia desejável a ele. No momento, havia chegado à conclusão de que não se contentaria com isso.

Demorou a reconhecer Antonio, pois ele usava um uniforme elegante azul-marinho, com grandes dragonas douradas, e um quepe de aba reluzente. Os dois se cumprimentaram com um aperto de mão e Pascal perguntou:

— Teve notícias do meu tio? Sabe onde ele está agora?

Antonio sacudiu a cabeça em negativa:

— Não, não tenho nem ideia. Sabe que Espíritu viaja pelo mundo. Aqueles que querem segui-lo perdem rapidamente seu rastro.

Pascal, incomodado, seguiu Antonio para fora e apontou para o céu escuro sobre suas cabeças:

— Do que ele nos ameaça? — perguntou, pois desde de manhã, o céu estava negro, percorrido por clarões, enquanto um vento violento sacudia os galhos das árvores.

Antonio respondeu com desenvoltura:

— Não é nada, é uma pequena coisa sem gravidade que logo vai sumir.

Pascal não tinha se esquecido do conforto e do luxo do jatinho particular que Espíritu possuía e subiu alegremente a passarela que conduzia a bordo.

*

Ele se incomodou quando Antonio tirou três grandes fotos de dentro de sua pasta. As três fotografias, que representavam Corazón Tejara, Espíritu e ele próprio, Pascal, tinham como legenda três nomes: Pai, Espírito Santo, Filho.

— Você é doido de jogar em mim essas porcarias! — gritou com raiva.

Mas Antonio se recusou a obedecer e disse com firmeza:

— Deixe-me fazer o que quero.

Depois se fechou em sua cabine.

Decolaram um pouco antes do meio-dia.

— Se acomode confortavelmente — recomendou Antonio —, vamos atravessar a Guiana, depois começaremos a descida na direção do seu país e aterrissaremos bem perto de Fond-Zombi. Temos mais ou menos sete horas de voo.

Pascal se aninhou em uma poltrona-leito e se enrolou num cobertor. Depois de alguns minutos, com o ronronar do motor ajudando, logo adormeceu.

Foi então que teve um sonho, um sonho dos mais estranhos: era noite escura, densa como o primeiro dia do mundo. No céu, Zabulon e Zapata se enfrentavam, fazendo nascer em cada um de seus gestos raios que pareciam chamas vorazes. Em uma gruta, um boi e um burro pastavam o feno espalhado na frente deles. Um recém-nascido dormia entre as patas do burro, que lambia docemente, com sua língua áspera, a cabeça do bebê. O recém-nascido era de uma beleza estonteante: uma pele bronzeada, os cabelos pretos e lisos como os dos asiáticos, uma boca redonda e polpuda como uma cereja. Poder-se-ia perguntar a que raça pertencia. Diziam que ele tinha não sei quantos sangues misturados.

A alguns passos dali, uma moça, sem dúvida a mãe que acabara de dar à luz, se lavava da melhor forma que podia com a água avermelhada de uma cabaça. Ela tinha levado talco e um grande pompom para a criança, para polvilhar todo o seu corpo, mas a dor e a tristeza que sentia a fizeram pensar em outra coisa. Ela só chorava. Uma música doce, celestial, poderia se dizer até que era uma melodia de Mozart, soava, vinda de algum lugar ignorado. De um instrumento escondido? Eram sons ao mesmo tempo melodiosos e queixosos que ressoavam misteriosamente. O sonho foi interrompido de forma abrupta.

O que tinha acordado Pascal? O calor, pois a temperatura estava de um forno. Sob sua cabeça, o travesseiro estava encharcado enquanto riscos de suor escorriam por seu peito. Ele jogou o cobertor longe, levantou-se rapidamente e, preocupado, correu para a cabine.

— O que está acontecendo? — perguntou a Antonio. — Por que esse calor?

— Não é nada — tranquilizou-o Antonio, que parecia muito calmo —, tive que desligar o ar-condicionado. Volte a dormir, eu garanto, não há nada a temer.

Quando souberam que estavam em grave perigo? Não saberemos jamais, pois as interpretações e análises desse momento diferem. O certo é que o avião mergulhou na mais profunda escuridão e caiu em Saint-Sauveur. Eram três da manhã. Pascal tinha trinta e três anos, a idade de Cristo.

Saint-Sauveur é uma grande vila de dez mil habitantes, sem nada de excepcional. Não se sabe exatamente a origem de seu nome. O mar que fica em seu entorno é cheio de peixes, basta levar a canoa a alguns quilômetros da costa para pescar atuns, bonitos e tubarões-brancos. Nas colinas ao redor, se cultiva um pouco de batata-doce, inhame e quiabo, sem contar as frutas das eternas bananeiras que crescem por toda parte. A cidade de Saint-Sauveur compreende um grupo escolar, uma mesquita, uma igreja, mas não há um hospital, nem consultório médico. Desde que o doutor Cassubie se aposentou, o jovem que o substitui percorre os quinze quilômetros entre Saint-Sauveur e Fond-Zombi, três vezes por semana.

Quando o avião caiu, alertados pelas chamas incandescentes que devoravam as mafumeiras de um bosque vizinho, quatro policiais metropolitanos, que ocupavam o quartel com suas mulheres e filhos, deixaram suas camas e foram correndo para fora, entraram no carro e providenciaram mangueiras de água. Em algumas horas, tinham conseguido apagar o incêndio, mas, de forma surpreendente, não encontraram qualquer vestígio humano entre os escombros. Não encontraram nada além de três fotografias intactas, apenas as bordas queimadas, representando três homens com a inscrição: o Pai, o Filho e o Espírito Santo.

De volta ao escritório, o chefe dos policiais enviou um relatório reportando esses fatos estranhos ao seu superior que ficava em Fond-Zombi. O assunto poderia ter terminado aí se o superior não fosse, pelo maior dos acasos, um membro da Nova Aliança. Ele logo informou a Maria os fatos estranhos que tinham se passado naquela noite e ela se inflamou. Apressou-se em informar os antigos discípulos de Pascal, Marcel Marcelin e José Donovo, desempregados após regressaram da metrópole, onde procuraram trabalho em vão.

Os discípulos correram para Saint-Sauveur e essa foi a primeira das peregrinações que a partir daquele momento se repetiriam a cada ano e seriam impressionantes. Logo eles mandaram construir uma capela no local do desastre e compraram à prestação dois barcos velhos de pesca de atum, cada um com capacidade para cerca de cinquenta fiéis.

Um evento importante aconteceu alguns meses depois quando Fatima voltou ao país. Ela batalhou muito: graças aos esforços do advogado que havia contratado, conseguiu eximir Pascal de qualquer responsabilidade no atentado que levara à morte de Norbert Pacheco. Doravante, o nome de Pascal estava completamente limpo.

*

No entanto, o dia mais radiante foi sem dúvida aquele quando Judas Éluthère veio assistir a uma cerimônia na capela. O ministro Judas Éluthère, sempre bonito, sempre vestido com esmero, não morava mais no país mas sim em um apartamento de seis cômodos na avenida Mozart, em Paris. As pessoas o viam frequentemente na televisão, recitando discursos polidos e bem articulados sobre o separatismo muçulmano. Os membros da Nova Aliança, presentes naquele dia, não puderam conter os aplausos e as lágrimas, quando ele fez o elogio ao falecido Pascal. Declarou que o homem tinha uma grande alma, como Mahatma Gandhi. Ele até ousou sugerir que o que se dizia era verdade: Pascal era o filho de uma divindade cujo nome nunca revelou.

Dali em diante, a Páscoa passou a ser marcada por uma importante peregrinação que juntava fiéis vindos do mundo inteiro. Saint-Sauveur, até então, uma cidade sem importância, se tornou um dos lugares mais importantes do país.

EPÍLOGO

No entanto, se as pessoas tivessem um cérebro para observar e olhos para ver, não teriam deixado de dirigir sua curiosidade a um certo casal, o casal Gribaldi. Quando tinham chegado a Saint-Sauveur? Ninguém se lembrava. De onde vinham? De um país situado no outro lado das águas, do Brasil talvez. Porém, nem o homem nem a mulher tinham o menor sotaque estrangeiro. Os dois falavam um francês dos mais correntes.

O casal morava em uma das mansões mais suntuosas de Saint-Sauveur, batizada de O Jardim do Éden. Entrava-se por uma larga alameda arenosa que se estreitava e desabava no mar onde Monsieur Gribaldi dava mergulhos com chuva ou vento, em quaisquer circunstâncias. Ele usava um traje de banho esquisito: uma espécie de vestimenta que cobria a cabeça e o tórax. É que tentava esconder uma terrível cicatriz que tinha do lado direito. A carne era despigmentada, rosada, amarfanhada e como se dali escorresse um líquido desconhecido.

O casal parecia não ter amigos. Uma empregada cozinhava e um jardineiro se ocupava da vasta extensão de terra por onde cresciam rosas Cayenne e rosas Tété Négresse, que Madame Gribaldi arrumava aos montes em vasos no salão e na sala de jantar. Essas duas flores são raras e custam os olhos da cara. No entanto, na casa dos Gribaldi, elas cresciam em abundância.

Monsieur e Madame Gribaldi eram os dois muito bonitos, mestiços, cujas proporções raciais não se saberia dizer. A mulher tinha a tez igual a uma fruta tropical, a pele macia e sedosa, os dentes cintilantes. De sua pessoa emanava um encanto um pouco ambíguo, talvez atraente demais, que sugeria que ela tinha vivido um passado tumultuado. O homem também era bonito, com seus olhos tristes de veludo e seu ar sempre questionador.

Madame Gribaldi era cantora. Monsieur Gribaldi não fazia nada da vida. Ele pensava. Claro, todo mundo pensa, desde que Descartes impôs sua célebre frase *cogito ergo sum*, penso logo existo. Ele derramava seus pensamentos sob a forma de livros, e os colocava à venda na livraria As Horas Estudiosas, mas ninguém os comprava: *Minhas experiências* tomo um, tomo dois e tomo três — enfim, tomo é dizer demais, pois cada um de seus opúsculos não passava de cem páginas.

No dia catorze de julho, eles abriam as portas de sua casa, porque nessa data se comemora um importante evento vindo da metrópole, mas também o dia do aniversário de Madame Gribaldi. Então, convidavam toda a gente dos bairros populares para quem ela cantava canções de Édith Piaf: *L'Hymme à l'amour. Je me ferai teindre en blonde. On peut bien rire de moi. Je ferais n'importe quoi si tu me le demandais.*

Quando cantava, ela acariciava com os olhos o rosto bonito de seu marido.

*

Um dia de maio, os Gribaldi desapareceram. Para onde foram? Perguntados, os empregados responderam que eles tinham ido para a Itália, para adotar uma criança, entre os inumeráveis pequenos imigrantes. Ao cabo de dois meses, eles voltaram ao país, segurando a mão de um garotinho de dois ou três anos de idade.

— É meu filho — declarou com firmeza Madame Gribaldi para quem quisesse ouvir.

A criança era bonita, tão bonita quanto os pais. Porém, não foi sua beleza que chamou a atenção de todos, foi a sua cor. Sendo de origem iritreense, ele era negro, preto piche, como se dizia vulgarmente. Intrigada, uma multidão compareceu na recepção organizada por Monsieur e Madame Gribaldi para apresentá-lo.

— Nós o batizamos de Alfa — declarou Monsieur Gribaldi —, pois queremos que ele seja o primeiro em todas as coisas.

Alfa? Sem dúvida, tratava-se da excelência daquela letra no alfabeto grego. Infelizmente, em Saint-Sauveur, as pessoas são pouco instruídas e não compreenderam a alusão. Torciam o nariz:

— Alfa? Não é um nome muçulmano? Não deveríamos ver aí uma amostra daquele separatismo condenado pelos altos escalões?

No entanto, os mais amargos logo tiveram outros motivos para se preocupar. Monsieur e Madame Gribaldi se recusaram terminantemente a mandar o filho à escola. Todas as manhãs, de mãos dadas com pai, o pequeno ia à cabana construída no fundo do jardim, que era mobiliada com uma grande escrivaninha e uma carteira escolar. Observem, Monsieur Gribaldi dedicava-se de corpo e alma à tarefa! Comprava mapas e globos terrestres na livraria As Horas Estudiosas para ensinar ao filho os contornos dos oceanos e continentes. Fazia o menino recitar muitos poemas, por exemplo: "A corça brame ao luar e chora até que seus olhos derretam..." ou então "Esses lamentos dos violões lentos. Enchem minha alma de uma onda de calma e de sono."

No entanto, se houve um momento em que as pessoas ficaram escandalizadas e não puderam esconder sua desaprovação, isso aconteceu quando o pequeno Alfa foi privado da catequese e, por consequência, da primeira comunhão. Padre Rousseau vestiu sua melhor batina e foi até O Jardim do Éden. Quando terminou de falar, Monsieur Gribaldi balançou a cabeça:

— É exatamente o que minha mulher e eu queremos evitar: que encham a cabeça dele com histórias extravagantes, que o façam ler livros relatando fatos contraditórios, que o façam crer que ele tem uma ancestralidade particular. Queremos respeitar sua liberdade, sem alimentar nele ilusões perigosas.

— O que quer dizer? — protestou padre Rousseau.

Monsieur Gribaldi olhou-o nos olhos e disse simplesmente:

— Vou lhe fazer uma pergunta: na sua opinião, Deus não é o pai de todos os homens? Não apenas meu, mas também de Nestor, o carteiro, de Hugo, o agricultor. De todos nós.

Se existia alguém capaz de desvendar aquele imbróglio e revelar a verdade, era um sem-teto que dormia no chão do jardim e a quem Monsieur Gribaldi, diferentemente de Charles Bovary, curou o pé torto com um simples toque. Ele poderia explicar os fatos que pareciam incompreensíveis para todos:

— Há alguns anos, o filho de um casal de imigrantes que Monsieur Gribaldi amava morreu em circunstâncias misteriosas. Ele nunca se recuperou dessa tragédia. Pouco depois, encontrou de maneira fortuita aquela que hoje é Madame Gribaldi. Eles se apaixonaram. Eles se amaram, quero dizer. Compreenderam que é graças ao amor que dois seres humanos experimentam um pelo outro, que é graças a esse amor que faz bater o coração, que os indivíduos conseguem suportar o sofrimento, a desilusão e os insultos de todo tipo. Somente esse amor é capaz de transfigurar o mundo e transformá-lo em um lugar harmonioso.

Este livro foi composto na tipografia
Dante MT Std, em corpo 12/16, e impresso
em papel off-white no Sistema Cameron da
Divisão Gráfica da Distribuidora Record.